U0897940

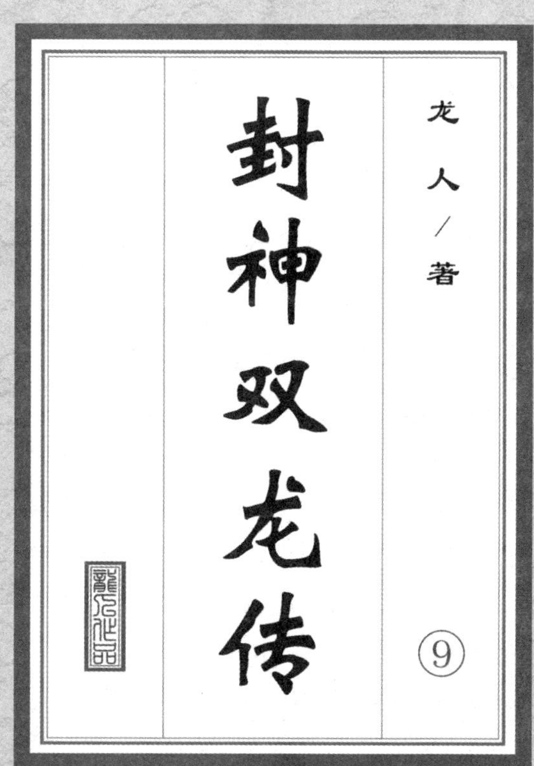

封神双龙传

龙人／著

⑨

二十一世纪出版社集团
21st Century Publishing Group
全国百佳出版社

图书在版编目（CIP）数据

封神双龙传：全10册/龙人著. -- 南昌：二十一世纪出版社集团，2017.10

ISBN 978-7-5568-3102-9

Ⅰ.①封… Ⅱ.①龙… Ⅲ.①侠义小说—中国—当代 Ⅳ.①I247.5

中国版本图书馆CIP数据核字(2017)第243767号

封神双龙传 龙 人著

责任编辑 敖登格日乐

出版发行 二十一世纪出版社集团

（江西省南昌市子安路75号 330025）

www.21cccc.com cc21@163.net

出 版 人 张秋林

经　　销 新华书店

印　　刷 北京龙跃印务有限公司

版　　次 2018年1月第1版 2018年1月第1次印刷

开　　本 710mm×1000mm 1/16

印　　张 160

字　　数 1728千

书　　号 ISBN 978-7-5568-3102-9

定　　价 498.00元（全10册）

赣版权登字—04—2017—744

如发现印装质量问题，请寄本社图书发行公司调换 0791-86524997

目 录

第一百二十九章　天间圣果

宽敞的殿房中，耀阳和倚弦早早便起身，相互探讨了一番近来的法道领悟，交谈中感觉有所解惑，大有跃跃欲试之感。

耀阳环视四周环境，嘀咕道："在这种鬼地方真他爷爷的不舒服，宽敞倒是挺宽敞的，只是不能随心所欲想做就做，否则咱们现在出去痛痛快快打一场，那该有多舒服。"

"千万莫要存有这种思想……"倚弦没好气地道，"否则，你有本事去跟神玄两宗如南极仙翁甚至元始天尊这样的人物痛快地打一场吧。"

耀阳豪气大发，哈哈笑道："放心，迟早有一日，我会跟他们好好一战。"

"你小子就是不知天高地厚！"倚弦摇摇头，无话可说。

此时，外面传来天庭仙女轻盈的脚步声，然后期待已久的话语缓缓传来，道："盛宴开始，王母请耀将军和易先生前往瑶池赴宴！"

耀阳闻言大喜道："终于开始了，这个鸟地方都快把我闷死了。"

说罢，耀阳跃身而起将门打开，却见两个容貌端庄的仙女站在门外，一副目瞪口呆的模样，毕竟没有人敢在天庭之中大骂天庭是个闷死人的鸟地方，这个作为贵客的耀阳是第一个。

倚弦紧随其后出门，欠身揖礼道："两位仙女姐姐千万莫要见怪，我这个好兄弟素来童言无忌惯了！"

两名仙女立时被倚弦的话惹得娇笑连连。

“童言无忌?”耀阳愣了愣，却被倚弦一记暗力推中肩膀，只能很委屈地顺着倚弦的话继续调笑道，“好兄弟，想不到你逗女孩子的本事倒是大有长进!”

看着兄弟俩相互之间的古怪表情，两名仙女忍住笑意，素手在前一领，道:“请两位随我们去往瑶池赴宴!”

耀阳这回乖巧多了，大咧咧一笑，道:“烦请两位姐姐带路!”

兄弟俩便在两名仙女的引领下，离开“凌虚殿”，跟随一众宾客一起，纷纷驾起遁法前往位于天庭最南端的瑶池。

如果说三界奇地有几多的话，天庭的瑶池绝对可以算得上一处。

在这个天庭之中，竟有一处是奇峰四立，参天摩云，各类怪石参差其中，人界的冬寒显然无法影响到天庭仙地，就在那高峰悬崖下奇草异花遍地而生，三界奇珍如紫云仙芝、熏香蕙草皆傍于足下曲径成片生长。

位于奇峰侧旁的是一片鲜果林地，只见其中处处仙雾缭绕，再远处身无一丝长毛的金毛仙猿在一片嫣红桃林中跳跃摘果，如烈火中的金光闪动，而桃林上面，不染半点尘俗之气的白鹤傲然栖立于绿叶枝头，如白玉镶在一片绿色翡翠之中。四周脆鸣四起，却是祥瑞彩凤和珍稀青鸾在云中飞舞欢唱，更添祥气无边。

而就在这奇峰妙处，一角飞檐斜出，隐隐可见金光流荧的琉璃片瓦叠成鸳鸯状，近了便看得锦丽刻花的玛瑙奇砖砌墙铺地，光华如照，直让人感觉绚丽晃眼。

越过几重宫殿之后，耀阳与倚弦与一众宾客都来到瑶池圣地，望着眼前这一切，所有第一次见此情景之人都免不了为之震惊莫名。

顺着脚下这条华丽大道而去，转过这片春色山坳，入目的是金彩闪色的绮丽宫阙，而阁楼前面的白璧翠玉栏杆之中，金霞四射洒遍每一寸角落，一块方圆十数丈的琼池霍然出现眼前，只看那飘渺紫雾蒸腾中碧荷金莲宛然而立，金鳞轻跃荡起一阵涟漪，如是幻梦幻仙，天地仙境至极莫过于此。

这就是天地三界无人不知的——瑶池圣地！

耀阳和倚弦亦看得直叹妙境，不说天庭蟠桃，就这瑶池妙境也足以让三界众生趋之若鹜。耀阳心中暗思若是能占了这块瑶池做养老之地倒是不错，好在倚弦猜不到这个想法，否则恐怕又得给他一肘。

就在这瑶池的中间，有一座轩然而立的紫玉雕画石亭，亭中顶檐正中有一块玉牌，上书“临仙亭”三字，亭前虚空之上尽是环围而坐的席位一排排散开，正是虚浮的“聚仙台”，远远看起来，便如同朵朵莲花在缭绕的瑶池紫雾上盛开一般。

一众宾客就此安坐于“聚仙台”之上，座前案上的琉璃盘中摆放各类仙品鲜果，玛瑙瓶插着晶莹透红珊瑚树，晶玉碟置荧光如华的金丹玉丸，翡翠盅斟剔透如晶的琼酒仙酿，俱是三界难寻之极品，平素绝对难见。座后琪花瑶草各类异葩如画，周围金霞披身，紫雾弥漫，或许这就是所谓的置身仙境了。

耀阳与倚弦哪曾见过此等阵仗，顿时被庄重肃穆的气氛唬得一愣一愣的，乖乖的在仙女引领下升上席位，因为身旁没有熟人的缘故，兄弟俩只能你眼瞪我眼，跟其他人一样在一旁干等着。

“临仙亭”上主人未到，客人自不会失礼先用。即使出身卑微的耀阳和倚弦也一样，耀阳虽是不喜天庭而口中轻蔑，但身为西岐大将军却绝非不知礼仪，倚弦更是天生儒雅亦不会无理。

加上身旁的霓裳仙女相侍，众人大部分是静声以待，少有些久经盛宴的相熟仙家在那里私下窃语，其他的都还算守秩序。

耀阳转眼四顾，以往所有认识的、不认识的神玄二宗的法道高手都列席其上不由暗自苦笑，叹道：“想不到邀请的人可真多！”

哪知半晌等不到倚弦回话，耀阳一怔，回头看去，却见倚弦正偏头远望，神情极为专注，似乎并未听到他的说话，不由大奇，便扭头顺着倚弦的目光望去，顿时恍然大悟，原来在对面不远处的席位上端坐的正是幽云。

耀阳用力一把拍在倚弦肩上，小声笑道："哎呀，想不到你小子重色轻友，看女人也就算了，但不该连兄弟的话也听不进去吧！"

正与幽云默默对视的倚弦随口应道："拜托，你说废话我当然懒得回你，神玄两宗有多少高手，这蟠桃盛宴千年才得一次，自然是要那些远盛名之人都请来欢聚一堂才是。"

耀阳嘿然一笑，道："小倚，想不到你还能一心两用，厉害！"

倚弦抛过去一句"去你的"，便将目光从幽云处缓缓收回。

一众宾客之中，除了慕行云等一干熟人，最让耀阳和倚弦注意的无疑是后来姗姗来迟，但是所有一众群仙都为之起身揖礼的两人——临近"临仙亭"主席位置左右，始终不苟言笑的两位仙家。

此为一女一男，女的纤眉瑶鼻，玉容胜似翠玉，神色肃穆，杏目微阖有着无比的威严，但眼底的怜悯之色始终难消，嘴含微笑又是如此的慈祥，给人来自心底的温暖。男的是白眉长须的老者，双眼神光内敛，应该没有什么特别，眉目间的超凡英气却让人看到就知道此人绝非常人，所有见过他的人都难以忘怀。

不管是哪一人，他们那与自身浑然一体的凛然气势都让人不敢有丝毫冒犯。

耀阳和倚弦不用想也能猜得到，他们就是现今神玄两宗具有无上威严的女娲娘娘和元始天尊。

耀阳倒吸一口冷气，悄声对倚弦道："想不到这就是女娲和元始天尊，真是不简单，不知什么时候我们也能达到他们这等修为境界？"

倚弦叹息一声，也不由为之向往道："能成为神玄两宗最为至高无上的神，自是非常人可比，不过只要努力也未必不可能！"

耀阳嘻嘻一笑，推了一下倚弦，道："这样吧，我向元始天尊学习，而小倚你呢，就学习怎样做女娲吧？"

倚弦闻言愕然道："你说什么？"

耀阳满脸笑意，环顾四周，然后打趣的解释道："元始至少还是个男子，但女娲再怎么说也是一个娇滴滴的女人，还是小倚你的性子比较适合去做。”

倚弦气得回身给了耀阳一肘，道：“你这家伙就没好话!”

耀阳早有防备的一挡，嘿嘿一笑再朝两仙望去，却猛然感到元始天尊双目射出两道神芒，似是朝己方望来，心中一虚，忙低头不敢再看。

耀阳心中正感忐忑之际，突然发现身边有人坐下，转头看去，不由自主被吓了一跳，道：“人儿，你不是跟你娘在一起的么，来这里干吗?”

来人正是人儿。

人儿娇笑道：“我才不要跟娘坐在一起哩，人家就喜欢跟你在一起嘛!”

“不是吧?”耀阳心虚地瞥向斜对面五丈外席位上的冥帝，暗中企求千万别因为人儿跟兄弟俩的关系而看出他和倚弦的身份才好。

倚弦自是也想到这一层关系，大吃一惊往冥帝席上望去，恰巧冥帝满是征询的眼神投射过来，他自忖此时绝不能失礼，否则更容易被看出兄弟俩的破绽，当即强自镇定下来，礼让的颔首示意，回望过去的眼神也是做足了礼数。

果然，玄冥帝君也对兄弟俩颔首示礼，面具下的双目回以友善的眼神，显然给足了兄弟俩面子，同时这种没有居高临下的祥和态度，比起一众地位超卓的神玄二宗高手而言，更显可贵，登时让兄弟俩对这位曾经在“阴阳劫地”试图救助兄弟俩的神宗高手充满好感。

这时，悦耳的仙乐突然奏起，沁人心扉的百花香飘来，天上七彩花瓣如轻羽般纷纷飘下。伴随着美妙乐声，金铃脆声愈近，瑞气祥光普照，在排排霓裳彩衣的仙女环拱下，十六匹白雪似的神异骏马拉着金光紫霞环绕的凤舆龙驾，踏着五色彩云而奔腾而来，带着金铃晃动，各色长绫迎风飘扬。

看这架势，众人无不知道是天帝王母齐齐驾到，纷纷起身唱喏道：“恭迎天帝、王母。”耀阳和倚弦自是也跟着站了起身，跟随众人一起唱喏。

耀阳心中虽然很想看看女娲与元始天尊是否也跟众人一样需要起身唱

喏，但只要想到方才那两道有若实质的神芒，便硬生生打消了这个无礼的冲动。

舆驾停于空中，威严的天帝和端庄的王母娘娘在四个仙女扶持下，缓缓步下舆驾，凌空落于“临仙亭”中，众仙女或持乐器、或手拿长巾、或抱花篮、或是捧着玉盏分排亭亭而立，两把绣有金鳞赤龙彩羽丹凤的银线屏扇分依天帝和王母身后，一众金甲天将持铣旄戟剑分开护持。

天帝和王母坐定后，空中的白色骏马一声嘶咧，飞奔入云，拉着舆驾离去，消失在五彩腾云之中。

天帝轻抚颌下髯须，微笑着道：“此非灵霄殿，诸位仙家莫要多礼!”他说话轻声而淡，却清楚地传到每个人的耳中，自有一股不凡的威仪气势。

蟠桃盛宴中，王母才是真正的主人，她随后跟着说道：“诸位仙家请坐，莫要客气!”

“多谢天帝，多谢王母娘娘!”众人这才坐了下来。

耀阳和倚弦偷偷打量天帝和王母，发现天帝神色威严大度、浑身紫气隐现，王母端庄素雅、仙气缭绕，显然都是三界最为威严势重的人物，耀阳和倚弦对视一眼，都估计这天帝和王母的修为应该不会在南极仙翁之下，能为三界执首绝非没有道理的。

天帝含笑向王母点了点头，示意以后都由王母出来说话。王母点头示意，然后双眼慈光扫过众人，亲和地笑道：“本宫的蟠桃宴，诸位能来捧场，实在是本宫的荣幸，在此先行谢过诸位仙家的捧场!”

在座众仙自是不敢居功，纷纷对着天帝与王母称颂了一番。

此时，女娲娘娘盈然起身，群仙顿时静了下来，神情专注等待女娲出言，这等威严令耀阳与倚弦暗自震惊不少。

只听女娲起身揖礼，道：“王母，此次千年一次的蟠桃盛宴，我等众人都已期盼久矣，有幸受邀实是我等千载之幸。”

元始天尊亦同时站起身来，道：“女娲娘娘所言极是，这是我等久候千年的期望，我等应多谢王母给予我等诸位赴宴的荣誉才对！”

一众仙家见到女娲与元始天尊起身，忙随之一并起身，齐道有幸之至。累得耀阳与倚弦又跟着起身一道祝词。

“多谢诸位仙家！”王母又是一番客套话和开场白，众人自是必须认真听了。

接着下来，便是宣读各位宾客送来礼物，这个蟠桃盛宴恐怕就属这场面最热闹了，除了女娲娘娘的“补天石”和元始天尊的《灵宝无量度人上品妙经》此等绝妙神物之外，其他的大部分也都送上三界奇珍，什么冥帝的《天授录》，太上老君的“九炉炼金丹”，鸿钧老祖的天赐剑心，龙王的万年紫珊瑚，南极仙翁的紫气仙芝，广法天尊的冰玉法心，太乙真人的金光珍莲子等等……无一不是三界大部分人梦寐以求的宝物。

而不少玄宗散仙亦有好东西奉上，姑射山九天玄女的落羽仙琴，普陀山落伽洞慈航道人的液心紫竹，九宫山白鹤洞普贤真人的金刚九玉镯，太华山云霄洞赤精子的雪灵松，二仙山麻姑洞黄龙真人的九鳞金须，夹龙山飞云洞惧留孙的捆仙绳，崆峒山元阳洞灵宝大法师的烈阳熔金火，玉泉山金霞洞玉鼎真人的金篱紫衣，金庭山玉屋洞道行天尊的天祥茯苓，青峰山紫阳洞清虚道德真君的紫阳玉符……

这一样样好东西听得耀阳和倚弦目瞪口呆，想不到三界原来有这么多的奇珍异宝。人儿身为冥帝之女，还算是见多识广，在旁将各路人物一个个指给两人看，竟没有几个是她不认识的。

当说到九天玄女的时候，耀阳和倚弦自是对这个秦骊如的师父多加注意了一下，只看她丰姿秀丽，神色淡雅，悠然自得，比起女娲娘娘来，另有一种真正不惹尘世的感觉。

不过，最让两人感到惊奇的是他们的名字也跃然其上，送的据说是一面“聚仙旗”，兄弟俩大眼瞪小眼，不明所以。

人儿见两人大讶的神情，笑道：“我早知道你们没有准备，所以随手就把聚仙旗算在你们身上了。这个本是姨婆之物，我拿来玩了不少时间，娘一直叫我还的，反正要给，不如派点用处。怎么样，我很聪明吧？”

“多谢！”耀阳与倚弦只能无奈地点头算是承了这份情，不过这下他们兄弟俩想不受冥帝注意也是不可能了。相反人儿却浑然无所谓的样子，对母亲的质疑目光丝毫不让，仿佛就怕母亲不知道一般。

倚弦自是看出人儿的用心，用肩轻撞了撞耀阳，揶揄的眼神强忍住笑意。耀阳如何不明人儿的意思，此时正是头大，再被倚弦戏耍，也只能苦笑摇头，碰上这种情况，即便精明鬼头如耀阳也只能自认倒霉。

耀阳干咳一声，借着问话避过倚弦揶揄的小动作，问道：“人儿，你每次都说到你的姨婆这么厉害，她老人家到底是谁？”

人儿更是得意，偏又不说，道：“她老人家就在这里，如果你能猜到的话，不管耀大哥有任何要求，人儿都会答应你……”

耀阳望着此时笑意盈然、娇媚不可方物的人儿，以及她话中隐蕴的深意，不由自主咽咽口水，双目开始不住扫视眼前一众诸仙，尤其不停注目玄冥帝君席位附近的仙家，然后嘿然一笑，回过头来。

再度望向人儿的眼中故意露出垂涎已久的嘴脸，道：“小家伙，这可是你自己说的，若是让我猜到的话，嘿嘿……”

人儿娇笑连连，有意无意地瞥了耀阳一眼，道：“谁怕谁！”

倚弦在旁看着耀阳与人儿打情骂俏耍花枪，实在看不过去了，只能摇摇头，偏头望向宴席另一侧，此时却正好撞上幽云默默注视的目光。甫一触及她幽幽脉脉的眼神，倚弦顿时只感心头一震，目光再也挪不开半寸。

倚弦感受到众仙齐聚的虚空神殿上的庄严，注目的是怦然心动的心仪已久的佳人……恍惚之间，令他不由自主想到从前的时光，记忆从幼时的艰辛一直到归元魔璧改变命运的瞬间，再到眼前幸福的对视。

偏偏就在此时，倚弦体内的归元异能无来由的霍然一振，这是警兆！他凭借感应悠然返头，一道锐利的目光立即一闪而逝，倚弦居然无法追寻此人的所在。这是自从归元异能附体以来唯一失败的经历。

想到这里，倚弦额间的冷汗汩汩沁出，虽然众仙的道行一个强过一个，甚至席上多得是神玄二宗宗师级数的高手，但在这神殿之上无一不恭敬有礼，唯有方才那道目光让他生出惧怕的慌张。

对方显然是有心而为，但此人究竟是谁？在众仙环坐的神殿上如此施为又有什么企图？倚弦小心翼翼地环视四周，心中充满了不解的疑惑。

只看众仙女一路盘点下来，搜罗三界的天珍地宝果然无奇不有，诸神送的礼物可真是不少。天帝与王母再次出言礼赏众人，王母心情愉悦道："诸位厚礼，本宫多谢！现在本宫就请诸位仙家品尝一下这天庭蟠桃吧！"

言罢，王母轻挥玉手，一众天庭仙女从旁侧飘然而出，轻盈的身躯遁风起落，便将一篮篮的蟠桃分发至群仙桌上。

只看那天庭蟠桃果然不是凡物，个头只比普通桃子稍大几分，但是奇在桃身光滑如镜，晶莹剔透几见桃核，两条金线同从桃尖而出直到桃心，将整个蟠桃分成几乎完全对称的两半，那金线发出微微金光，还有一缕若有若无的紫气围绕蟠桃翻腾，更有一股扑鼻而至的果香让人全身舒坦无比。

耀阳看着眼前的蟠桃发怔良久，喟然轻叹道："难怪千年一度的蟠桃盛宴这么让人期待，的确能吃到这个蟠桃，实在值得！"

倚弦轻闻桃香，点头不已，自是亦有同感。

连人儿这个丫头都说道："这个蟠桃的味道好得没话说，平日姨婆哪肯给别人，就算是我求她，一年之中也就只能吃到几个。"

耀阳大奇道："吃几个？你姨婆究竟是谁啊，难道是守蟠桃园的仙女？这么说不就成了监守自盗？要是让王母知道了，那还了得！"

人儿还是一副就不告诉你的模样，嘟起小嘴得意洋洋的不搭话。

耀阳和倚弦只能无可奈何的对视一笑。

天帝和王母也各持一个蟠桃，先行吃了几口，然后举杯示意众客请用。于是一众仙家便不再客气，开始尽情享受眼前的酒食。

王母再次挥手，怡人的仙乐作起，琴瑟齐奏，一众天庭仙女曼妙舞出，娇躯旋起带动长发齐飞，飘带翻扬如浪，绫绢迎风而展，仙女起舞时起时落，如水纹荡漾，婀娜多姿……

众仙含笑观赏，饮酒尝果，低首低语。良久，众仙女缓缓退场，众人又将目光集中王母身上，大家都知道节目理应没有这么快便结束。

王母微笑道："诸位仙家想必都听过三界有一个被誉称为'天魅舞者'的女子吧！本宫虽然身处天界瑶池，却也久慕其名！为此，今日盛会特请来'天魅舞者'云雨妍率众为诸位仙家一舞，现在就有请'天魅舞者'！"

众人皆有喜色，试问三界之中谁没有听闻过"天魅舞者"之名，不过因为其师元中邪虽是名列妖宗绝品高手之列，却从不卖神玄妖魔四宗的面子，以至于极少见到云雨妍献舞。今以王母的身份抛开四大法宗的嫌隙，请到云雨妍在蟠桃盛宴上演舞，也是对云雨妍的肯定。众人虽不奇怪，却亦兴致大生。

耀阳和倚弦更是大有兴趣，倚弦曾经见过云雨妍舞姿，自是晓得云雨妍的本事，兴趣昂然。耀阳对这个云姐姐的舞蹈听闻已久，却还未见过，今日可以得见更是无限期盼。人儿兴致也是颇高，毕竟能见识到传闻中的人物了。

仙乐再奏，随着曼妙悠扬的乐声，轻风温柔扬起，一道雪白色的人影从空中冉冉降下，像是天地落雪后雪花随风荡飘一般，白影舞起像是花间的蝴蝶，一片白色却给人色彩斑斓的意境。

不经意间，众女露出秀丽的玉容，却唯独不见云雨妍的身影，所有见过云雨妍的人都不由愕然。

此时，突见众女齐涌中心一点，长袖挥起顿时像成了一簇锦绣，长袖再次扬起，众女齐齐如波纹般圆圆散开，顿时中间多出一个曼妙的紫色身影——衣裙飘然，飘带尽展，玉臂挥带长袖，举手投足间便见风华绝代。秀发随风轻扬，一张如清水秀莲的玉容惊艳一现，不是被称之为"天魅舞者"的云雨妍还会有谁？

舞袖颤动如抖，惊起层层叠浪，玉腿轻摆，足尖微点，云雨妍轻跃舞带衣衫绫带，身如蝶飞，在空中划过美妙的轨迹。众女配合节奏，适时迎上，以众星拱月之势，举起云雨妍，转而有旋转翩翩离去。而云雨妍仿佛也被带动着原地旋起，凌空扭动整个美妙身姿，旋带衣衫的舞动更是秀丽无双。

云雨妍的每一次起落收放，都仿佛有魔力一般牵引着观众的心。众人看得如痴如醉，大呼“天魅舞者”云雨妍果然是名不虚传，甚至有人叹道：“修行千年能见此妙舞，亦是值得。”

耀阳亦是目瞪口呆，自语道：“没想到云姐姐真是有如此怡人心扉的妙舞，以前没见到真是可惜了。如果以后能常见云姐姐如此仙舞，实是妙不可言，嘿嘿……”想着拿起蟠桃一口咬了下去，顿时清甜冰香入口，齿颊留香，清香直入脾肺气脉，化成暖流，散于体内，全身上下毛孔俱张，遍体通爽顺气，没有一处不舒服的。耀阳实在是从未用过如此美妙的仙品。

“好东西!”即使是深受云雨妍的舞姿吸引，耀阳也忍不住为蟠桃轻赞，当下一边看着云雨妍的舞蹈，一边品尝着千年难得一用的蟠桃。

蟠桃虽好却是不经吃，耀阳几口吃完，感觉余味长留许久，难以忘怀，再次叹道：“好东西，可惜不经吃。”

“喏，给你，我这个你也吃了吧。”倚弦摇头轻笑着将蟠桃递给他。

耀阳没好气地给了他一个爆栗，斥道：“我说说而已，你小子自己一口都没吃呢，吃吧，听说有好处的!”

倚弦摇摇头，随口吃了起来，立即啧啧道：“果然是好东西!”

这时，人儿将蟠桃塞在耀阳手中，道：“我的给你!”

耀阳哪会接受，摇头道：“你自己吃，我已经吃了一个，够了!”

人儿道：“蟠桃我每年都可以吃好几个，不差这一个两个的，而且我还可以向姨婆要，你就吃了吧，婆婆妈妈的!”

耀阳当然不肯要，但是人儿不依不饶，非要耀阳吃了不可，两人僵持许久，耀阳终是犟不过人儿，只能顺着她的意思将蟠桃享用了。人儿顿时眉开眼笑，一副很是高兴的模样，耀阳心中自是涌起一股暖意，感动非常。

随着场中飘带飞旋如散，竟如昙花乍开，美景无边，云雨妍率众女缓缓飘下，向诸人微微行礼。

众人这才从仙乐曼舞中清醒过来，立即掌声如雷响起，喝彩声震天。连天帝和王母都不由点头，王母微笑道："'天魅舞者'果是不同凡响，这'祷舞'亦是天下无双。多谢雨妍为我们献上如此妙舞。请上坐一同赴宴吧！"

云雨妍进身福礼道："雨妍蒙王母荣召才得以在三界如此盛宴上献舞一曲，实是千百世修行之福！雨妍在此祝天帝与王母寿与天齐、福比天高！"

天帝与王母相视一笑，天帝龙颜大悦，当即赏赐了一番，随后便宣布盛宴开始。云雨妍谢过，便在一旁的赐座上坐下，片刻后自也有蟠桃等果丹酒佳酿奉上。

耀阳摇头晃脑的一个劲往云雨妍那边望，期望云雨妍偶尔一个眼神可以顾及到他，只是可惜云雨妍并不似他那般东张西望，故而耀阳始终无法与云雨妍打个招呼，心中倍感失落。

只听聚仙台周遭歌舞虽休，但优雅出尘的琴瑟仙音仍环绕在耳，众仙品尝佳果仙酿，三山五岳之间的仙家更是相互交谈叙旧，令气氛显得格外庄严和睦。

席过三巡，接下来便是祝酒的时间。一众仙家纷纷按照坐席的次序开始向天帝与王母王母祝酒贺辞，加上川流不息的仙女斟酒迎奉，顿时间整个聚仙台变得热闹起来。

不多时，轮到耀阳与倚弦上前祝酒，人儿附耳将祝酒贺辞的规矩说与两人听，然后溜回冥帝那席去了。兄弟俩只能硬着头皮，在伺酒仙女的引领下来到主席前向天帝与王母祝酒，好在倚弦礼数周到，说话自是恭敬有加，而耀阳混迹西岐日久，怎会不明其中奥妙，表现也是礼敬再三。

王母点头赞许，温和的目光落在耀阳和倚弦两人身上，和蔼道："你们两位年轻人就是近来名震三界的耀阳与小易吧?”

王母的问话，即使如耀阳这等不羁之辈也不敢不敬，当即和倚弦抱拳道:“王母明鉴，我们兄弟修为浅薄，做出一点小小成绩哪里算不上名震三界?”

天帝饶有兴趣地多多打量了两人几眼，点头道:“如此年轻便神光内蕴、气度过人，可见法道修为之精深，实已是三界后起之辈中的翘楚，看来‘龙刃诛神’和‘轩辕剑’选择你们二人也非是没有道理的。”

耀阳和倚弦连忙应声道:“哪里哪里，我们兄弟也只是侥幸而已。”

王母笑意盈然道:“年纪轻轻便如此谦逊有礼！不知你们究竟师出何门？相信能教出如此出色徒弟的法外高人定不是无名之辈?”

耀阳和倚弦一听，就知道肉戏来了，神玄两宗对他们的崛起素来注意已久，此次蟠桃盛宴邀请他们兄弟无非也是为了招揽他们，所以此时借机套话。如果他们的回答能令在座二宗同道满意，或许便能由此博得神玄两宗的支持。兄弟俩虽然不稀罕这个，但是他们的根底从来不清不楚，如果露出一点破绽，那情形就无比危险了，所以这次的回答万万不能大意。

耀阳道:“首先请王母恕罪。耀阳本是孤儿，年少时遇到异人收我为徒，不知修炼多少时间才能有此成绩。异人虽然教我法道，但是从未跟我说过其他事情，一直到我离开他时，都不知他的姓名。这位法道异人不但不肯让我称他做师父，而且似乎对一切都有些沮丧……老实说究竟是怎么回事，连我都不知道。”

耀阳娓娓道来，说得煞有其事，像是真的一样，王母等人根本无从追究，毕竟这万千年来，三界之内不知有多少法道高手隐世修行，更从不求所谓位列仙班，所以不论耀阳如何形容异人如何模样，也无法探查其中究竟。

轮到倚弦，他却是淡淡道:“易某是有炎氏在外弟子，学得自然是族中所遗法道，至于师尊只是默默无名之辈，即使说出来恐怕也不是诸位所能知晓，而且师尊也不喜张扬，所以请恕易某不便回答!”

他固然不善说谎，就只是将当时在蜀山剑宗回答鸿钧老祖的一番话再说一遍，即使是这样，看他波澜不惊的镇定神色，很难看出个所以然来。况且在场众仙心知肚明，有炎氏早对神玄两宗心灰意冷，不愿透露行藏也没有什么好奇怪的。

说了半天，耀阳与倚弦答了却跟没有回答一样，好在王母倒是没有一点不耐，继续道："既然如此，本宫也不强求两位了！不过你们既然能得龙刃诛神和轩辕剑之助，都有一身非常人所能及的法道修为，但竟相互认识，甚至交情极好以兄弟相称，实在是三界一段佳话。"

这原本是他们兄弟俩比较明显的破绽，不过耀阳早已想到这点，当即露齿一笑，看似随意地回答道："以往在修炼时便跟小易认识的，那时他跟着他的师父来的……嘿，我见他呆呆的，还以为能占他便宜，便跟他称兄道弟，谁知这家伙私底下精明得很。"

耀阳的胡诌自是有一手，他们的师承神玄二宗等人已经无法知晓，现在他们的交情也因此模糊不清。虽然耀阳说得清楚，但是对神玄两宗而言，他们所要知道的却绝非这个。

接下来王母又看似随意的问了不少事情，但是都被耀阳和倚弦一一应付，基本上两兄弟配合极佳，能说真话的尽量说真话，迫不得已说假话的地方便全部由耀阳负责。两人虚虚实实说得很是生动，神玄两宗自认也难以挑出其中破绽。

天帝与王母相对点头表示极为满意，天帝道："想不到天地福荫恩泽，龙刃诛神与轩辕圣剑挑中两位如此少年才俊，实乃三界之福！小易平奇湖之乱，降异兽之灾；耀阳辅佐西岐圣主，灭魔妖颠覆人间界之险恶用心；凡此种种，都是盖世之功，今日盛宴自当听封受善，以宣我三界浩然正气！"

正当席下众仙也随声附和之际，却忽听席间一声阴沉非常的嗓音响起——

"且慢！请天帝、王母暂行封赏！"

众仙一怔，回头望去，原来是一直冷笑看着耀阳与倚弦兄弟的慕行云悠然行出席来，先是恭敬地向天帝和王母行礼，然后道："启禀天帝、王母，元宗太上老君座下弟子慕行云有几个疑问想问耀阳和小易，恳请御准！"

包括太上老君和云雨妍在内的所有人都不免大吃一惊，耀阳和倚弦也是大感莫明其妙，顿时狐疑地对视一眼，心中不免有些担忧，毕竟这家伙甫一开始给他们的感觉便是一个莫名难测的人物。

王母讶异地打量了慕行云几眼，道："慕行云，你是老君座下最为杰出的年轻弟子，本宫也听闻已久，不知你有什么想问他们？"

慕行云展颜儒雅地一笑，转身以一种异样的眼神盯着耀阳和倚弦许久，缓缓道："据行云所知，这位耀大将军有两名得意弟子，一个叫千里眼，一个叫顺风耳，是吧？"

"不错，请问有什么问题吗？"耀阳知道这个并没什么好隐瞒的，而且也隐瞒不来。倚弦觉得慕行云问得问题极为奇怪，心中暗思此人为何会忽然问这个，突然心中想起一事，不由惊得骇然失色！

慕行云点头道："耀大将军承认就好！很奇怪的是，这两个人曾经在轮回集出现过，相信当日很多前辈都在，那时他们自称是耀阳的弟子，但是他们口中的耀阳却是魔星耀阳，而非这个自称就学于不知名异人的西岐龙腾大将军耀阳。不知耀阳兄如何解释这件事情呢？"

耀阳心中大惊，他没有经过轮回集之事，自是无法想到这点。当时的事情他听倚弦提过，但是小千和小风毕竟不是重点，就只是一言带过了，即使他再厉害也不可能防得这点。倚弦却是亲身经历，在慕行云说出之前便恍然想到，只是这个时候已经有点迟了。

虽然这只是一个看起来并不起眼的小细节，慕行云竟能查得这么清楚，可见这家伙不但心机深沉得可以，而且是早有预谋调查过的。

众仙中的广法天尊等人当时在场，此时蒙慕行云提及此事，这才想起来确有此事，不由纷纷大惊失色，没想到竟有这种事情，当即大是戒备起来，警惕地看向耀阳。就连在聚仙台附近的一众护驾金甲天将也渐渐围拢过来，准备随时应变。

众仙中只有幽云清楚此中真相所在，此时心中焦虑地望向倚弦。

好在耀阳也非常人，平素跟九尾狐勾心斗角的多了，又在西岐身居要职用惯心机，哪会为此而被问倒，当下叹道："慕兄如此质疑原本无错！只是犯的仍然是指鹿为马的错误。就像当初道宗的子牙先生初见到本人的时候，听我报上大名便惊疑非常，后来还不是一样冰释误会！所以希望慕兄莫要再犯相同错误才好。至于当时我的两个徒儿的确被是被众位口中所说的魔星所惊，而且从未见过世面的他们自是不清楚我与那耀阳的区别，才会手足无措被众位所误导，差些对此信以为真了！"

耀阳随口胡诌一番，但是说得也是有理，他耀阳这个名字不改，就是为了让别人先是怀疑而后再释疑，这样反而不会对他再次生出疑心，毕竟耀阳这个名字在尘世间还不算是稀有。

慕行云言语一滞，他没想到耀阳能这样轻松就将这个破绽搪塞过去，心中暗恨，思量着只能拿出最后的杀手锏，大笑道："耀阳兄真是好口才，简直说得天花乱坠，实在是舌灿莲花，为常人所不及也。不过，为了三界安定，行云宁愿再做一回小人了，我对耀阳兄和易兄还是有些小小的疑心，听闻魔星体内拥有魔宗至宝——归元魔能，所以行云想就此向耀阳兄或是易兄切磋一下，希望能证明两位的清白！"

慕行云这样一说，包括耀阳和倚弦等人都知道这个玄宗最杰出的年轻高手定是有什么办法断定两人是否有归元魔能。兄弟俩更对慕行云如此纠缠大惑不解，任兄弟俩如何挖空脑筋去想，也想不到曾经在何处得罪过此人。

慕行云眼中精光闪烁，如疾电一般盯在耀阳和倚弦身上，一身傲人的玄法修为散发出无比凌厉的气势，如山般压迫着耀阳与倚弦，那种感觉充满难言的自信，丝毫没有了以往一向的低调文雅。

邻席的太上老君难以置信地看着眼前这个得意弟子，他虽然没有想到慕行云的修为为何进展如此快，却又多了一种感觉，仿佛感到这位嫡传弟子越来越难以看透，就如是从未认识过他一般。

曾经对慕行云略微动心的云雨妍何尝不是一样，不但被慕行云一身修为所震，更以一种惊疑异样的神色看着她向来比较欣赏的慕行云，暗思："难道我从未真正看清楚过他吗？"

天帝愕然看了看慕行云斩钉截铁的样子，和王母低语几声，点头道："行云与你们兄弟皆为三界中修为屈指可数的新秀，姑且不论此战是何目的，乘此机会让朕与诸位仙家见证后起之辈的修为也是不错！不知耀阳、小易，你们兄弟何人愿意出战！"

天帝既然直接询问，显然他与王母一样已经开始相信慕行云的话，对耀阳与倚弦两人有所怀疑，由此看来，此战已无可避免。

倚弦轻轻按住耀阳跃跃欲试的身形，道："让我来吧！"耀阳点了点头，他知道倚弦的意思。能重铸耀阳肉身的五行玄能本就来自元始天尊的玄能法印，在场神玄两宗这么多高手在，一旦暗中掺杂有归元异哪能逃得过这些人的法眼。而倚弦体内的冰火异能却是来自冰晶火魄，完全与正常法道玄能不同，万一有所差漏也不易为众人所察觉。

倚弦信步而出，向慕行云微笑拱手，道："不知慕兄想要如何切磋？"

慕行云还没有说话，王母已出声道："蟠桃盛宴上如果妄动刀兵，怕是有伤和气，所以你们不妨就空手一战吧！"言下之意显然有袒护慕行云的意思，想来倚弦如果凭借"龙刃诛神"之助，自是可以挑尽神玄二宗的后起之辈，而可从容立于不败之地。

慕行云背负双手，傲然而立，应声向王母揖礼道："谨尊王母法旨！"

倚弦同样对王母顾全礼数，左手背手而立，右手随意一伸，目光中神芒炯然，淡淡道："慕兄请！"

迷离的紫色薄雾从瑶池之中散发而出，弥漫在他们身身际周围，两人相距三丈对立，在薄雾中卓立，都显得无比的飘逸潇洒，直如仙画般的人物。但两人又有区别，慕行云儒雅如松柏，现在又多了几分凛然气势，倚弦却仍是像风一样的闲逸。

薄雾突扬，慕行云动手了，就前一步，却不知何时竟已鼓足玄能弹出指气，有如利箭一般击向倚弦。倚弦感应于心，脚步轻快，斜身轻松避开，双袖舞出，突然跃身而起，手刀斩出，刀气骤然已在慕行云面前。

慕行云果然非是寻常等闲高手，已早一步退开，令倚弦的刀气落空。慕行云冷笑道："小易，我没时间跟你玩下去，动真格的吧！"语罢蓦地轻喝出声，双手挥舞竟有两道金红色印记隐现于手上，挥动间竟隐有风雷之声。

太上老君看得愕然，自语道："金幻御道印？行云从哪里学会的……"

慕行云围着倚弦双手如暴雨般倾下，倚弦不备，一时竟不能反击，只能连连抵挡，慕行云身纵如飞，转眼就绕了一圈。此时的慕行云露出得意的神色，低语道："倚弦，你完了。"

第一百三十章　三界公敌

倚弦已感体内元能磅礴欲出，听到慕行云此言，立知事情不妙，原来慕行云出手便以绝学相拼，无非是等待现时的时机到来。尽管倚弦本体修为高出慕行云居多，但苦于不知慕行云的底细，才会被其有心算无心。

此时，只看慕行云双手一合，猛地向倚弦砸去，顿时金光猛涨，引起倚弦周围共鸣，一片如华金光暴起，遽然将倚弦全身包围起来。倚弦猛地感觉脑海一清，急忙狂退，慕行云却没有追击，反而十指相抵喝道："八极图现，天地重幻。"

耀阳看到这里心中大惊，正要跃身去救，却被倚弦以眼神制止住了。

倚弦立见脚下金光幻成八极图，又急蹿而起，穿过他的身子，在空中凝结成一团。慕行云站立在一旁，淡笑道："扰烦易兄，行云认输。"

倚弦大讶，看了看慕行云，又看了看空中不断凝结幻化的金光，他努力搜索曾经翻阅过的魔道典籍，虽然对这"八极图"不是很清楚，但他知道慕行云既然一早就如此算计，便肯定不会是什么好事。

神玄两宗的一众仙家却无一不知这"先天八极图"的奥妙所在，仿佛没有理会两人一战的最终结果，却是径直看向这凝结不散的金光所在。

金光翻腾片刻，最终竟是凝结成两个人状，细细再看，正是倚弦跟耀阳以前做下奴的模样，金光复幻出四周景况，跟当时在朝歌是一模一样。

耀阳跟倚弦对视一眼，眼中都有骇色，此时才明白这"八极图"有何作用了。

金光幻影显示出一群衣衫褴褛、浑身伤痕、神情呆滞无神的下奴，手上脚上都拖着粗重的镣链，众人费力地挪动脚步蹒跚前进，这些人承受着飞挥而下的藤鞭，却麻木得连疼痛的表情都没有了。但其中却有两双亮铮铮的眼睛灵活地转动着，正是耀阳和倚弦两人。

接着出现的便是两人遇到蚩伯……姜子牙断定他们断三阳尽三阴、灭绝轮回之相……归元魔璧出现，九星一月奇相……天雷殛身两人获得归元异能……

一切的一切都一清而楚了！

众仙顿时一片哗然，所有人的目光都向两兄弟看去，所有护卫的金甲神将纷纷围拢过来，几个神玄两宗的高手已经将瑶池的出路封死。

耀阳与倚弦知道此时再说什么也已经于事无补，当即大呼不妙暴起身形，怒喝一声，挥手将金光击破，和倚弦一起纵身就逃，但是在场数百神玄两宗的法道高手，怎么可能任由他们逃离。

“想逃！”太上老君最先冷哼出声，身如影动，拦在耀阳和倚弦面前，拂袖而出，一阵强烈罡气向两人迎面而去，这一袖的浩瀚神能几乎将所有方位都封住，耀阳和倚弦根本躲避不及，骇然祭出神器相拒。

“砰……”巨响连声，庞大的反震力令周遭众仙都不免连退数步。

耀阳和倚弦自半空翻身落下，只感一阵气血沸腾，就这身形一滞的时间，原本在天帝王母身后的天兵天将已然有半数布在上空，完全将两兄弟的出路给包围住了。

太上老君也是被反震力震退了三步，顿时惊骇莫名，虽然他空手对持有神器的两兄弟，但是以他潜修数千年的修为，竟然会被两个年轻小辈联手震退，仅凭这事就足以震惊三界了。

神玄两宗一众群仙包括女娲娘娘、元始天尊甚或天帝王母都无不惊惧，三界有史以来从未出现过此等人物，就算是魔帝刑天当年这般年纪也不如他们。这样的两人获得天地三界最强的两件神器，如果说他们不是拥有颠覆三界的魔星身份之人，那还会有谁是？在场神玄两宗的一众人物无不生出心生杀机，这样的两个魔星实在是对神玄两宗最大的威胁。

耀阳厉喝一声，以全身修为催出轩辕剑，丝毫不用再掩饰身上的归元异能，毫无顾及、毫无退路、竭尽全力的这一剑尽情斩出，金光汇聚九条黄龙发出震天龙啸，斩出从未有过的的威力，劈天斩地的一剑狂飚而去，剑出便引起瑶池天水惊爆，剑气如涛怒冲而出，直如万马奔腾、钱塘水崩，势不可挡！

这一剑突然而出，在场的神玄两宗高手措手之下，没几个能挡的。但是已起杀意的太上老君早有准备，祭出生平的得意神器“金刚琢”，挥出毫不留情地全力一击，万道金光闪耀而出，金色光圈向轩辕剑气正面撞上。

“轰！”一声惊天巨响，惊得狂风震遍整个瑶池，天水四处飞溅。耀阳痛哼一声，喷出满天鲜血，重重摔下，竟是动弹不得。太上老君亦是浑身一震，竟有一口气还不上来。

但是神玄两宗准备出手的却不止他一人，冥帝、广法天尊和鸿钧老祖同时出手，挥手间满天劲气向耀阳压去，直如泰山压顶、天河倾倒之势，强猛无比。倚弦大惊，不顾一切地挡在耀阳面前，催起全身元能，紫色光龙怒吟旋起，龙刃诛神全力斩出，面对神玄两宗三大高手的联手一击，毫不避让地正面抵挡。

惊涛爆劲怒冲而起，紫光剑气爆散飞消，神玄两宗三大高手虽未用尽全力，但三人合力一击的威力更胜于太上老君“金刚琢”全力击出。倚弦的修为只是因为多与高手战了几场，而较耀阳高了一丁半点的，如何是这三大高手联手一击的对手，亦被震飞，跟耀阳落在一起。

这些事情只在瞬间发生，其余人都是惊愕当场。

看着情况渐已平息下来，杨戬看着耀阳和倚弦兄弟俩，心中叹喟不知是什么感受。哪吒却是带着失望地低声道：“所谓前辈高人对两个晚辈竟下如此杀手，这就是自命三界正义的神玄两宗？”

身旁的太乙真人拂袖阻止哪吒再继续说下去，但是知道他毕竟受后羿转生心性的影响，看不惯这样的行为，便叹了一声并没有怪他。

云雨妍、幽云等人被如此惊变吓了一跳，对耀阳和倚弦大为担忧，但是她们身份迥异，早已被一众仙家隔在战圈之外，根本不可能靠近两人。

反应过来的人儿排开众人，丝毫不理会冥帝的阻拦，惊呼上前将耀阳扶起，又看向倚弦，连声哭诉道："耀大哥、易大哥，你们怎么样了？"

耀阳喘口气，笑道："死不了，记住那小子是倚弦，不是小易。"

倚弦受伤更重了一点，吐口淤血，才勉强道："都一样，一个名字而已。"

人儿帮耀阳抹去嘴角的血线，泪水涟涟道："我才不管你们是什么人，反正知道你们是好人就是了！"

"傻丫头！"耀阳与倚弦心中感动，却在此时无法言表心中的感伤。

"你这小子，一人抵挡所谓的神玄两宗三大绝品高手，也不掂量一下。万一死了怎么办？岂不抛下你兄弟我一个人？"耀阳这个时候还不忘开玩笑。

倚弦耸了耸肩，一副无可奈何的模样，道："自从跟你这个家伙在一起，我早料到咱们两兄弟早晚会死在一起的，哪有什么好担心的？"

不需要多说，两人都明白相互之间真挚的兄弟情义，两兄弟对视一眼，放声大笑，竟似乎完全不把眼前神玄两宗数百高手放在眼中。

玄冥帝君不料女儿竟会担心两个魔星，不由大怒，厉喝道："人儿，回来！"人儿却丝毫没有理会母亲的召唤。

太上老君等几人跟女娲、元始天尊及天帝王母对视一眼，除了女娲之外，其余诸人都是点头，满眼杀机。

耀阳见太上老君等人的眼神杀气，就知道神玄两宗绝对不会放过他们兄弟，苦笑道："看来我们这次是自投罗网……"

人儿虽然伤心悲痛，却回头看到母亲关切非常的神色，当即以纤纤玉指在耀阳背后悄悄写了五个字，耀阳一愣，那是"以我来要挟"五个字，自然知道是什么意思，当下感激地看了看人儿，再又大有深意地望了望倚弦。

倚弦略作一愣，再看人儿一脸毅然，心中顿时明白过来。虽然他从未想过有一日会做出这等事情，但是深知今时今日若不如此将必死无疑。试问兄弟俩从未做过任何一件为祸苍生之事，怎肯就此引颈就戮？

女娲素来慈悲，虽有不忍之意，但是见到元始天尊、天帝与王母等仙家都一致同意了，加上太上老君等人都欲杀魔星，思及三界安定万民福荫，她也无法扭转众人之意。

太上老君见众仙一致同意灭除魔星，立即再祭出至宝“金刚琢”，与众仙朝耀阳与倚弦围拢过去，就要对耀阳和倚弦痛下杀手之际，却见耀阳暴喝一声，以迅雷不及掩耳之势一把揽住人儿，将轩辕剑架在她的玉颈之上，厉声喝道：“住手，否则大家同归于尽！”

倚弦此时站起身来，持剑靠到耀阳身边警戒。人儿戏假情真，立时装出一副紧张的模样，喊道：“娘，姨婆救我！”

冥帝大惊失色，一众仙家包括女娲、元始天尊都不免大为震惊，纷纷鄙夷非常地望向耀阳与倚弦。然而即便法道修为强如女娲、元始天尊也自问无法在如此距离中阻止耀阳的出手，何况耀阳与倚弦手中所持的乃是三界独一无二的神兵利器，加上冠绝三界的归元魔能，毁灵灭神自是轻而易举，如此一来谁也不敢再贸然踏前半步。

王母更是连忙挥手喝止众仙，道：“暂且停手！”言罢，王母忍住心中恨意，和颜悦色道，“两位如果肯放了本宫的外孙女，本宫可以与众仙家一起商量，只要拔除你们体内的归元魔能，便可放过你们！”

耀阳与倚弦大吃一惊，他们难以置信地对视一眼，再看了看人儿，实在无法相信人儿口中屡屡提到的姨婆竟然会是王母。只有人儿此时虽然装作紧张委屈的模样，却在看了兄弟俩的反应后窃笑不已，差些露馅。

太上老君见兄弟俩对王母的话置若未闻，不由大怒喝道：“小辈，快放下她，否则定叫你神识俱灭！”

耀阳见到众仙有所避忌，心中顿时大定，反而镇定下来，嗤之以鼻道："是吗？我相信你们定然能够做到，但是我放了她之后，你们就能放过我们兄弟吗？"

太上老君大怒，斥道："亏你一个堂堂男子，竟会胁持一个手无缚鸡之力的女子，不觉得羞愧吗？"

耀阳叹息一下，无可奈何地摇了摇头道："我也觉得自己很卑鄙，不过想起来，我们两个不过是两个后起小辈，却被周围神玄两宗数百高手围杀，其中更有不少成名数千年的前辈，比起这些自命正义的家伙来说，我忽然又觉得自己这个卑鄙无耻的人是圣人了！"

说到这里，兄弟俩不由相互对视大笑起来。

耀阳的这一句讽刺让在场的神玄两宗一众年轻人都感到脸红，但其余诸仙却是丝毫没有赧颜之色，太上老君哼道："你们两个魔星岂能不杀？为了三界六道的平衡，天下黎民的安定，有时候不择手段又有何妨。"

"三界六道的平衡，天下百姓的安定？"倚弦顿时气得厉喝道，"你们这些不知廉耻的人还有脸说？刚才我们的过去你们也看到了，那个时候我们受尽凌辱、生不如死，你们这些为了所谓天下百姓安定的家伙在哪里？现在我们兄弟好不容易混到今日，自问从未做过任何愧对三界六道、天下黎民的事情，而你们却要大义凛然地灭除我们，难道这就是所谓的天下百姓的安定？"

众仙仍然是一脸默然，似乎已有默认一般，只看太上老君还是老神在在，丝毫没有惭愧之色，沉声道："这些只是特殊情况，况且天庭与神玄二宗从不插手人间界的兴盛荣衰，如果单单就你们两人而已，岂能以偏概全而论？"

耀阳仰天大笑道："特殊情况？以偏概全？现在你们知道殷商天下有多少人沦为下奴，被饿死、冻死，甚至活生生打死？至于那些平民百姓，他们的生活又如何呢？你所说的天下百姓指的是那些吃喝百姓血肉的贪官污吏？还是世代相传所谓的血统高贵之人？又或是心情愉悦之时随意编织所谓的圣主一族？你们看看你们现在所处的天庭是何等穷奢极侈，天下百姓却连吃顿饱饭都很难。”

太上老君一时为之语塞，辩道：“休得胡说！我神玄两宗亦知天下百姓皆苦，故而命黄帝后裔姬氏一族觅机伐商，天下兴盛指日可待，百姓也可复得安宁。”

耀阳冷笑道：“黄帝后裔，好大的名头？可惜他不是黄帝。据闻轩辕黄帝勤政爱民，体恤将士，仁德之风遍布天下。但是这个姬发在你们的指使下，故意跟南域军勾结私开西岐城门，枉我奋力为西岐守城，他却放敌进城，多少西岐将士因此而死，多少西岐百姓因此家破人亡？最后更累得其父姬昌死因不明，西岐军政之乱究竟是何人所左右？难道这就是你们要的结果，这就是你们所谓的天下百姓安宁！”

太上老君老脸一红，哪容他再这样说下去，当即喝骂道：“你这魔星竟然任意信口侮蔑，谁说有这么回事？”

耀阳哈哈大笑，暴喝道：“你敢以神玄两宗永世不得翻身的誓言担保没有这种事情才对？”

太上老君心神一震，顿时气势大落。倚弦在旁却是知道耀阳这么一说，肯定有人不信，有人相信，有人怀疑。他要的就是这个，他不认为没有真凭实据就能定姬发的罪，但是他就是当场埋下一根刺，让神玄两宗内部起了分歧，以便之后他们的逃脱。

哪知元始天尊缓步行出，一身盖世修为立时让“龙刃诛神”与“轩辕剑”光芒大振，耀阳与倚弦首度面对如此强劲的压力，均大感吃不消。

元始天尊缓缓道：“老君莫要理会他们挑拨是非之言才是！”言罢，注目兄弟二人，目光中的凛然气度令兄弟俩呼吸几乎为之窒。

太上老君呼了一声道号，连称：“天尊所言甚是！”

耀阳想到面前此人便是姜子牙的师尊，传闻三界第一法道高手——元始天尊的时候，禁不住架住人儿退了两步，好在被倚弦死命顶住，这才没有露出惊慌失措之相。

元始天尊再又踏前一步，神能感应中已然确定女娲悄然到达的位置，于是心领神会的一笑，正要出手之际，忽而玄灵道心猛地一震，目中神芒爆射，怒目注视耀阳与倚弦，喝道：“好胆！用得竟是声东击西之计！”当即飞身而起，与此同时女娲也已腾身而起，双双朝东急掠而去。

众仙大感错愕，耀阳与倚弦也是对视大惑不解。

就在这时，突然惊闻远处叫嚣一声，众人回头望去，却见天庭灵霄殿方向有火光冲天冒起，神玄两宗一众群仙骇然大惊，天庭之内竟有人放火？

没等他们反应过来，异变又生，猛地一声“喀喇”响起，接着，瑶池上的浮台就在瞬间被强悍的元能击得爆炸开来！混合着瑶池天水的的晶莹玉石满天爆飞，迷蒙了所有人的眼睛视线。

众人气息混乱，忙于躲避乱石溅水。神玄两宗在这一刻失去了耀阳与倚弦的身影。就在此时，听得人儿大呼一声“救命”，所有人无不注目到呼救那里。谁知此时在外围，两条身影从瑶池闪电窜出，早已遁走。

神玄两宗众人反应过来，两人早已去远。

顿时，神玄两宗众高手在天帝和王母点头下，风遁追去，但是已经慢了一步，就只能远远跟在后面。但是几乎所有人都认为破坏天庭之举是这两个将会颠覆三界的家伙在搞鬼，怎么肯轻易放过他们，自是紧追不舍。

或去追人，或去救火，整个瑶池聚仙台顿时人去楼空，变得异常冷清，却还是狼狈非常。想来这应是有史以来最失败的一次蟠桃盛宴。

冥帝、太上老君、鸿钧老祖等人和天帝王母，以及剩下的如九天玄女等少管世事的散仙，都是面有骇色，谁都能想到魔星出现，天庭大乱，这将是三界变乱的前兆。人儿躲在疼爱她的王母后面，怕被母亲责怪。

没人知道慕行云早就在异变之前就已然不见人影了。

耀阳和倚弦在“聚仙亭”爆散之时，就放开人儿沉落瑶池，然后乘神玄两宗心神不宁，被人儿的呼救声转移视线之际，这才窜出瑶池遁逃了。

一出西王母宫，他们才发现整个天庭都已经大乱，灵霄殿浓烟大起，火光四散，天兵天将、仙女伺婢救火的救火，搜寻罪魁祸首的搜寻罪魁祸首，所以大部分人没有注意到瑶池之变，自己乱成一团。

兄弟俩乘机冲向南天门，守门的四大天王正大感吃惊天庭之内为何如此混乱，就见迎面两人飞来，果然不愧是天王神将，反应神速，立即率兵紧紧堵住天门口。

此时情况紧急，不能拖延丝毫，耀阳和倚弦对视一眼，掌中神器齐齐一剑斩出，金紫两道龙形剑气狂飚而去，金紫之光如烈日暴闪，剑气狂暴，四大天王等人身手与兵器比起兄弟俩自是还差了不少，哪敢抵挡，加上兄弟俩全力闯关，一身修为潜力在这一击中尽显无疑，顿时将众将骇得四散逃避。

耀阳和倚弦乘机全力风遁而起，出了南天门，猛地向下界飞驰而去。

耀阳不忘回头恨恨地咬牙切齿，道："这个卑鄙无耻的慕行云，暴露我们身份不够，还要放火烧天庭冤枉我们，若是再让我见到他，非亲手宰了他不可。"

倚弦沉吟再三，道："方才较量，始终觉得慕行云的元能极为熟悉，一定是个曾经与我交过手的人物，会是谁呢？"

耀阳呸了一口，道："不知是否撞邪了，肯定是有人一直在算计我们！"

倚弦沉声问道："你是说黑衣老者。"

耀阳哼道："不是他还会有谁？你不见昨天在昆仑山他说话的神态，显然早就料到我们会落到这种地步似的。真他爷爷的，这家伙存心在搞我们。"

倚弦回头看看神玄两宗的追兵是否甩脱，苦笑道："现在知道也迟了，后面的那些家伙怎么甩掉啊？相信不久后，恐怕整个神玄两宗的人都会天涯海角、三界六道地追杀我们！"

耀阳也回头瞄了一眼，道："管他那么多，逃过今天再说！"

倚弦望向茫茫天际，茫然道："我们该往何处逃呢？"

耀阳脑中迅速闪过一个念头，看了倚弦一眼，兄弟俩同时喝道："天山！"

既然黑衣老者让他们背这么大的黑锅，那么他们为何不将计就计，将整个神玄二宗引至天山，他们此时想到的是有仇报仇有怨报怨，哪怕是最后同归于尽也是在所不惜。

远处，神玄两宗除了那些自持身份的老一辈大人物之外，其他包括一众天兵天将都纷纷追来了，在耀阳与倚弦后面远远地紧追不舍，就像是一群追着雁燕的凶猛鹰雕，铺天盖地地追来，又如满天的蝗虫一般，就只是盯着两人这个明显的目标。

耀阳恨恨大骂道："他爷爷的，这群吃饱饭没事做的家伙追得这么紧干嘛，我们是干掉了他们的老爸还是杀了他们全家?"

倚弦讪笑二声，道："估计他们一定认为如果现在不干掉我们，恐怕日后真的会出现你所说的情况!"

耀阳被倚弦这句话笑得差点岔气，连声道："你小子看你平常正正经经的，也会说这么缺德的话？不过，我现在真的很想这样做了……"

倚弦耸耸肩，道："嘿……再不快点，我们就真的玩完了。"

这时，两人身后不到十里的距离，便见一大群神玄两宗高手像是见到了花蜜的蜜蜂一样狂追不舍。

耀阳和倚弦两人毕竟在瑶池受了伤，虽然全力催发体内异能，但还是被后面的诸仙不断追近。

不过，他们兄弟俩早想到这点，齐齐大笑一声，身形陡然下坠，在神玄两宗追之不及之时，便落在了这一片莽然无边的昆仑山脉之中，顿时就如鱼入大海一般，再也寻觅不到，令神玄两宗一众大恼。

昆仑道宗弟子立即回宗通知全宗弟子搜遍昆仑山脉，其余神玄两宗诸人继续私下搜索。只是因为大家都在瑶池见过两人的修为，自是不敢有所大意，分拨来寻都尽是十来人一队。

昆仑山脉曼延不知有数百里，到处是莽莽远古森林，进入林中便是一片幽暗，灌木杂草比人身都高，参天大树上那手臂粗甚至于水桶粗纠缠的鞭形物体不知是那万年藤蔓还是千年巨蛇，被莽林遮成的黑暗中处处皆是混杂凶狠的野兽气息，甚或还有活了数千年的洪荒凶兽，一旦惹火了它们，就算是寻常道宗的法道高手碰到也讨不了好处。

耀阳和倚弦喘了口气，匿身一个小土坡之下，无数连绵的灌木将他们完全掩藏。他们不认为能在这昆仑道宗和王母的地盘中偷偷溜走，但是躲在这一片无际的昆仑山脉，凭他们收敛气息的能力，神玄两宗一时半刻想找人也无从找起，只有借助神宗宝物进行大规模的搜捕，才有可能寻得蛛丝马迹。

这些神玄两宗修行数千年的法道高手果然是强得离谱，他们的伤势可是不轻。现在最重要的便是好好休息一下，令身上的伤势慢慢复原，否则不需要多久就会被伤势拖累。

兄弟俩合计过，就算此时全力风遁，天山也不是几个时辰就能赶到的，数千里的遥远路途，神玄两宗肯定不会放过他们，能不能安全赶到都是一个问题。如果要一边隐藏身迹，一边向天山而去，没有十天半个月的，恐怕不行。

耀阳用五行玄能牵引着归元异能在体内运转，伤势逐渐恢复。倚弦也是一样。如让任何一个神玄二宗的高手见了都会大吃一惊，没人能想像到他们居然拥有如此强悍的恢复能力。

耀阳和倚弦自己也不知道，他们现在的身体乃是归元异能跟五行玄能或冰火异能结合重铸，现在各自运起元能，自然能轻松修复内伤破损之处，更何况神奥莫测的归元异能本身就有着极为顽强的修复能力。

即使以两人如此重的伤势，不过一日便已经完全恢复。

等到第二日天亮的时候，耀阳和倚弦开始打算找机会离开。不过，两人放开神识，观察神玄两宗的情况之时，不由骇然大惊。

神玄两宗至少出动了数千神玄弟子，规模遍布昆仑山附近所有的山头，就是上空也有数百近千的高手轮番监视。这数千人可不是普通的人界兵士，而是有着数十年甚至更高修为的法道高手，就算三万或是十万普通人界兵士陷在这一片无边的昆仑山脉中，也定是像河水汇入大海，起不了什么波澜，但是数千个法道高手就不一样了。以这种仗势来看，只要在各处布下五行结界，恐怕就算一只苍蝇都飞不出去。

耀阳跟倚弦面面相觑良久，吐了口气，仰身睡倒在地，嘿道："我现在很肯定，我们不知在什么时候杀了他们全家，否则，哪会对我们这么重视，简直是将我们恨之入骨……不……不是简直是一定！看这些人一起加起来，压也能将我们压成肉饼了。"

倚弦用拳头支着下颚，皱眉沉思良久，突然疑道："神玄两宗怎么会派遣这么多的人手来搜查我们？难道他们不怕魔妖两宗乘机捣乱？"

耀阳哼哼几声，道："不用说，他们肯定是对付了魔妖两宗，确定魔妖等辈不敢轻举妄动，所以才会将全部精神放在我们身上。我看他们的手段，恐怕也不会怎么光明。不过，那日黑衣老者出来见我们，又在天庭捣乱，神玄两宗肯定是奈何不了他或者是没在意他。嘿嘿……黑衣老者可不是好惹之辈，看他现在的行为，神玄两宗只在我们身上花时间绝对会吃亏，最终得利的肯定是黑衣老者，他爷爷的，这只老狐狸！"

倚弦用手指轻敲着树枝发出"笃笃"之声，还是深锁眉头，忧心道："看那黑衣老者的口气，神玄两宗肯定不会只是吃点小亏，到时，真正颠覆三界的不会是我们两个魔星，而是老奸巨猾的他。但他究竟现在想干什么，为何要让我们去天山呢？"

耀阳大大咧咧地道："这一切，等到了天山，我们一定能知道了。"

倚弦望向天山的方向，凝声道："我还是有些不放心。老家伙应该可以猜到我们会招来一帮神玄二宗的高手追杀，那他为何还会暴露自己的行踪让我们知道呢？难道有什么阴谋不成？"

"我何尝不是这样想，不过，我们现在能有什么办法，只能但愿他有什么阴谋才好。再说我现在倒是不恨黑衣老者，反倒希望后面这群家伙统统中招！"耀阳也是一脸无奈的苦笑。

两人俱是叹了一声，但马上恢复正常。

耀阳摸摸下巴道："看神玄两宗的这些架势，你说我们该如何离开是好？”

倚弦迟疑道：“办法有很多！不过哪个更好呢？”

耀阳哈哈笑道：“你下不了决定，就让我来吧。”

他们两人一个学了《幻殇法录》，一个遍读琅寰洞天所藏，别的或者还不能说是很行，但是搞点小东西还是没问题的。

神玄两宗数万人围着昆仑山搜索，但是真正封住耀阳和倚弦出路的只有百多人，他们在莽莽远古森林内，非常仔细地逐步搜索。蓦地，在他们右侧十里外猛地爆出剧烈的炸声，顿时将他们的目光吸引过去，他们迅速向那里窜去。

爆炸声同时震响了周围的其他人，不少神玄两宗的人纷纷向那里赶去。

这个时候，耀阳和倚弦却早在离他们两三里外，潜伏身形迅速离开。紧接着围绕着第一个爆炸地点，又是几处爆炸一个发生，混乱的气息可以感觉到一丝归元异能的存在。神玄两宗都认定这是两人声东击西的策略，只是他们肯定就在附近，只想借机逃走而已，所以附近大批人手纷纷赶到，谁都没想到就这一耽误，耀阳和倚弦早在十余里之外。

耀阳和倚弦也只是略施手段，用独特的手法控制好几个元能团的爆发时间，等他们离开后，才引发爆炸的。当然这些大部分都是魔妖两宗的小道花招，神玄两宗平素皆不屑知道，但是两兄弟却从来没有这层顾忌。

“搞定！”耀阳和倚弦大喜过望，乘机隐身离去。以他们能瞒过幽玄、陆压等人的潜身能力，哪会让那些小辈有所发现，何况他们兄弟俩掌握到神玄二宗所布法阵的诀窍所在，所以并未使用任何遁法，令神玄二宗始料不及。

许久之后，爆炸声终于息了，却到处都可以感应到浅弱混杂的元能气息，让数百名全力搜索的神玄高手忙得晕头转向。当然他们也不会这么笨，其他各人还是将周围各个方向都封住。只是他们刚开始就料错了，差之毫厘，谬以千里。

天色再黑之时，耀阳和倚弦到了百里之外，为了不让神玄两宗诸人发现，他们只能牺牲速度。纵目这一带林区已少有神玄两宗的弟子出现，耀阳拨开一蓬绿色枝叶，喘了口气，道：“他爷爷的，逃得这么不舒服，也只有这一次了，看来是你的霉气盖过我了！”

倚弦没好气地道：“去你的！你自己清算一下，被你连累的时候又有哪次是跑得很舒服的？”

耀阳怎会不知自己理亏，当即哈哈一笑，大步迈出藤蔓杂草横生的林子，走了几步却瞬时愣住了，眼前是一片林间空地，而十几丈外赫然有个简陋的石亭。一人正倚在石栏上，面容英挺潇洒却带着三分不羁，兄弟俩看去竟是哪吒。

兄弟俩为了避开玄门法阵的感应，一早就没有施展遁法，此时哪里还能从容面对，不禁都大感惊骇，难以想象哪吒如何会知道兄弟俩的行踪。如果照此推测，神玄二宗岂不早就布下天罗地网等待两人来投。

哪吒已然早就察觉到有人靠近，睁眼看到两人，不由惊讶失声道：“不会吧，我只想打盹偷个懒而已，这都能让你们碰上了？不知是你们倒霉呢？还是我运道实在太坏了！”

想到以哪吒现时的修为，自然不可能敌得过耀阳与倚弦兄弟两人联手，但是却足以拖住他们，后果堪虞。耀阳和倚弦对视一眼，听出哪吒话中有话，当即也不慌张了，耀阳走上去干笑道：“咳咳……李兄，一向还好吧？”

哪吒目光中也无敌意，呸了一口，道：“好个屁，闲得没事偏要搜什么山？无聊。哦……我可是怕死得很，一个人怎么打得过你们两兄弟。所以只好装作不知道了！当然我是不会告诉你们，在左山二十里外的出口守着的人手是最薄弱的，唉，天黑了，继续睡觉！”

倚弦这才相信哪吒真是偷懒才躲来睡觉的，所以为了不被他人知道，也用独门法道收敛了全身气息，难怪大意的耀阳和倚弦也没注意到。

“多谢！”耀阳和倚弦抱拳致谢。

哪吒淡淡地道："我不会因为谁可能成为三界六道的敌人，便对之下手！再则说来，我素来看不惯这些天界繁文缛节的规矩，反倒是觉得你们兄弟俩比那帮老家伙看起来更顺眼！但是，如果以后证据确凿，我一定会千方百计将敌人绳之以法，希望你们好自为之！"

耀阳回头一笑道："你认为我们是三界六道的敌人吗？"

"我不认为并不代表你们不可能，这不是我所能决定的。这个问题我与杨戬兄商量了许久，都找不到答案！所以希望你们兄弟莫要被我们哥俩看错才好！"哪吒摸了摸鼻子，然后闭上眼睛打起微鼾来，也不知道他是真睡还是假睡。

没想到哪吒能这么想，看来仍不失当年后羿的直性子。耀阳和倚弦不再看他，迅速向哪吒所说方向潜去。一路上所见所闻就是，现在几乎整个昆仑山都在神玄两宗的掌控之下。

果然过了二十里左右，就见到前方一个谷口仅有二十来个道宗弟子布阵守住。想来也是，偌大一个昆仑山，不可能每个山口都布满人手，最后还要倾出高手来巡捕他们。但是如果不是哪吒提醒，他们迂回前进，未必能知道哪里才是整个法阵的弱点所在。

耀阳和倚弦没有莽撞冲出法阵的想法，他们知道必须先查清楚周围的情况。经过一番仔细盘查，终于肯定这个山口的出路确是最好的，百数里内这里的人手是最少的，而且实力也不强，上空的监视也很难企及。

仔细感应一番，才发现这二十来个昆仑弟子的修为还算不错，但是怎么也不可能跟耀阳和倚弦两人相提并论。摆在两人面前的问题是，最好的办法莫过于通过那里，并能在短时间内不被神玄两宗其他高手所察觉。

使用隐身遁法是不可能的，整个昆仑山在数千道宗弟子的法阵呼应下，已然成为一个巨大的元能法阵，相信任何异样的元能波动，都将逃不过类似元始天尊与女娲这等级数的法道高手的严密监控。

耀阳左思右想沉吟半晌，眼中一亮道："其实想想，办法也简单！"

那些昆仑弟子在林中左右上下仔细观察，这种大事百千年难遇一遭，而且是天庭帝君与神宗诸神的严旨，他们可不敢存有一丝大意。不过蹲了一天多的时间也没有一个鬼影子，这实在可以磨掉任何警惕长时间人的耐心。

正均感有些无聊之时，他们骤然发现林子中冲出几只凶残的巨型豺狼向他们冲去，虽然并不惧怕这些豺狼，但他们还是被吓了一跳，其中几个昆仑弟子随手施放元能击在那些豺狼身上。本以为这些豺狼会齐齐倒毙，谁知还有几只豺狼竟灵巧避过，一头闯入谷口，幸好还有几个弟子又给了它们几下，才把他们干掉。

昆仑弟子的攻击同属元能施放，当然无可避免地引起了法阵示警。众昆仑弟子也没在意，只是惊呼道：“这些远古豺狼真是厉害，居然要连受两击才完蛋！”他们却浑然没有想过为何它们会突然冲出来袭击他们。

百丈之外的耀阳和倚弦，在丛木中回头一笑，远遁而去。

第一百三十一章　灭世陷阱

天山。

以天为名，果是非同小可。绵延百数里的群山峻岭高耸在天空之下，云雾之中，显得无比的雄伟。天山有一奇处，它占地之广远不如昆仑山，但数十峰皆高达万仞，即使连昆仑山都望尘莫及。最让人震撼的是，这数十峰皆围一极高山峰——天祝峰而立。而那天祝峰高耸入云，不知有多少高处，让人叹为观止。

据闻千百年来从未有人上过天祝峰，即使三界四宗的高手也是一样。至于这个消息的真假，无人可做考究，因为天祝峰周围十里之内都有神玄两宗一众高手守护，除非拥有魔门各族的超强实力，并不顾一切地强攻，否则无人能上天祝峰。

耀阳和倚弦一早也有所听闻，但他们小心戒备赶到天山，并连夜攀上天祝峰的时候，才发现情况却跟传说的不一样——整个天祝峰竟都没有什么人影，更见不到半个所谓的神玄二宗的弟子。

耀阳和倚弦兄弟俩惊讶地对视一眼，暗思，难道所有的神玄弟子都前往昆仑山围剿他们兄弟了吗?

兄弟俩注目眼前不知高伸往哪里的天祝峰之上，不知是否他们的归元异能在此峰上发挥极为强劲，他们同时感应到强烈的魔能波动从某处阵阵传来，那种元能的强势竟连自称“邪神”的幽玄恐怕也只会自叹不如，只是二人同时感应偶尔有些不稳定而已，兄弟俩暗忖，难道竟是那黑衣老者不成?

两人当即毫不迟疑地蹿了上去，风遁展翔在天空之中，很快就已穿越云霄，直达峰顶。在那些厚厚云雾之上，天祝峰接近峰顶之处冒出一缕缕黑气，最终形成足以遮盖天日的黑云。

魔气！耀阳和倚弦综其一身所学皆与魔门法道有些牵连，自是对魔门元能的能力相对较为清楚，见此情况自是大惊。

但凡神玄妖魔四大法宗分为如何的三六九等，唯一不变的便是同为本命元能的修持，而对敌法技则讲究如何虚实相应以便出奇制胜，所以千万年来四宗法道早已形成一门既可修真又能敛藏的技法。然而此时兄弟俩所见的魔气则丝毫没有避忌，足见它的强大已然无须加以敛藏修行痕迹。

倚弦心头猛震，停下身形沉凝再三，道："小阳，我忽然有种不好的预感，这里面肯定有让我们头痛的玩意。"

耀阳长吁一口气，回头看看天祝峰下面，再深深吸气，道："但是不管怎么样，神玄两宗那些家伙在不久之后就会循迹追到，我们只能先揪住黑衣老者那老狐狸再说，否则我们兄弟俩对数千神玄两宗高手，你认为能逃得了吗？"

倚弦无语，他如何不知眼前的情况紧急，拍了拍耀阳的肩膀，叹道："我们现在也只能见一步走一步了！"

耀阳点点头，看了看周遭的山峰，突然感叹道："看来这个天祝峰不只是高，而且占地也是奇大！"

倚弦倒是没时间再去注意四周的奇山奇景，道："所以，我现在很奇怪黑衣老者为何偏偏会引我们到这里，这后面究竟隐藏着什么阴谋呢？"

耀阳耸耸肩，反而一笑，道："我是越来越有兴趣并迫不及待想要知道，这个游戏到底是怎样的玩法，走吧！"

两人直往冒出魔黑之气的位置赶去，转眼近了，却见那处是极为陡峭的峰崖石壁，黑气正是从其中几处山隙中冒出，而随着黑气凝结所形成的魔能波动越来越强，带动气流涌动成风。

山隙中的烈风狂猛喷出，两人迎风而上，以他们的修为竟还微感阻力。

两人骇然相顾，急急从山隙之中窜入，山隙仅能容身而过，而越到里面，风势越强，黑气越浓，那魔能的波动便越是强烈。

行了甚久，终于到了一个大约三十来丈见方的山腹之中。在这山腹的中心，群石呈很奇怪的阵形环而林立，那黑气形成的迷雾环绕其中，越趋中心越是浓烈。而魔能波动的来源就是在那里，透过黑雾可以见到一人正盘坐其中，但看身形便知绝对不可能是那个黑衣老者。

那强大的魔气给人一种沉重却又非常诡异的感觉，弥漫在这山腹之间，就如要将山腹撑开一般。耀阳和倚弦大骇，此人到底是谁？魔宗之中，除了黑衣老者之外，竟还会有这么强劲修为的人。

“阁下是谁？”耀阳厉喝一声，甩手扑了进去，却在半途中被魔能硬生生的反弹回来，那里竟有一道法阵结界。

“你……们……来……了……刚好……前奏终于搞定……现在让你们一起来见证这个光辉的历史时刻！”那黑雾中的人兀自站了起来，他每说一个字都是不同的语调，好像不是同一个人讲的，竟还有一个女声混杂其中，但最后几个字说得很清楚，很顺口，也很是耳熟。

兄弟俩赫然对望，显然已经从后面的话语声中听出对方的身份。

“哈哈……两位莫要见怪，杂乱不同的魔能已经被我同化……这种声音的变化不会再出现，你们……看看吧……”那人突然狂笑起来，双手一挥，猛地魔能爆发，黑雾竟在瞬间被他挥散得一干二净。

顿时，地面清楚无遗地露出来了，那里竟是一个呈着很奇怪形状的血池，跟那林立的石群是同一个形状，就像是一只择人而噬的凶兽。而那人就站立在血池之中，一身血迹污秽，无比的狰狞。

耀阳和倚弦也终于看清楚那人的长相，同时确认了他们方才的判断。

此人傲然而立，看那轩眉如剑，异常眼熟，竟然是太上老君的得意弟子、玄门元宗第一新秀——慕行云！只是他的身材似乎突然变得高挑也强壮了不少，赤裸的上身精壮得像是巨熊，站着的个头竟比耀阳和倚弦还要高了一个头，仅是阔步开立的随意一站，已然透出强势无匹的压力。

“慕行云！”耀阳和倚弦同时怒喝道，“这一切原来都是因为你——”

慕行云随意松松筋骨，双手捏成拳头，随着他的动作开合，那庞大更胜幽玄的魔身元能像是风一样散发出来，有着让人窒息的感觉。

怎么可能？身为玄宗弟子的慕行云全身运转开来的竟是魔能，而且他的修为怎么会就在这短短十余天内增进到如此地步。耀阳和倚弦自是不知这其中的玄奥所在，当场被眼前的变化惊得有些目瞪口呆。

“马上，你们将见证到三界最强者的诞生……哈哈……”慕行云肆意狂笑着，往血池凌空一抓，顿时抓起浑身染血的三个人形躯体来。

“羿姬宗主……”耀阳和倚弦不由大惊失色，被抓起来的三人竟分别是魔门防风氏宗主羿姬、共工氏宗主淳于淼与“邪神”幽玄，只是他们此时全部没有任何气息透出，分明已经死了多时。

倚弦不由惊怒交加，想到婥婥肯定会因为其师之事而伤心欲绝，不由厉喝道：“羿姬虽然位列魔门防风氏宗主，但是极少做出危害苍生之事，你岂能随意滥杀，难道尊师没有授你明辨是非之理吗？”

慕行云显然对倚弦的指责不屑一顾，狞笑道：“他们当中不管是谁，都死得正好，因为他们的成全，三界第一强者马上就要诞生了……哈……”

狂笑声中，他双手十指分别插入羿姬和淳于淼头顶之中，却是没有任何血迹溢出来，而是另有一条奇异的黑索从他眉心之中伸出，将幽玄魔躯周身团团绑住。这时，羿姬等三人的眼睛突然无声无息地睁开——

他们竟没有死吗？

但是，兄弟俩看到的却是那了无生气的眼神，竟是让人心悸的死寒。

“不要！”耀阳和倚弦的惊叫声中，慕行云哪会顾得了他们的感受，大笑的双眼中露出诡异的兴奋之色。

“畜生，放开羿宗主！”倚弦虽然不清楚慕行云究竟意欲何为，但是心中的愤怒已然难以抑止，猛地怒喝而起，不需要再多说话，舞起“龙刃诛神”就向慕行云劈空斩去。

“砰！”倚弦的身形甫入血池前三丈处便被震飞，他一身归元异能混合冰晶火魄，竟也是劈不开这道强悍的魔能结界。

慕行云的嘴角露出一丝不容觉察的冷笑，已经闭上眼睛不再理会他们。

“一起来，劈了这畜生！”耀阳飞身喝道。

“轩辕剑”和“龙刃诛神”聚集兄弟俩的全身元能，耀阳和倚弦怒目咬牙，同时暴喝一声，金紫双龙纠缠在一起，玄门剑宗无上玄奥的“灵悟剑诀”主导其中，两道前所未有的元能最后幻成一条金鳞紫光的巨龙，在震天龙吟中狂猛无比地撞在那结界之上。

“轰！”强如飓风的气流让耀阳和倚弦站立不定，倒掠起三丈开外才堪堪稳住身形，但是金光爆散，紫光消逝，那道结界却仍然是丝毫未动，结界内的血池甚至连一点波纹都没有被惊起。

“怎么可能？”耀阳惊道，“再来一次，我就不信搞不定它。”

倚弦盯着慕行云，眼底抹过一丝冷冽，静静地道：“羿姬宗主已经过世了。相信这个结界一定是黑衣老者从中周旋所布，任我们如何努力最后还是还施己身！既然一时半刻想不到破解的方法，我们不必再浪费力气！他总归是要出来的，到时我发誓一定会活剥了他！”

耀阳静静看了倚弦一眼，不再说话，也是盯着慕行云。他很清楚倚弦的性格，能让他如此愤怒的事情不多，但倚弦一旦有了这种神情和语气，那就是说他定然不会饶过慕行云。

血池中的形势极为诡异恐怖，羿姬和淳于森的头发已经完全脱落，慕行云双手的皮肤不知在何时竟跟他们的头顶完全连起来，没有一点的裂隙，仿佛一直就是同一块皮肤一般。而幽玄的身子早被黑索团团捆住，黑索也连成一片将幽玄的身子完全包住，却是成了一个黑色的皮囊。

慕行云的双手微微颤动起来，羿姬和淳于森面目突然模糊不清，最后竟成了一张没有五官的脸。黑色皮囊四处鼓起蠕动，不断缩紧，而慕行云的眉心有一块黑印则是不断扩散。

慢慢的，羿姬和淳于森的身体竟也逐渐缩小，当黑色皮囊最终缩得重新变成一条黑索，便猛地窜回慕行云眉心，除了慕行云在片刻间变成一张黑脸之外，其他的没有任何异变。而此时羿姬和淳于森的身体也已经缩成慕行云的双手，这时的慕行云全身漆黑，但是吸收三人魔躯的身体竟然丝毫没有一点变大。

耀阳和倚弦二人所学颇杂，却从未在任何典籍上见过类似邪道法诀的描述，但是兄弟俩仍然只是冷冷地看着这恶心而恐怖的一切，没有说话，仿佛什么都不能让此刻的他们动心。

此时，慕行云猛地大喝一声，整个血池的血水骤然竟全部涌起，被他全身吸入，慕行云很快将这些猩红的血全部吸收，不留一点血迹在外。

血红的双眼骤然睁开，顿时只觉魔血厉芒四散，慕行云终于开口得意地大笑道："多谢你们，否则慕某也不可能从神玄两宗的手中劫出幽玄、淳于淼和羿姬三人，现在终于已经吸纳了他们的魔躯，成就了我无边的修为，可惜被刑天灭与闻仲这两个家伙逃了。但即使这样，现在慕某……不……我殷郊也已经拥有无穷的力量，还怕什么人吗？天地三界将以我殷郊为尊，殷商很快将会成为有史以来唯一的三界共主……哈哈……"

"殷郊……"耀阳登时呆了，那不是纣王的大皇子吗，玄宗弟子慕行云居然会是纣王的亲生儿子？

耀阳在这个时候却很冷静，冷冷地问道："你什么时候跟黑衣老者勾结上的？"他们的身份除了九尾狐外就只有黑衣老者知道，而他会叫他们来这里，肯定是为了让他们见到慕行云。

慕行云冷笑道："这个老鬼挟制我已久，今日以后，我不再需要忍他了。不过这个老鬼还算是做了一件好事，将你们送来让我松松骨。"

倚弦、耀阳需要的就是慕行云确认的这句话，倚弦立即冷声道："你和黑衣老者设计陷害我们，将所有的事情都栽在我们头上，害得神玄两宗追杀我们，还害死羿姬宗主。这笔账，我们也应该好好清算一下了。"

慕行云哈哈大笑，全身气息猛地爆发，比之前更加稳定而且强悍的魔气爆发，竟刮起一阵狂猛暴风，顿时将周遭石林尽数扫散，法阵结界顿破。

"去死吧！"哪需要什么礼仪，耀阳已祭出轩辕剑就飞身击去，金光如电，混着紫气狂冲，心意相通的倚弦亦同时斩出龙刃诛神。剑气狂猛纵横，慕行云纵身而起躲开，扬手就是展出一物。

“翻天印！”耀阳和倚弦同时惊喝，倚弦立即想到原来在南域兵营中纠缠自己的祝融魔躯其实就是慕行云。

慕行云哈哈大笑道：“你们两个被称为三界最为杰出的青年高手，今日我殷商太子——殷郊就一人跟你们两人一战，看谁才是三界真正最强的青年高手！”

耀阳冷哼道：“自以为是，今日便让你丧命于此，算我们替神玄两宗干掉一个叛徒吧，或许他们还会感激我们呢。”说话间丝毫不停，轩辕剑如狂风般怒出，剑剑不离慕行云要害。

慕行云初成魔功还不知威力如何，不敢跟轩辕剑正面交锋，身如迅雷狂闪，而面对倚弦的龙刃诛神，他避闪不开，则以翻天印抵挡。

耀阳和倚弦都心生杀机，誓杀此獠，出手毫不留情。

耀阳的轩辕剑斩出剑气开合，瞬间布满了整个山腹，金紫之光相映生辉，倚弦斩出龙形剑气啸吟着冲出。慕行云低喝一声，双手尽情张扬，翻天印化成金光大印完全将他护住。

“轰！”耀阳和倚弦两人的合力一击，着实击在金光大印之上，顿时元能狂窜，气流如爆，将那翻天印防御结界硬是震碎。谁知慕行云只是闷哼一声，却是毫发无伤，反而耀阳和倚弦被反震一步。

耀阳和倚弦骇然，单从元能修为而言，慕行云此时怕是仅比其师太上老君差了少许而已。慕行云见翻天印的防御结界完全能挡住两人合力一击，不由得意地大笑，双手一指，翻天印底印出一道金光成阵法，阵法立即化成三道巨型风刃交叉向两人斩出。

“他爷爷的，什么玩意！”耀阳大骂道，轩辕剑迎面斩出，顿时将风刃斩裂，倚弦倏地穿过风刃裂缝，龙刃诛神狂斩而出。紫光纠缠剑身继而汇聚成紫色光龙直向慕行云扑去。

耀阳斩裂风刃却被那强悍力道震退三步，气血沸腾直欲冲口而出，硬是被他强忍住。幸好此时龙刃诛神斩出的紫龙剑气让慕行云也只能防御，没有机会再出第二击。但是以慕行云现在的修为，凭着发挥出全部实力的翻天印，轻松地将倚弦的剑气震消。

倚弦赶上一步，横剑击出“冰封千里”，蓦地山腹之内骤然一冷，冰水遽出，在慕行云身遭周围冰棱封顶，慕行云顿时被封在冰团之内。倚弦当然知道没这么容易能将慕行云搞定，二话不说再赶上劈出一剑。

慕行云刚拼起魔能将冰团震碎，又面临倚弦强力之剑，他只有再以翻天印挡住。“砰！”倚弦竟被震飞，一口血喷了出来。慕行云亦是狼狈退了一步，此时金光耀目，暴喝声入耳，就见耀阳跃起强势一剑向他当头劈下。慕行云一口气还没缓过来，又急急以翻天印强挡！

又是一声巨响，耀阳被高高震起，嘴角有血丝溢出。但是仓促应战的慕行云也不好受，一口血吐了出来，毕竟耀阳、倚弦和轩辕剑、龙刃诛神都不可小看。倚弦喷血消除体内难受的金印魔能，却在瞬间缓过气来，落地即是足尖一点，整个身形再次窜起，龙刃诛神如满天落雷般疯狂砸下。

慕行云大喝出声，再使出翻天印的防御结界，挡住倚弦几下后，他再次飞窜离开，那防御结界虽然厉害，却是太耗元能，不能持久。

此时，耀阳亦已落下，身如电闪，转眼出现在慕行云身后，一剑刺出。金光化出耀目长虹，这一剑似将山腹内的所有空气都抽干了一般，气势如怒潮迫人，完全具有威胁慕行云的威力。

慕行云骇然，连忙翻身躲开，这时倚弦已经挥出龙刃诛神在他必经之路划过，动作虽轻，却是卡住了慕行云的去路。来不及以翻天印抵挡，慕行云虽强也不敢以肉身硬抗龙刃诛神，唯有勉强凌空反弹避开。

耀阳见机将轩辕剑刺出一蓬剑花，剑花突然爆炸引发无数团团火焰以慕行云为目标倏地击去，而同时产生狂风催出，烈火狂猛如雷。慕行云知道此招不弱，身如飞燕斜飞而起，但是那无数烈火却没有放过他，反而追踪而上。

“去死！”慕行云大骂，全力挥手扬开，顿时烈风怒炸，立即将团团烈火挥散，处此劣势仍能应付自如，慕行云果然已非昔日之身。

倚弦乘势斩出龙刃诛神，配合“傲寒诀”，数十成百的冰剑陡然形成，直袭慕行云。慕行云屹然不惧，魔能颤动，翻天印底一道正方形金光扑出，马上将冰剑击碎。倚弦本就不认为这个能难倒慕行云，后劲已破，龙刃诛神斜挑而上，顿时引得地面十丈方圆的数十尖锐冰锥突起，迅猛刺向慕行云。

慕行云低喝一声，扬起翻天印就是向地下一砸，竟将那些冰锥尽数捣碎。

就在这个时候，龙啸像是暴怒般响起，一道金色剑气猛地向他当头斩下，金光环绕龙形剑气，如九龙纠缠剑气强悍袭敌，在剑气内芯却是烈火如炽。这是耀阳蓄力的一剑，威力岂能小看，大有劈天裂地之威。

慕行云来不及躲避，暴喝一声，血红双眼充血几成紫色，全力运起翻天印的防御结界，金光大印覆盖全身。耀阳的一剑斩在结界之上，“铿!”一声巨响猛地震得整个山腹为之微震，三人的耳膜都差点被震裂。

耀阳的金光照彻整个山腹，耀阳身子被抛起，不由呕出满口血腥，连退几步的慕行云嘴角也有血丝溢出。倚弦立即冒着金光斩出龙刃诛神强击慕行云，丝毫不给他缓气的机会。

慕行云大恼却无可奈何，面对轩辕剑和龙刃诛神这三界最强的神器，他空有一身修为也不可能敢硬接，如果换做其他普通神器，他根本不需要有如此顾忌。他唯有怒喝，挥手使翻天印一震，化成一道气墙堵在倚弦面前。

倚弦的攻击难免一滞，慕行云乘机反击，就是一拳击出，黑光混着金光闪烁，魔能瞬间就到了倚弦面前。倚弦急忙侧身闪开，他的攻击之势也没了成效。

但胸口淋了斑斑血迹的耀阳已经跟至，一剑刺出，这一剑却不再狂猛，而是非常的刁钻，三缕剑气像是毒蛇般飞闪，落势不定。慕行云不知这一剑深浅，不敢轻举妄动，身子飞速后退。当他退到背靠石壁之时，那三缕剑气突消，代之而起的一片青蓝火焰从脚底烧起，像是来自地底九幽的烈火，其之猛烈，就连慕行云也不得不退避三舍。

慕行云无处可躲，只能猛然狂蹿而起，在山腹之顶一点，如怒电一样，就冲到了耀阳面前，一脚踹下去。耀阳冷笑着轩辕剑横扫，慕行云早防如此，闪身避开，同时以翻天印挡住倚弦一剑。

慕行云还是被耀阳回以颜色的一脚踢中胸口，顿时整个人飞了起来，但是仿佛没有什么事情，他一愣后，反而露出兴奋的神色，大喝道：“你没吃饭吗？你们这么点力量，我殷郊让你们知道什么才是真正的强者。”

耀阳呸道：“哪来这么多废话，去死吧。”轩辕剑强势斩出，剑气如狂潮涌出。倚弦没有说话，但手中的龙刃诛神强袭慕行云，毫无一点留情。

慕行云此时的修为真的是非同小可，若非他刚魔功大成，还不能很好地运用这一身超越幽玄的修为，此时面对耀阳和倚弦两兄弟，绝对不可能会落于下风。耀阳和倚弦知道这点，出手更不会留情，尽下杀手。但是慕行云这一身的修为也不是摆着的，自从知道不惧普通元能袭击之后，他更是变得肆无忌惮，耀阳和倚弦仅能偶尔以拳脚击中他，当然这对慕行云仿佛没有任何的伤害。

三人死战许久，都发现一个奇特现象，以他们这样不遗余力的死战，恐怕就算是一个全是由花岗岩组成的山头也被抹平了。但很奇怪，这个山腹竟然只有一些些小石片从石壁上微微剥落，三人的余劲甚至连在石壁留下一些痕迹都不多。

难道这个山腹的石质会坚逾金玉？这种奇相让他们难以想通，但是他们就算看到眼前的奇特，但是这个心中的念头也只是一闪而过，这个时候哪有时间去考虑这些。

三人大战许久，慕行云逐渐有些适应全身的魔能，但他还是不断被两兄弟拳脚击到。耀阳和倚弦也不知道打中慕行云几拳，踢中了几脚，但丝毫不见慕行云有一点不适之感，反而越来越感觉慕行云的魔能不断膨胀，竟越来越强。

耀阳和倚弦警觉起来，对视一眼，突然想到慕行云能将幽玄等人的魔能吸收，此时这样任他们这样拳打脚踢，难道也在吸收他们的异能不成？顿时大感不妙，坚决不再用拳脚出气，全力以轩辕剑和龙刃诛神对付慕行云。

“你们现在才知道，已经晚了……”慕行云哈哈大笑，他见目的被他们看穿，也不需要再作隐瞒。

耀阳咬牙大骂道："去你爷爷的，找死！"不顾一切地斩出轩辕剑，直欲强取慕行云项上人头。

"你们才去死吧。"慕行云狂笑着，魔能再次大增的他得意无比，双手张扬，顿时黑色魔气如雾外涌，像是飓风怒作而起，顿时吹得尘土飞扬激射，让人无法睁眼。

耀阳和倚弦尽展轩辕剑和龙刃诛神，疯狂怒斩，但是黑色魔气催起狂风，异常强烈，两人顿时被阻了一下。这时这携带无比威力的黑色魔气集结在翻天印之内，顿时本来金光璀璨的翻天印变得是黑光幽幽泛金。慕行云终于使出了翻天印最强的攻击绝招！

"神印碎天！"慕行云双眼精光闪过，厉喝出声。陡地金黑色的翻天印爆炸了……不，应该说是充斥在翻天印内的魔能爆炸了，携着翻天印本身的威力。

整个翻天印仿佛碎成百十片，所有碎片都拥有翻天印的威力，如此铺天盖地地向耀阳和倚弦扑去，一片黑气中闪着金光，将整个山腹全部布满，其势不可挡。

即使如耀阳和倚弦也不由为之骇然失色，无处可躲的他们唯有全力展出轩辕剑和龙刃诛神。

"叮叮当当……"交戈裂响震耳，击碎翻天印魔能碎片之上，耀阳和倚弦同时猛喷鲜血，猩红色的血滴随着气流飞射，触目惊心。

耀阳和倚弦踉跄后退，惊骇相顾，翻天印能列仅次于轩辕剑和龙刃诛神的三大神器之一，果非虚传。可惜真正能够御使轩辕剑和龙刃诛神威力的神器绝招，他们还无从得知，甚至不知道是什么，否则也不至于这么狼狈。

慕行云嚣张地大笑道："怎么样？你们凭什么跟我相比，三界之大，有几人能奈何得了我？"

"我！"正当耀阳和倚弦皆惊怒不已，却还需喘口气无法动手之际，突然一愣阴森森的冷哼传入三个人的耳中，一人不知何时幽然已至。

黑衣老者竟然出现在山腹之中——

谁都没想到，这个时候黑衣老者竟然横空出现。

慕行云横目怒视黑衣老者，大喝道：“老匹夫，我受你的气已久，今日叫让你全部还回来。”

“一早就料到你这个反骨仔！”黑衣老者冷笑道，“你以为能吸纳几个宗主人物的魔躯元能，便可以天下无敌了吗？哈哈……无知小辈，就让你祖爷爷我好好教教你，天下还有东西是你所不能吃得消的！”

“你不要危言耸听，现在我就让你知道什么叫无敌！”慕行云勃然大怒，扬起翻天印就向黑衣老者击去。

黑衣老者轻松挪步，闪身避开翻天印的攻势，冷笑道：“哼哼，你不过是个跳梁小丑而已，送你一招！”他蓦地厉喝，枯瘦的五指一张，不知何时，慕行云的身边遽然窜起漆黑如墨的魔气，在慕行云反应之前瞬间将他缚住。

慕行云措手不及被缚，不由大惊，但凭他的超人修为竟也是挣脱不开。黑衣老者大笑道：“不知天高地厚的小子，给你一个教训！”聚齐全身魔能就朝慕行云一拳击去，顿时黑气如同实质罩向慕行云。

慕行云哈哈大笑，翻天印祭起结界紧紧护住己身，道：“我就受你一招，看看你究竟有何能耐？”

“轰！”黑气消尽，慕行云竟然没有一点事情，反而只看他身上的黑索淡了些，看来是不断地被他吸纳，而他的气势更是变得强悍无与伦比，直给人毁天灭地之感。显然是吸收了黑衣老者如此强悍的一击，现在他浑身散发出的魔能已经达到顶峰，甚至可能超过了这实力超群的黑衣老者。

慕行云从紧张到得意，吼道：“老匹夫，你奈何不了我的，今日我就要你死。”

黑衣老者眼中厉光一闪，淡然道：“我只是试一下而已，看看《灭天魔典》有多厉害？真正会让你尸骨无存的是轩辕剑和龙刃诛神的剑气。”

“什么？”慕行云一震，刚缓过气来的两兄弟也是一愣。

黑衣老者哼道：“《灭天魔典》在吸纳魔躯之后能纳天下元能为己用，但是不能吸收神器本身的煞气。他们两人合力一击，配合归元异能，天下无有能将之消化的魔功。不过，是不是动手那得看他们的想法，哈……或许他们可以不报仇，可以任你以后作恶天下，饶过你。当然，如果我的判断有误的话，等你真正消化这些元能之后，那才真的连老夫也不是你的对手……”

黑衣老者说完此事，蓦地身如流荧，遽然消失，仿佛方才便从来没有出现过一般。耀阳与倚弦都是一愣，对黑衣老者此举大是不解，既然黑衣老者早就清楚慕行云的性格，为何还要成就他一身霸道的修为？而且早就布下今日之局，难道只是为了让兄弟俩去消灭一个费尽心机培养出来的叛徒？

慕行云大喝道：“胡说八道，我殷郊将是三界有史以来的最强者，什么女娲，什么元始，都将不是我的对手，你们迟早也会死在我手下！龙刃诛神、轩辕剑屁个神器……”

耀阳和倚弦对视一眼，已经没有过多的时间考虑一连串的疑问，耀阳撇了撇嘴，问道：“我觉得这个疯子留在三界之中会吓倒很多人的，就算吓到花花草草也是不对，还是送他去畜生道吧，你说呢？”

倚弦只是微一迟疑，少有地眼露杀机，冷静地道：“我刚刚说过了，一定要活剥了他的！”

“既然这样，我们就送这个疯子见鬼去吧！”耀阳扬声大笑，双眼精光怒闪，集起全身元能于轩辕剑之上，轩辕剑猛地九条光龙隐现，环绕在剑身之上，清脆的龙吟声缭绕在耳。倚弦也是一样，龙刃诛神的元能的催逼下，紫光密集在剑身之上，看起来龙刃诛神的剑身已经化为一条紫龙。

“死吧！”耀阳和倚弦齐声暴喝，龙啸震天而响，竟仿佛震得整个天祝峰也随之微颤不已，金鳞紫龙再次出现，这次却是更是强悍无匹，金紫之光亮彻山腹，三人睁眼如瞎，只看到一片光芒将慕行云整个身形切割开来。

“啊！”慕行云歇斯底里的嘶吼声亦是如此刺耳。

耀阳和倚弦收剑吁了口气，这下总成了。

“嗡！”光芒散去，耀阳和倚弦注目望去，不由同时目瞪口呆，没想到慕行云并没有被合力灭除，反而恢复到以前的身形，只是身上隐有七色光彩流动，不再有任何元能泄出，却让两兄弟清楚地感觉到慕行云身体之内真正得拥有了远远超越三界所有法道高手的元能之力。

“怎么可能？”耀阳和倚弦两兄弟不由大惊，以他们所知黑衣老者的性格，他绝对不会允许自己制造短时间内可以超越他的高手。

但，现在慕行云的修为的确已经不是任何人所能想象并形容的了。

“怎么会如此之强……”耀阳和倚弦想到是他们兄弟俩方才一击成就了慕行云，一时之间手足无措。

慕行云终于将身际的魔能黑索吸纳殆尽，大笑道：“我说过——我是三界无敌的……”

“殷郊是吧？你现在感觉如何，是不是觉得全身元能都已经绷紧得不能再绷紧了？是不是觉得举手投足之间就能消灭数万甚至更多的人呢？哈哈……”黑衣老者的声音又从外面缓缓传来。

殷郊大惊失色，他想不到这个黑衣老者如何可以体会到自身本体的感受，疑道：“是又怎么样？”

耀阳和倚弦早已忍不住破口大骂，道：“你这死老头，为什么骗我们？”

黑衣老者森然的声音再次传入三人耳中：“所谓《灭天魔典》就是要将魔门各族宗主千数年才能练成的魔躯化为己有。本来一旦练成魔躯就是大成，根本需要任何元能补助，但是你知不知道在这‘噬魂法阵’之中，你却能不断地吸收不同的元能。然而在刚炼化魔躯的时候，练成者还不能完全控制魔能。这个时候绝对不能再吸纳哪怕再多一点的任何元能，否则，那人便将难逃爆裂而死的下场。而殷郊，你何止是吸纳一点元能，甚至已经将老夫的魔能，以及耀阳、小易混和归元异能、三界最强神器煞气的元能完全吸纳，现在想不死也不行了！”

殷郊厉声喝道：“死老鬼，你说什么？”

黑衣老者叹息的声音再度传来：“你真以为《灭天魔典》有多厉害吗？它不过是老夫被囚之后，一些不知所谓的魔族中人根据我当年所布‘噬魂法阵’的原理，胡思乱想出来的微不足道的小玩意！”

“《灭天魔典》?‘噬魂法阵’?”耀阳与倚弦听着黑衣老者再次说出这一连串的名称，心中大感好奇。倚弦更是心中一动，想到曾经在琅寰洞天似乎翻阅过关于“噬魂法阵”的介绍。

黑衣老者继续说道：“如果不是老夫用了‘噬魂法阵’汇集数千年前的无数血池怨灵之力，你殷郊以为能达到现在这般强悍的修为吗?其实《灭天魔典》根本不需要布什么阵法，你以为老夫何必闲着无事成全你。不过你既然接受了如此大礼，也得付出一点点代价。就替老夫将这‘天祝峰’给轰平了吧!”

“什么?”耀阳、倚弦和殷郊骤然大骇。

黑衣老者仿佛很有空闲，这个时候还跟他们扯着话头：“殷郊，你能将血池的血水尽数吸收，原本是天大的福气，你可知道当初老夫花了多少精力才能将这数万怨魂转为血池，本来是老夫自己享用的，可惜老夫失败了。现在‘噬魂法阵’终于在你身上成了，当初的败笔虽然无法改变，如今却反而可以发挥大用处，真是连老夫都没有想到。小子，你想连老夫自己都不敢受用的‘噬魂法阵’，如今在你身上完阵，你说你会有什么结果?”

殷郊骇然失色，欲走竟是动弹不得，惊得厉叫连连。

外面不知在何处的黑衣老者大笑道：“《灭天魔典》虽然不怎么样，但是小子靠着‘噬魂法阵’吸了不少元能，而且经过‘噬魂法阵’将会增强数倍，耀阳、小易，你们也可以好好享受一下这三界千万年来少有的爆炸威力，嘿嘿，元始天尊这群蠢仙来了，看来的确是感觉到这天祝峰的异变了，你们好自为之，老夫先行告辞了。”

“老匹夫!”耀阳与倚弦两兄弟听得头皮发麻，正欲抽身退出山洞，奈何周遭结界越束越紧，令两人与殷郊一样无法动弹，正如老者方才所说，这“噬魂法阵”所布的结界果然可以令任何人片刻间无力可破，顿时惹得耀阳破口大骂，但是黑衣老者已经离开，根本听不到他的骂声。

第一百三十二章　天柱之毁

而此时，正如黑衣老者所言，以女娲娘娘、元始天尊为首，太上老君、鸿钧老祖和南极仙翁等等神玄二宗的法道高手也是纷纷赶到，数十位三界闻名的超级高手像是飞电般窜向峰顶。他们一旦知道“天祝峰”守护等人遭到袭击、并且两个魔星都齐往“天祝峰”之时就立即出发，没有一个人有丝毫大意，几乎神玄两宗的所有高手都一起出发，其他修为稍次的早被抛在远处，就如太乙真人等辈也追得非常吃力。

女娲娘娘、元始天尊等人赶近之时，正是峰顶黑气聚集达到最顶点的时候，那强烈的魔能波动令众人都觉悚然之感，凭他们超人的修为都能感觉其中所蕴含的危机重重。

太上老君看到那一片有如浓墨般的黑云，不由骇然道：“那是何物?”

鸿钧老祖等人无不惊骇莫名，元始天尊惊道：“魔气，这怎么可能，如此强烈的魔气，三界之内，没有哪个魔宗人物能够发出？好像从前在数千年来在哪里见过似的?”

太乙真人在后面喘了口气，道：“天尊，看起来不太对劲……”

太上老君冷哼道：“就算龙潭虎穴也要一闯！否则如何可以得知此中究竟暗藏什么魔门阴谋，何况今日娘娘与天尊都在，想来这三界之中还有我等去不得的地方吗?”

其实，这话说得也是，如今天地三界、神玄二宗最为厉害的法道高手都已驾临此地，的确已经没有可以阻挡他们的事物。

循着魔气的源头，众仙来到峰顶，群涌而入山隙之间，来到耀阳、倚弦与殷郊所处的山洞之中，越往里行进，女娲与元始天尊的神色便越是凝重，相互对视数次，终于抑止不住心中的震惊。

转过拗口，正好一眼见到处于“噬魂法阵”阵心的耀阳、倚弦与殷郊三人。

耀阳与倚弦听到动静，回头见到众仙，这才恍然醒悟黑衣老者的阴谋所在，那便是借助殷郊、耀阳与倚弦三颗棋子，一锅炖了这一群老家伙，令三界六道的形势从此大变。

“原来一切都是你们两个魔星搞鬼！”太上老君怒喝道，“你们究竟将我徒儿行云怎么了？”

耀阳看着此时身形开始急遽变化的殷郊，摇头苦笑道：“现在不是我们兄弟将你的徒儿怎么了，而是你的好徒儿殷郊要将我们、跟你们一齐怎么了！”

“殷郊？”太上老君微微一愣。

倚弦心头大震，反而没有耀阳这般临死拖垫背的心态，急忙大喝道：“你们速速退走，否则会被殷郊体内《灭天魔典》与“噬魂法阵”的威力一并轰毙！”

《灭天魔典》与“噬魂法阵”！鸿钧老祖等一众人等大骇。

“不好！”女娲娘娘与元始天尊毕竟是神宗超一流级数的高手，岂会感应不到此中的变化，当即早一步感应到不妙，以他们万千年的修为也不由骇然失色，立即停止前进，转而急退并厉声喝道，“大家快退！”

女娲娘娘与元始天尊无疑是神玄两宗最强亦是资历最深之人，早知事情不一般的众人闻言哪有不从之理。众仙在听清话时，没有任何迟滞，不需要考虑其中意思，急忙回撤出洞，奈何洞中法阵魔能太强，根本无法施展任何法道遁术，一时间乱作一团。

耀阳和倚弦看着眼前如此好戏一场，顿时有种啼笑皆非的感觉，然而就在此刻。但见殷郊的身形猛地被法阵魔能缩小成团，在耀阳和倚弦惊觉可以动身之际，还来不及闪身离开，慕行云终于爆炸了。

“轰！”眼前的惊天光芒让两人睁眼如盲，马上还未等他们反应过来，震耳欲聋的巨响真的将他们的耳膜刺破，突然间他们什么都看不到，什么都听不到，意识还在，但是身体却反全失去了知觉，身体仿佛与整个虚无空间融为一体，化成粉末……

眼前如同十日齐出，耀目的光芒使得在场的女娲娘娘、元始天尊等人眼前只有一片白晃晃的光芒，再多的耀眼色彩在那一瞬间都被白光所覆盖。几乎就在同时，那响彻云霄三十六重天的惊天爆炸声将他们的耳鼓几乎刺穿，耳际除了嗡嗡之音再无其他的声音。

他们本就相信女娲的感觉，此时更是毫无疑问，顾不得其他，只有化成闪电，疯狂后退，但是那狂猛的爆炸之劲还是瞬间就摧到了他们身前。

拥有远远超越所有人修为的元能集中在一点的爆炸力，那是何等的威力？在爆炸的冲击波接近他们的时候，他们便已感觉到万千年未曾出现过的超强力道。

包括女娲等人唯有在急退之时，集起全身修为全力防御。狂猛如九天重压之力的冲击，顿时撞在所有人的身上，那种无与伦比的威力，让他们无人不为之骇然。

远远望去，天祝峰顶像是爆出礼花一般，光华洒遍数十里之内，狂震之声远达数百里之外，附近任何一人皆能看得清清楚楚，听得明明白白。

数百里内，地震四起，天祝峰上顿时爆开飞石暴土，如暴雨翻倾而下，烟尘化成云雾，遮盖天日，天祝峰微颤不停，周围各峰已经被崩裂颓落，除了天祝峰，天山其他各处亦有断裂之相，尘土遍布整个天山，响声震动云霄，就像是天崩地裂一般。

与之相应的是，云霄之上的三十六重天竟也有爆裂之声传下，天地三界转眼间风起云涌。

黑衣老者远在云霄之外，凌风而立，望着眼前一切，得意地笑道：“天祝峰再崩，我倒要看看你们神玄两宗这些老朋友怎么办？”

狂笑声中，黑衣老者眼中魔芒绽现，一字一顿地说道：“从现在开始，三界六道将不再受你们神玄二宗的掌握！”

在他身后的除了卓长风，竟然还有一人，却是本应被神玄两宗囚禁的东离族宗主闻仲，难道他也被黑衣老者从天庭劫了出来?

闻仲虽然也站在黑衣老者身后，但他的神色不似卓长风对黑衣老者这么尊敬，怎么说之前他也是一族宗主，兼且叱咤风云的顶尖高手。即使不得不在黑衣老者手下办事，他也不认为自己就该低人一等。

此时他不解问道："为何要炸天祝峰?这对神玄两宗而言有什么害处?"

黑衣老者横睨他一眼，淡淡道："若不是因为你执掌我东离蚩氏，多年来有所功绩，便一并将你葬在这天祝峰了！何时轮到你在此多言乱语的!"

闻仲嘴角一阵牵动，显然心中不服，但现时寄人篱下也只能忍气吞声，不再言语，但是隐怒之色现于眉目之间。

卓长风此时忍不住问道："闻宗主此言正好道出长风的疑问，不知尊主可否开恩示解?"

黑衣老者不以为忤的一笑，道："你知道天祝峰万千年前的名字是什么?"

卓长风摇头道："不知，难道它从前还有什么别名吗?"

黑衣老者沉声道："天祝谐音天柱，意之所指此峰为天之柱也。明说无妨，天祝峰名实为神玄一众匹夫为惑众生之耳，才以一言蔽之！其实，以往此峰被称之为'不周山'!"

"不周山!"卓长风与闻仲闻言大惊失色。

"不错!"黑衣老者缓缓道，"据闻当年盘古修为大成，鉴于人界人魔妖神混杂，纷争实多，便凭着无边法力，开辟天、人、冥三界。其中天界又分为三十六重天，盘古以'不周山'连接人界、天界和冥界，天界和冥界的平衡点都是此山。这才是真正的盘古开天，后来被刑天破坏，当年盘古若非因此而消耗了绝大部分神身元能，即便经过千百年也难以回复，恐怕即使是强如得到六道之秘的刑天氏也做不出什么乱子来。"

"什么?天祝峰就是'不周山'?"以闻仲的镇定也不由大骇吃惊，这可是天大罕闻，自古以来，三界四宗之中没几人知道撑天的“不周山”到底在哪里，谁也没想到天祝峰就是“不周山”，特别是自从蚩尤败亡后，魔妖两宗更是无一人能知此秘闻，难怪闻仲会如此惊骇。

黑衣老者含笑点头，看着天祝峰也就是“不周山”之顶开始崩溃，同时影响三界，听着从云霄之上传来震响，他更是满脸得意之色，继续道：“现在之事，当年也有过一次。盘古开天，在经年之后，诸人皆不晓此事。直到后来水神共工就在此处被火神祝融击败，一怒之下凭一身魔躯神能以焚神天戟携共工氏七大长老之力，欲撞倒‘不周山’力压祝融，谁知‘不周山’非常山可比，只被他将最弱的峰顶撞了一个大窟窿，共工最终耗费元能还未能挽回败局。嘿……谣传多了，别人还以为是祝融能将‘不周山’撞倒一般。”

卓长风点头示意明白，接着道：“世所公知，此事导致天界震荡，天水倾下，如无女娲采集五彩石重铸‘不周山’一角，人界祸矣，这就是神玄二宗乃至天人三界流传已久的女娲补天之说！”

黑衣老者继续道：“至此，神玄两宗才知此处就是‘不周山’，为了不让危险再度发生，他们便隐瞒三界，称之为‘天祝峰’，并派天兵诸神驻此严守。再经过千百年后，谁都不知道‘不周山’就是‘天祝峰’！”

闻仲听得大骇，禁不住再次出言问道：“那现在‘不周山’整个峰顶被爆，那后果会怎么样？”

黑衣老者这次没有生气，只是神色冷静，像是做了一件微不足道的事情，淡然道：“具体情况老夫也不能完全清楚，但大概三界震荡不宁，三十六重天再次倾斜，天庭失持金銮震裂，六道轮回受到影响是一定的。至于人界，有了上次教训，神玄两宗早已将天水安置得很好，这次理应不会有什么水患，不过影响还是不小，相信不久之后，岩山熔浆爆裂、地极震裂等等将逐渐扩散增多，天气阴晴冷暖亦是絮乱，长此以往，人界之患将更胜当年，可说不出十载，凡人全将灭绝。但是很肯定的一点便是，女娲和元始天尊肯定不会让这种事情发生。”

“女娲补天？”幽玄立即想到这点。

“不错!”黑衣老者大笑道:“这个计划,老夫可是策划了很久,本来还要多费一下手脚,谁知神玄两宗帮了老夫一个忙,训练出爆掉‘不周山’的引子殷郊不说,还替我们将幽玄等人先行抓了起来,刚好让老夫可以轻松得手。加上魔星祸乱天庭的序章,这一切不可谓不是天意!”

卓长风不无担忧地问道:“尊主这样岂不极易暴露身份?”

黑衣老者冷哼道:“暴露身份又如何?到时三界四宗更是无不确认这两个魔星跟老夫联手,到时神玄两宗的人可能更会对之紧追不舍。”

闻仲不由倒抽一口气,黑衣老者这样默不作声地栽赃陷害,两个魔星可连辩解的机会都没有,便连同不周山埋葬在六道尘埃之中,再加上这诸般设计布置,将神玄二宗玩弄于股掌之间,实在是厉害之极。

不过闻仲仍有一个疑问,犹豫再三还是提了出来:“闻某佩服阁下运筹帷幄便将神玄二宗千百年的优势倾覆至此,只是如此强悍的爆炸力,任何诸神身处其中,怕是也无能幸免,凭他们两兄弟的修为又如何能抵挡?为何阁下话中之意仍然对他们有所顾忌?”

黑衣老者瞥了他一眼,或许因为闻仲此次话中带有奉承的意味,所以并未予以斥责,随意应道:“归元异能之强悍无人可知,只有一点可以非常清楚——如果没有找到正确的引导方法,除非三界变更六道不再,否则拥有归元异能之人将根本不可能被消灭。能崩毁‘不周山’的爆炸力绝非他们所能抵挡,但是即使他们的肉身被毁,也定然能在一定时间内再次重组,这不是你们所能知晓的,但是却断然瞒不过老夫!”

闻仲惊骇地看了黑衣老者一眼,竟是一时无语,他初次听到此事,怎么会不震骇。黑衣老者所言的,是他首次知道关于归元异能的重要秘密,单是这点就足以震撼三界。

黑衣老者突然瞪了闻仲一眼,冷哼道:“闻仲,我知道你一向身处高位,不甘屈于人下,老夫暂时也不计较你的态度。但是如果你敢忤逆老夫的意思,别怪老夫不给你机会,让你享受三界最痛苦的酷刑后再真正的神识俱灭,从此不存一丝一毫于三界六道之中。”

闻仲闻言一颤,这句话出自任何人口中对他而言都不会有什么威胁性，但是偏偏从黑衣老者的口中说出，却让他有了一众难言的战栗感。他显然不甘如此，深吸一口气，问道：“阁下不是说《灭天魔典》并没有多厉害，为何慕行云一身所储之能却足以倾覆‘不周山’呢?”

黑衣老者阴沉沉地盯了闻仲一会儿，蓦地沉声道：“事到如今，老夫也不必再隐瞒你！老夫用的是‘噬魂法阵’!”

闻仲闻言一怔，喃喃自语道：“‘噬魂法阵’全名是——‘怨灵殛血噬魂法阵’，是当年我族先祖蚩尤用来练‘灭天绝地噩灵噬魂圣功’的……”话一至此，闻仲突然惊骇万分地看着黑衣老者，颤声道，“你是……”

黑衣老者傲然一笑，负手而立，并未言语。

卓长风缓缓回身，抱拳揖礼，道：“尊主正是长风当年侍奉百余载、逐鹿一战之后失散数千余年的‘圣门之神’——尊主蚩尤!”

闻仲顿时惊得呆住了，他很清楚“妖帝”卓长风乃是第二次神魔大战之后硕果仅存的几位元老级人物，却唯独对这位凭空冒出来的黑衣老者言听计从，这是他一直百思不得其解的事情。

直至此时此刻，闻仲终于明白卓长风所言不虚，因为“怨灵殛血噬魂法阵”失传数千年，天地三界只有东离远祖“魔神”蚩尤一人知道，只是不论是传说还是族谱记载，这个蚩尤已经在第二次神魔大战中被轩辕黄帝击败并伏诛，成为魔门第二次耻辱的见证。为何卓长风会说这名黑衣老者便是蚩尤呢？尽管这名老者的法道修为的确无人可及，只是这一切来的太让人难以置信了……

但是，不论卓长风所言是否属实，闻仲其实都明白，凭他自己现有的修为，想要从面前的卓长风与蚩尤手中脱生，简直是痴人说梦。

蚩尤摄人的目光看着闻仲，道：“你现在知道，为何老夫会留下你的性命，除了你被人称为圣门五族第一人的才能之外，还有一点是因为你能使我东离族的实力达到五族最强的地步，的确功不可没!”

闻仲此时再狂傲也不敢跟这三界有史以来魔妖两宗的第二号人物较劲，不过他也不愧睿智之名，满脸除了理所应当的震惊神色之外，没有其他什么异色，只是片刻后立即揖礼，尊敬地道：“不知尊主重生，闻仲以往得罪了!”

蚩尤随意地点了点头，道：“你知道就行！你现在身为我东离蚩族的宗主，老夫便绝对不会亏待你。从此以后，长风与你将是老夫的左右手!”

“多谢尊主!”闻仲主动躬身退后。

蚩尤从袖中拿出一份卷籍，递给闻仲道：“老夫回去离垢城看过，发现当年许多族内秘典都已失传，今日我且授你‘怨灵殛血噬魂法阵’前三重法道之‘九绝大阵’，用心研习，日后方可有望复我圣门东离之鼎盛声威!”

闻仲接过秘典，心中顿感受宠若惊，慌忙跪低谢礼。

“看来差不多了，神玄两宗的老家伙们应该已经感受良深了！只是现在还不是跟他们见面的时候，我们先找个好地方避他们一下，现在麻烦最大的是神玄两宗和那两个魔星，我们可以袖手旁观看一出好戏!”蚩尤发出一丝冷笑声，挥手便和卓长风、闻仲消失在空中。

光华散尽，“不周山”在经历足足三天时间的持续爆炸后，终于结束了，但是三界的震荡却仍然在不断扩散升级。而且位于天山周围百余里范围之内地震不断，并开始逐渐向外蔓延。

这“天祝峰”顶爆炸的威力之强贯穿三界，即使如女娲等辈如此惊人的修为也承受不了，幸而当时反应迅捷，众仙只是受到爆炸外圈的威力波及，然而即使如此，他们也都是受伤不浅。

诸仙无不深受重伤，但看着已经崩塌的“天祝峰”，不……应该是“不周山”顶，众人已经顾不得自身的伤势了，而九天云霄之上、九幽黄泉之下的颤动更是让他们大惊失神不已。

重伤吐血的太上老君呆呆看着眼前整个峰顶崩落的尘石，吃吃地道：“‘不周山’缺顶？怎么办?”

“天祝峰”便是“不周山”之事，就算是神玄两宗之中知道此事的人也绝对不超过十人，其余诸人听闻太上老君说出真相，皆是惊骇莫名，看着峰顶崩塌的“不周山”，无人不知此事的严重性，甚至三界动乱可能将由此开始。

太乙真人瞑目半晌，好不容易才将胸中淤血逼出，哗的一口吐去，惊骇道：“‘不周山’缺顶？这该如何是好？”

元始天尊调息养神，抚着气血沸腾的胸口，深锁眉头，扬声叹道：“此两兄弟究竟是否魔星，已经并不重要！现在最重要的是我神玄两宗当全力平息此次的惊天祸事……”

女娲娘娘一双凤目含忧，迎向众仙期待的目光，然后看着没有了峰顶的“不周山”深吸一口气，道：“这次怕是比上次还要严重！若是我所料无差，在七日之内无法修补的话，三界六道就会阴阳失衡，天水地火将首先令三界重复大禹治水前的灾祸，然后天地冥三界将无法循替更新，六道也将自行关闭。如果此时妖魔二宗大举来攻……”

众仙听到这里，无不惊呆了。

元始天尊果然不愧是众神之首，望向女娲道：“不知娘娘有何补救之法呢？”众仙都知女娲当年便有补天之能，此时自是无限期盼的望向女娲。

女娲面色凝重的说道：“我会立即想方设法布坛，采五彩神石补缺，但此番毕竟不比上次，最终天意结局如何，就不是我等所能知道的了！”

元始天尊满眼忧色，沉重地道：“事到如今也只能如此，烦劳娘娘用心了，我等都将留守天山为你护法。哪怕凭着老夫这一身修为不要，也不会再让此事生变！”众仙顿时间轰然应诺。

“我尽全力而为！”女娲娘娘闭起秀目长叹无语，心中却是起了已经数千年没有如此的感伤情绪：“伏羲啊，你可知道今日我又要做出如此艰难的举动，这次我却是没有任何的信心……”

太上老君双目含煞，厉声道：“想不到那两个魔星泯灭人性，做此等举动，陷害三界无数生灵！若不是看他们已经灵元俱灭，我必将倾尽玄门三宗之力，誓将这两个魔星打得神识俱灭，免得他们再为祸三界。”

元始天尊细细寻思数日来发生的事情，心中也浮起耀阳与倚弦的一连串行为，不免生出一些疑问来，却又叹了一息，道：“或许在我们看不到的地方，这两兄弟的背后应该还有些来历！可惜他们已经被……算了，这些日后再说吧，如今我等的首要大事应是协助娘娘采石补天!”

众仙应声各自召集宗门弟子，按照女娲的指示开始布坛采石，一一准备而去。

强烈的白光在瞬时间吞噬了耀阳和倚弦的身体，强大无匹的冲击力令他们在刹那间陷入昏暗之中，一身的血肉尽去，他们浑然失去知觉，直觉环境又骤然而变。什么爆炸，什么“不周山”都陡地消失了。

他们仿佛重归无极秘境，一片虚幻和真实、清晰和迷离在眼前一一闪过，他们感到自己也真正成了无极秘境的一部分，体内的归元异能与这在意识中幻化出来的无极秘境时而混合，时而分离，每一次的分合，都让归元异能更加精炼，就像是提炼异能的净化一般。

那种浓缩又抽离的感觉让兄弟两人像是让经历剐肉去骨的痛苦，但其中却又有另外一种说不出来的快感，或许因为没有了肉身的缘故，他们感觉自身的神识灵觉不断提升。

两兄弟情景相似又略有不同，耀阳只感觉自身所处的无极秘境吸收天地三界的五行之气精髓，以精纯无比的归元异能架构身躯体脉，聚集三界精华的五行玄能丰润身体，他感觉到元能不断聚集壮大，更重要的是元能变得更加纯炼，他仿佛一瞬间就体会到归元异能的许多妙处，但一时又难以用言语表达，只是他很确切地感觉到那种强烈的充实感。

倚弦则是吸纳三界的纯阴纯阳之气，两气合一重化冰晶火魄，配合归元异能的体脉记忆重现，再次将他的身躯缓缓铸造起来，阴阳化合让他的神识无限提升，痛快淋漓的感觉比之吃蟠桃更加舒爽，精纯的元能更易控制。

丝毫不知时间的流逝，两兄弟尽情地享受这虚幻的一切……

不知何时，耀阳与倚弦终于感到眼前一亮，他们的身体还在九天云霄之中不断铸造，此时不过是完全透明的虚体，但是他们却已经能见到眼前的一切。

就在他们身躯前面的正下方，透过厚厚的云层，他们远远看到了神玄两宗的诸位法道高手就在不周山顶布阵守护，而顶部五彩云雾时聚时散，最终一点点慢慢汇入峰顶，五彩光芒不断闪耀，瑞光祥气弥漫在峰顶。

“女娲补天！”耀阳和倚弦同时想到这个耳熟能详的三界传说。

正如两兄弟所想，“不周山”之顶，正在进行传说的女娲补天！

元始天尊、鸿钧老祖和南极仙翁率二十八星宿神将以及上百神宗杰出高手在此布阵护法，冥帝因忙于纷乱的冥界自然没有时间来。不过如今的阵容令他们深信即使元始天尊和鸿钧老祖受伤，三界也无人能奈何得了他们，魔宗如顶尖高手“邪神”幽玄也未必能胜得了受伤的玄宗三大宗主，何况阵外尚有一个三界中唯一修为能跟女娲相比的法道高手——元始天尊。

谁都没有想到，耀阳和倚弦虽然被炸得尸骨无存，此时却正在离“不周山”不远处重铸肉身。无论是冰火异能还是五行玄能都来自三界天然仙气，在此三界动荡之际，这些能量虽然微有变化，却丝毫不会引起任何人注意，而归元异能更是诡秘莫测，深藏在幻化的另类无极秘境幻象中，即使如元始天尊也无法察觉。

再则说来，耀阳和倚弦的肉身此时还是虚体，连他们自己都看不到，甚至也发不出丝毫声音来，他人又如何能够得知。

所有星宿神将围着“不周山”峰顶，成二十八星宿位，凌空而立，为现在的三界第一人神宗宗主女娲娘娘护法，他们丝毫不敢大意。其余神宗百余名高手，也成天罡地煞之阵，紧紧护着“不周山”。

数以百计的法道高手护着“不周山”就如铜墙铁壁，非常人可进。

唯有元始天尊、鸿钧老祖和南极仙翁在峰顶卓立，五色云彩环绕着他们的身体徐徐翻腾。在三人的中心，万千祥光之中，女娲娘娘秀目微阖，双手拈成兰花指交叉胸前，扬散金光直冲斗府。

而女娲娘娘被誉为补天的五彩神石此时并非如石状，却像是一团遍布十余丈的五色云雾，女娲娘娘正是以此补缺“不周山”。

随着女娲娘娘的扬开双手，云雾状的五彩神石陡然化散成薄雾，女娲娘娘猛地睁开秀目，顿时金光如电闪射而出，却见峰顶莫名紫焰暴窜而起，无边的紫焰狂窜入天，如凶兽般一口将五彩神石完全吞噬，远远见去就如“不周山”之顶一紫色的火焰巨兽可吞天噬地。

在这一刹那，天地三界都为紫焰之光所照，天紫一刻。

此非常火，乃是超越三界之焚天业火，远胜天火和三味真火，甚至已经不能算是三界的之火，天下几乎无一物遇之不化为虚无，但是五彩神石却不一样，转眼紫光散尽，五彩神石却不见消失，只是变得更加稀薄，云雾之状上更有一丝紫光隐然若现。

耀阳看得骇然，暗思：“如果我的‘乾天龙炎诀’亦能超越天火达此境界，那三界将无处不可去，就算是黑衣老者也奈何我不得。”

耀阳的念头只是瞬间闪出而已，“不周山”之顶，女娲娘娘没有任何停滞，轻叱一声，顿时便有震霄雷声相合，竟引来峰顶之上三十六重天的雷电。雷声叠叠加大，却不见任何闪电，猛地女娲娘娘左手双指抵住心口，右手直指眉心，不见她朱唇有任何变化，却是发出能几乎能震崩九天的裂帛厉啸。

与此同时，所有人都能感觉到天地有史以来几乎从未有过的惊天之雷满天落下，但偏偏雷声蓦地消失，也不见任何电光。

就在这时，天地三界仿佛停滞了一般……

“轰!”无边寂静在片刻间终于被击碎，裂金之音在耳缭绕，不见任何电光，连焚天业火也难以烧融的云雾状五彩神石竟被这没有电光的惊雷击裂。

这便是据说能碎裂第三十六重天大罗天、至强无比的——碎天冥雷!冥雷无光，但中者无不连粉末也难以见到，然而即使这冥雷亦只能将五彩神石的雾体击裂而已。

难怪五彩神石会被称为补天石。

碎天冥雷的威力实在是太强，本来伤势不轻的女娲娘娘忍不住喷出一蓬鲜血来，竟洒在这五彩神石之上。

“嗡……”那洒出的鲜血淋在五彩神石上，竟在云雾外表深深地镶入，就像那五彩神石是实体一般。

就连女娲娘娘也没料到此事，但此时不是震惊的时候，她强提一口气，双手各起中食二指虚空轻柔地环转起来，带起风飙云扬，如三界风暴般的飓风却丝毫无法使得云雾状的五彩神石有片点的颤动。

狂风怒飙，但在女娲娘娘的手中却是凭空沁出青蓝色晶莹液体，顺着双手的动作飞旋而出，洒在在五彩神石之上，青蓝色液体立即没入五彩神石，转而消失无踪，却使得五彩神石动了青蓝盈然之色。

青蓝色液体不断涌出注入五彩神石，终于逐渐跟五彩神石融合起来。这青蓝色液体是聚集三界五湖四海的非常奇水融会成一体，再在三界崩压下提炼而成的混沌神水。

混沌神水能融解三界之内的所有实体，却只能将五彩神石混成一体。五彩神石在混沌神水的作用下终于化成一片稠状液体飞旋在虚空之中。

此时，女娲娘娘双手张扬，没有任何元能波动，她却凌空虚浮起来。位于五彩神石之上，她的白衫舞带随风飘扬，在五彩神石光彩照散下，女娲娘娘全身像是被一层神光沐浴一般，祥瑞之气笼罩整个“不周山”，这一刻，她不是妖族化身的神宗娘娘，也不是至高无上的神宗之主，而是真正的女神，仁慈三界的女神！

元始天尊等人见此立即全身戒备起来，不必再隐藏一身修为，他们双眼神光暴起，衣衫无风自动，元能膨胀锁住整个“不周山”之顶，因为接下来才是补缺“不周山”的最关键之时。

补天成败与否就在此一举！

女娲娘娘闭目仰首，双手如大鹏展翅般张开，一片带着祥和的五彩金光从她身上散扬而开，向四周散去，转眼已洒向千里之外，但是金光丝毫没有减弱之相，迅速照彻三界，即使连三十六重天之大罗天和冥界九幽都被金光亮透，这时三界之内无一处不是金光烁然。

此时此刻，远远匿身的蚩尤将身形隐遁在金光的沐浴之下，只看他冷冷地一笑，道：“女娲补天终于到了最后一步，我蚩尤亦将登场了，长风，闻仲，你们准备好没有？”

长风在后恭声道：“禀尊主，长风千多年来集起的手下高手尽已准备，请尊主放心，只等您老人家随时下令！”

闻仲亦躬身行礼，道：“禀尊主，东离族所有高手亦已集起，正蓄势待发！”

蚩尤满意地点点头，遥望不周山顶正在发生的一切，冷笑道：“现在，本尊主是时候跟这些老家伙见面了！”

在祥和金光下的元始天尊蓦然感到一阵不安，玄灵道心无来由地震颤不已，这绝非因为三界的气机牵引变化而心血来潮，却是危险正在靠近的信号，仿佛有什么不妙的事情将要发生。

此时，女娲娘娘双手逐渐重合向胸前，却见遍彻三界的金光随着她的手势齐齐回复而来，更带了三界六道的无穷能量。转而金光再次集起，汇聚在女娲娘娘身上，使她全身聚集了耀眼无比的金色光芒，就如一轮金色太阳一般。

端庄秀丽的女娲娘娘更是平添了一分凝重的神圣感。

“去吧！”女娲娘娘双手再次扬开，那一片金光璀璨尽倾于化成稠状液体的五彩神石之上，金光瞬间也仿佛化成了流水，逐步渗入五彩神石之中。五彩神石终于缓缓沉下，一直到颓落的“不周山”顶。

元始天尊微松口气，这一步骤完成补缺“不周山”也就完成了最重要的一步，接下来就需要女娲娘娘以毕生法能将五彩神石置留于不周山顶，这个时间所耗可能较长，但是基本上再也没有失败的危险。

“女娲补天再现，老夫真是眼福不浅！”

此时，一声阴森笑声让元始天尊以至于众神刚疏松下来的心再次提起。

元始天尊猛然回头，见到来人，首先是难以置信的凝视，然后才试探性地施展神能探视，稍顷，以他的修为也不由惊骇连声，道：“原来这一切都是你一手策划的阴谋……蚩尤！”

蚩尤迎风虚立，任烈风舞动他的黑衣展扬，仰天大笑道：“不错，就是本尊主！元始，这次我们就好好算一算旧账。”他随后扬起手来，身后的卓长风和闻仲各带数百魔妖两宗高手立时出现。

“魔神”蚩尤！

无论是鸿钧老祖还是南极仙翁都骇然大惊，即使过了数千年，他们也认得蚩尤，而且绝对不会认错此人。二十八星宿神将和其他百余神宗高手也无不大骇，他们怎么也想不到传闻中早应神识俱灭的蚩尤竟然会突然出现在此处。

神玄两宗诸人已经布阵严防，没人会认为蚩尤是闲着无事来跟他们聊聊。此时女娲娘娘即将完成补缺“不周山”，绝对容不得任何疏忽。神玄两宗诸人还想到一个更为严重的问题——难道此次是魔星跟蚩尤联手？一旦如实，三界恐怕将要遭受从未有过的剧变。

第一百三十三章　神魔大战

正当所有人都被眼前的情景所震，唯独在五彩神石包围中的女娲仍然双目紧闭，全力催发神能补天，或许她也能感应到阵外的巨变，只是她此时根本无暇他顾，或是对此震惊却也是无能为力了。

元始天尊惊道：“蚩尤，想不到你居然还活着？”

蚩尤桀桀怪笑，道：“有什么好奇怪的呢？当年，轩辕老儿跟任何人一样，都想通过我得到那块‘归元圣璧’的下落，而且以他之能尚且不能消灭本尊已经永生不灭的魔躯，所以他一直将我囚在阳之极、阴之至的‘阴阳劫地’，却想不到，在经过千万年罡风极火的洗礼之后，本尊非但没有神识俱灭，而且终于得以全身而退！”

元始天尊恍然道：“原来劫地之中一直囚禁的三界祸患——便是你！”

蚩尤并不着恼，道：“祸患又如何？如今才晓得老夫的存在只怕已经晚了，就算是轩辕老儿重生，此时也救不到你们神玄二宗！”蚩尤阴笑不语，挥手之下，卓长风和闻仲同时下令，数百魔妖高手便像蝗虫般扑向不周山顶！

元始天尊发须张扬，厉声惊喝道：“蚩尤，你难道想让三界毁于一旦？”

蚩尤冷笑道：“本尊主才懒得跟你废话，今日老夫就跟你算算当年你相助轩辕害老夫受困阴阳劫地数千年的老账！”言罢厉啸一声，他有如黑雕展翅，身形激飞而起，转眼已到了元始天尊的面前。

此时，二十八星宿神将率领神宗百余高手已经跟魔妖数百高手血战起来。二十八星宿神将及神宗高手果是厉害，人数上差了几倍的他们跟魔妖数百高手苦战，竟是不落下风。

除了勉力维持五彩神石的女娲娘娘之外，还有六个人各自找到对手。

卓长风对上数千年前的熟人鸿钧老祖，闻仲找上了南极仙翁。卓长风拥有数千年的修为，绝对不下于此时受了伤的鸿钧老祖。闻仲对上伤势不轻也不重的南极仙翁，修为还是稍有不如。

真正重中之重的当算玄宗宗主元始天尊跟重新复出的魔神蚩尤一战！

论修为，当年的蚩尤高出当时的元始天尊，可堪与轩辕黄帝相提并论，虽然经历阴阳劫地数千年的压迫，修为大减，但此时对上受伤的元始天尊，他还是拥有较多的优势。

在云霄之上，耀阳和倚弦重铸的灵身终于已经达到半实半虚的地步，他们在重铸身体之时亦受到金光的沐浴，无意间吸取了少许神秘莫测的金光神能，使他们重铸身体的步骤加快，而这金光神能浸入他们的身体对他们而言，无疑是意外得到的好处。

不过此时他们已经完全顾不得这些，他们已经被那黑衣老者的身份所震呆，两人如何都难以想到这黑衣老者竟然会是传说中的“魔神”蚩尤。

两兄弟互看对方半实半虚的身体一眼，满眼都是骇然。转而他们又将目光投向“不周山”顶，现在他们最应该关心的就是数千年前恩怨延续下来的一战。

闻仲和南极仙翁先行动手，两人瞬间交手，惊雷暴电激闪，两人飞腾而起于云霄之上苦战起来。

这时卓长风亦动手了，他的兵器乃是三界知名的神器“半刃环”，三尺见圆的银白色环身里外相错而开，皆有一半是锋刃。

鸿钧老祖自然用剑，他用的却是无影的太虚之剑，无形无影，剑随意动，蜀山剑宗的最高境界。卓长风出手，便是展出光环如落雷，竟硬是压着受伤的鸿钧老祖下了“不周山”。

蚩尤伸展右臂，一把全身墨黑却隐有血丝的九环魔刀出现在他手中。

“噬魂魔刀!”元始天尊轻呼一声，平静心绪，亦伸手祭出数千年没有用过的神器“妙法道录”。

“噬魂魔刀”聚集万千怨灵，蕴含的死亡魔能能吞噬三界任何的生灵，天性就厌恶神圣之力。“妙法道录”乃一紫木之简，采三界生气，梵音慧心，能度厄活人，却亦是克制一切魔物的利器。这两大神器天生就是誓不两立。

蚩尤大笑道：“元始小儿，当年你还不如我，今时今日你还能奈我何不成？本尊主就让你服服帖帖认输。”

元始天尊不屑地道：“蚩尤，你何时变得有这么多废话?”

蚩尤丝毫不恼，淡笑道：“既然元始小儿你这么说，那老夫就不客气了!”魔刀一转，刃锋随意斩出，很是平淡无奇。

但是元始天尊却是满脸凝重神色，展开“妙法道录”，双手蕴出柔和紫光融入道录，幻出金光化成浪潮，浪潮立即将无声无息袭近的刀劲尽数扑灭。

“不错嘛，前戏完了，来吧!”蚩尤飞身而起，一刀斩下有如九天惊雷炸下，黑色刀影如暴雨倾下，刀刀蕴含无穷魔能，每一下都有着让人尸骨无存的威力。

强如元始天尊亦不敢正面硬挡，唯有抽身后退，不见他有什么动作，却已闪过蚩尤这一击。同时拂袖击出强势罡气化成滔天巨浪再压蚩尤。

蚩尤丝毫不怵，挥刀半抡就是一刀斩下，黑光一闪即没，但是罡气巨浪已被生生劈裂，从蚩尤身边闪过，惊起一阵强猛无比的超大飓风四散而去，卷起乌云连天。如果被这一袖正面击中，就算蚩尤也可能会够呛。

蚩尤亦被震退了一步，狞笑道：“不错啊，元始小儿，想不到你还没完全老掉牙嘛，正好让老夫玩个尽兴。”

元始天尊没有搭话，玄能运出，道录发出紫光雷闪，骤然罩在蚩尤身上。蚩尤猛觉魔能大受压制，惊骇中急忙飞身闪离紫光照射的范围。此时元始天尊早已乘机欺近，道录展开竟当作扇子扫出。

蚩尤急急闪身躲避，提起魔刀就是连斩，但是蕴含魔能的刀气尽被道录紫光消散。元始天尊强势追击，道录如绢帛随意而展，舞起一阵阵紫光如莲花绽放，灿烂无比。这紫色光华能使得常人通病全去，精力旺盛，但是对于一身死气魔能的蚩尤来说却有无限的杀伤力。

蚩尤怒闪避开，连连落于下风让他勃然大怒，集起魔能就是斩下满天刀影，元始天尊知道如此范围的强势魔能刀影绝难消融，厉声飞窜，鼓起全身玄能硬是迎上一拳。

“砰!”刀影尽碎，元始天尊大震后退。蚩尤怒喝，全身魔能如火山般爆发，集起魔刀全力一刀斩下，顿时响起怨灵怒号之声，惊人心魄，天色一黑，就如末日来临。

这一刀蚩尤只是非常简单地将它劈下而已，但元始天尊骇色难退，他没想到蚩尤竟有如此修为，单凭魔能之力将魔刀威力发挥到此等地步。

容不得迟疑，元始天尊提起全身玄能，借势飞退，蚩尤这一刀强悍无比，他只能放弃自己暂时的优势闪避。

蚩尤趁势不饶人，魔刀斩出一道刀气悲鸣，黑气四射，怨气冲天，仿若有无数怨魂向元始天尊扑去，要将他吞噬。

“天敕!”元始天尊低语一声，道录发出紫光盈然，转眼破碎成片，又集起紫色道文，纷纷散扬，紫光道文过处，祥气无边，怨灵顿消。

蚩尤再进，一刀协调而起，转而从元始天尊脚下突起一个黑影化成黑色巨兽窜起张开巨嘴，露出黑色獠牙一口向元始天尊咬去。

元始天尊暗惊，稽首祭起道录，一道紫光环绕全身将他牢牢护住。黑色巨兽将元始天尊吞在腹中，但是立即紫光爆射，将黑色巨兽尽数震碎。元始天尊纵身而起，道录飞旋而起，紫光闪起，化成紫色光莲，追上飞身而上的蚩尤。

蚩尤叱喝出声，魔刀舞起，魔气冲天，黑光闪华如同闪电叱鸣，直劈紫色光莲。紫色光莲化成碎末飞碎，但是蚩尤亦是一震，魔能一滞。

元始天尊乘机展出道录，涌出紫光再化成一紫色巨虎向蚩尤袭去。重转魔能的蚩尤冷哼一声，转身如电，旋起一刀斩下，黑光闪下，紫色巨虎被轻松劈开。但是紫虎半身又分化为紫色光虎，双虎合而袭击。

“小手段而已！”蚩尤急退，挥手一道黑气飞出化成席天黑幕，吞灭一切生灵的死气将双虎吞噬消融，不过急迫之下，紫光还是让他的魔能大为损耗。

元始天尊双手合稽，温和紫光徐徐散扬而成一个奇特光环逐渐散开，光环蕴含金色道文，瞬间道文就组成一道紫雷向蚩尤强悍飞奔击去。

蚩尤厉啸炸声，面对紫雷岿然不惧，擎起魔刀就是一刀雷霆斩下，没有任何死气，但是这一刀之劲已达万钧之力，刀气狂飚而出。紫雷虽强，但是仍被这一刀将之震裂消散。只是蚩尤也不好受，那紫雷之威实在是太强，蚩尤被震得整个人都飞了起来。

元始天尊乘机跃空而起，双手尽情张扬，舞起道录化成一片巨大的紫色卷帛向蚩尤盖去，卷帛紫气冲天，蚩尤沐浴在紫气之中，竟直觉魔能流逝，不由暗惊，急急后退。但元始天尊岂会让眼前机会失去，长袖一挥，紫色卷帛竟是猛长一倍，以雷霆万钧之力堪堪将蚩尤困缚住。

“元始小儿，你以为这样就能困住我吗?”蚩尤冷笑一声，魔能催出，黑色魔刀突然泛出白光，黑气夹着白光飞窜而出，随着蚩尤一声惊天雷吼，紫色卷帛硬是被断断震碎，消失于无踪。

蚩尤震碎卷帛，却是一时沸腾，难以动弹。本可乘机出击的元始天尊也是如遭雷殛，一口血喷了出来，他伤势压制已久，蚩尤震碎卷帛的魔能威力奇大，竟凭着强悍无匹的魔能气息就将他的伤势引发出来。

两人的身形同时一停，四目如电，在空中交击激起一阵火花。

蚩尤和元始天尊的交手虽强，所花费的时间却少。此时化成稠状液体的五彩神石还在“不周山”顶流动，聚集三界神能的女娲娘娘在一片璀璨金光中全力维持五彩神石，她要使融合混沌神水的五彩神石铸在这“不周山”顶，这需要庞大的能量和不短的时间。

两人行动如电，动作快速胜风，举手投足之间虽然给于对方无限的威胁，但是声势却并不强，甚至远不如耀阳和倚弦两兄弟这么夸张。

耀阳和倚弦首次看到蚩尤和元始天尊这一档次的绝世高手对战，得益匪浅。蚩尤和元始天尊对战，他们尽可能不浪费多余的魔能，每一击强猛的元能都是用得恰到好处。耀阳和倚弦看得大有领悟，更能想到轩辕图录等玄学魔功的妙处。

蚩尤深吸一口气，魔刀抡起半圈，划出一条漂亮的黑色弧线，蓦地左手手指划过刀刃，一撮猩红血迹溅在魔刀之上，魔刀猛然一震，天地为之一黯，刀身发出万千怨灵的悲鸣之声，摄人心魂，引动三界怨气如雷暴动。

“去吧，将眼前的生灵赐予你们！”蚩尤轻轻地将魔刀挥下，一缕缕的黑气竟从魔刀之中冒出，皆露出原形化为万年厉鬼，疯狂向元始天尊扑去。对这些厉鬼怨魂而言，眼前这个拥有一身浩然正气的元始天尊无疑是最好的口粮。

此乃酝酿数千年厉气的怨魂，受蚩尤魔血之引破封而出，混和浓烈的魔能死气扑向元始天尊。紫光虽能销蚀死气，但怎么能对付得了如此万千怨气？

元始天尊骇然，不顾身上重伤，右手双指竖起遥控一指，喝声如雷，叱道：“梵音慧心！”

随着元始天尊的厉喝，“妙法道录”竟然铿然一震，木简飞散而开，每一片木简都发出紫气微光，引动风云变动，吟声如潮。

如激浪拍岸的声音骤然在空中作起，怡人心扉的乐音随着每一片木简的牵动缓缓发出，那清馨的乐音能扫却一切烦愁和病痛。数十片紫色木简飞旋于虚空，划出一条淡紫色的微光痕迹，在空中微微发颤，引动一阵阵充满无限生气的潮声散扬在空中。

悦耳的乐音逐渐汇成一个个模糊的话声，细听之下竟是一段段的道文随之木简颤动发出来，那道文的声音越来越清晰，逐渐串联成完整的妙法道文。

每一句道文都拥有祥瑞之气，入耳即清心消火，化厄渡灾，一切的怨念化消，只余悦心美妙之感。最终仿佛没一片木简便是一段祥和道文，消除一切邪恶，催发所有生命。欣欣生气环绕不去。木简环绕元始天尊而转，那一句句徐徐而出的道文吟声或是护着他的身子，或是呈万千气象四散而开。

那万千怨魂竟是近不得元始天尊之身，被道文之音缭绕，却反而是逐渐怨气消散，化为祥和之气，最终无数怨魂被纷纷超度，哪能伤害得了元始天尊。

从蚩尤引出万千怨灵到元始天尊使出“梵音慧心”，这只是一瞬间的事情，但却仿佛过了数百年的时间，道文梵音将怨魂超度不少。但是这所需的强大玄能却让元始天尊吃不消，顿时又是从口中喷出一蓬猩红血雨。

蚩尤连震，后退十余步，强自平息因道文梵音絮乱的魔能，深吸一口，沉声道：“不错，元始小儿还有些本事。本来够老夫尽兴，但此时恐怕已经惊动你们神玄两宗其他诸人了吧？老夫没时间跟你们玩下去，最重要的是……”

说罢，蚩尤突然露出诡异的神色，缓缓斩出一刀，这一刀却不是劈向元始天尊，而是向施法补天的女娲斩去。

元始天尊酣战之下，竟疏忽了这一点，蚩尤这一刀牺牲了力道却加快了速度，刚伤重喷血的他怎么还能这么快地反应过来，急催道录去挡已是慢了一步。

刀气飙出，但是女娲娘娘竟仿佛没有所觉一般，任它击在她的后背，她身子一震，金光震荡，但她丝毫没有理会，这个时候即使有再大的危险也不容得她分心。

元始天尊缓了一口气气，已挡在女娲娘娘前面。

蚩尤哈哈笑道：“人道女娲娘娘悲天悯人，果然不虚，竟然宁愿受老夫一击，也不轻易放手，这点老夫很欣赏，可惜……”他摇头，又是劈出一刀。

这一刀没有太快的速度，但是却聚集魔能如潮，刀气如实直砸而出。元始天尊不能闪避，只有忍着一身重伤，正面顶上。

“轰！”刀气爆散，但是元始天尊亦是再次喷血，伤势进一步加重。

“天尊！”附近的三十余个神宗高手见此大惊，拼着受到魔妖高手的攻击，如飞蛾扑火般投向蚩尤，所有的法器绝招都向蚩尤招呼而去，顿时七色光彩四射，利锋惊刃尽向蚩尤击去。

蚩尤转首厉喝道：“小辈也敢嚣张？”身形跃起，化成疾电躲开攻击，魔刀毫不留情地斩出，立时刀气狂出，黑光乍现，魔气如实，迎面就将一个神宗高手当场斩杀，魔刀死气立即将那神宗高手散出的灵元吞噬下去。

蚩尤狂笑，扑入那神宗之中，舞起魔刀，打开杀戒，转眼就又杀了五人。元始天尊看蚩尤出手狠辣，悲愤莫名，但他知道必须要护住女娲娘娘补缺“不周山”，否则三界将会有天大祸事，此时唯有尽量恢复玄能，以待蚩尤接下来的强袭，只要撑到神玄两宗一众高手赶到就行了。

就在蚩尤斩杀神宗高手之际，两条身影同时从空中落下，却是闻仲和南极仙翁，两人竟然拼得两败俱伤，皆是身形踉跄，口鼻溢血，只是闻仲此时的伤势仿佛还略重于南极仙翁。

但是南极仙翁伤上加伤亦是气脉不畅，蚩尤见机一刀向他劈去，南极仙翁来不及躲避，唯有迎上硬挡。“啪！”声响惊心，南极仙翁亦如元始天尊口喷鲜血飞震而起，差点无法控制身形要摔下“不周山”。

蚩尤再抡魔刀，却是斩向元始天尊。魔刀抡起一圈成圆月之形，而且是真的抡出一轮黑色圆月，只是这黑月拥有无限魔能，那黑气环绕，仿若能吞噬一切。

“这一刀叫‘魔月吞天’，我建议元始你让开。”蚩尤说着风凉话，手中却是猛地一刀斩下，那轮黑月竟正面向元始天尊扑去。

元始天尊心中惊骇，黑月散发的魔气证明这一刀的威力足能毁灭一座城池，蚩尤的修为果然提升到这等惊人地步了，受了伤的自己又受此约束已绝对不是对手。但是他当然不可能会避开，后面还有女娲娘娘在，三界安危就靠她了。

“道录环身!”元始天尊轻喝，木简再化为道录，立即环绕他转动不已。

“砰!”一声爆裂，黑月正中道录，黑光一亮便消于无踪，而元始天尊身旁的紫色木简竟是一震，几欲爆开，他睚眦皆裂拼着一身玄能硬是让它撑了下来，但是这一刀的强大威力却让他生受了。

重伤的元始天尊如感五脏碎裂，玄能尽数涣散，竟是止不住身子坠落。蚩尤的这一刀实在太强太狠，拼尽一身魔能，聚集九幽之力，硬是将元始天尊的身体震飞。

蚩尤深吸一口气，长笑道：“看谁还能挡我!”又是一刀斩出，黑色刀气狂窜而出。

神宗高手欲要上前堵截，平息胸中气血的闻仲猛然暴起，“炼天金戟”挥散出一片金芒，点点金光融成金液洒向神宗高手。

闻仲的修为虽然较为不及南极仙翁，但比之这些神宗高手还是强了不少，全力而出的一击还是将他们阻了一下。

蚩尤乘机又是一刀横戈而出，这次是无影刀气，发出破空之声直袭向女娲。

“休想得逞!”一声惊天厉喝，南极仙翁不知何时扑出，挡在女娲面前就是全力击出“笼天袖”。但是蚩尤这一击是何等威力，直如九天崩压，正砸在南极仙翁铁袖上。

南极仙翁全身爆血，衣衫像是蝴蝶般散开，随风飘扬而散。七窍流血，身形颤抖，仓皇之下身受重伤的南极仙翁再遭受蚩尤的全力一击，顿时被震得玄能涣散不聚，灵元震颤难定。

蚩尤冷笑道：“既然你想死就去死吧!”纵身如雷，毫无留情集起全身魔能，刀身悲鸣厉啸，蚩尤一刀就是雷霆斩下。

伤势极为严重的南极仙翁根本不及提起玄能，面对蚩尤的全力一刀，他毫无抵挡或是闪避之力。骇然之际，他只能做出一个迫不得已的决定。

蚩尤一刀劈下，南极仙翁的身体就见化为涅沫，一道玄光从“不周山”飞离而走。

“毁身保灵?”蚩尤看着逃离的南极仙翁神识灵元没有追杀，神玄两宗不像魔妖两宗有极端手段，南极仙翁又没有一点归元异能这等神鬼莫测的奇功，肉身全毁灵元受损，没有上千年的时间难以恢复一身修为，已对蚩尤的计划构不成任何威胁。

南极仙翁的败亡让元始天尊等人骇然大惊，元始天尊好不容易聚集起一身玄能，马上展开道录向蚩尤狂击而去。道录梵音再出混和散发道文紫光，瞬间像是一根韧绳般将蚩尤全身捆住。

“小意思，给我爆!”蚩尤大喝一声，硬是将这道文紫光挣得粉碎，他脱身而出，挥手又是一刀斩出，黑光如万马奔腾扑向元始天尊。

元始天尊怒声狂吼，硬是展开道录，梵音中紫光化成怒潮迎面冲上。巨响震耳欲聋，蚩尤和元始天尊同时后退。蚩尤嘴角溢血，而元始天尊则是连喷三次鲜血，身子摇摇欲坠，几欲摔倒。

“你还是老了!”蚩尤得意大喝，谁知此时猛觉身后厉光扫来，如芒刺在背，急忙纵身闪避。

剑气劈过，蚩尤急速转身看去，一身狼狈的鸿钧老祖出现在他面前。其后便感觉远处卓长风的气息不断窜近。原来鸿钧老祖感觉到女娲娘娘受敌，立知不妙拼着受卓长风一击而急忙赶来，他也知道只要撑到女娲娘娘补天完成，神玄两宗的高手赶到，这次危机就能渡过。

看来卓长风赶来还需要一段时间，蚩尤一人面对受伤的元始天尊和鸿钧老祖丝毫不惧，大笑道：“鸿钧小儿，这次够你受的吧？你也想死，老夫成全你。”

蚩尤突然变成双手持刀，黑色的刀身折射女娲娘娘身上的金光，却闪出诡异的奇色光环，两缕黑气分别从手中徐徐窜出包围了魔刀。

“这一刀叫作‘殛天之暗’，能吞噬天地一切生灵，本来以元始的修为肯定能挡住，但是现在……”蚩尤冷笑，双眼突然呈现黑色，黑气猛地窜入魔刀之中，厉啸悲鸣之声再次震人心魄，骤然便见天昏地暗。

蚩尤斩下魔刀，魔刀在瞬间化成黑色天幕遮天蔽日，黑幕向鸿钧老祖和元始天尊强势罩下，黑幕下隐藏着无限杀机。黑幕所散发出来的惊人魔能给人无边的压迫力，元始天尊和鸿钧老祖赫然色变，他们知道这一刀的厉害。

鸿钧老祖没有任何迟疑，沉沉喝道："三界六道，借我一剑！"猛然全身闪出一片耀眼光华，他飞身而起，太虚之剑终于出现在众人眼前，鸿钧老祖周围光华化成一惊天光剑，剑啸震天，剑气冲霄，光彩三界无不受照。

蚩尤惊道："舍身为剑？"

元始天尊喊道："老祖……"

光剑击在黑幕之上，顿时裂成无数碎片，鸿钧老祖的整个身子也随之化成碎片，但是光华以此散遍黑幕每一角落。"噼噼啪……"一阵刺耳裂响，黑幕骤然也爆成碎末最终随着光华消逝于无。一道灵光向远处闪去，鸿钧老祖也步上了南极仙翁后尘，千百年内休想再有什么作为。

鸿钧老祖拼尽肉身玄能的一剑威力何等之强，即使是蚩尤亦是被震得一口腥血喷出，喘了口气，摇头道："鸿钧老头还是真是有点门道。"

转眼间，玄宗两大顶尖高手尽是惨败毁身，神宗诸人无不骇然大惊，但是他们丝毫没想过后退，又有几个神宗高手冲出闻仲等人的拦截挡在女娲娘娘前面。

蚩尤嘿嘿冷笑道："好啊，无能小儿也敢来送死？"

说完，他将魔刀一拖，甩起刀气闪变而出，神宗几大高手哪里能敌，连挡数下，便被蚩尤惊起一刀将他们劈得灵元俱灭。

蚩尤再跃起没有任何变化地一刀向女娲娘娘当头劈去，这一刀没有什么华丽之处，但是刀中蕴含的魔能强大到无与伦比的地步。

元始天尊厉吼道："蚩尤，你休想得逞！"一甩手，紫光如照的"妙法道录"卷出玄能如雷，毫无花哨地硬挡住蚩尤的噬魂魔刀。

"铿!"交戈惊响，道录竟是半裂，元始天尊被震得眼鼻出血，整个身子像是一块破布般飞甩了出去，他玄能爆体，气脉皆裂，已经难以控制玄能运用，甚至不能将身子自主。

元始天尊虽然受了重伤，但是实力仍在，这一击抵死相抗，威力岂是等闲，强如蚩尤仍是被狂震而飞，手中的魔刀差点脱手。

蚩尤在空中大吼一声，硬是扭身回落，噬魂魔刀疯狂劈下，誓要将正在全神补天的女娲娘娘置于死地。

神宗诸人如何肯，早有十几人拼死，再次挡在女娲娘娘之前，义无反顾地向蚩尤扑去。黑光如电闪出，血花飞溅如成红色艳花，在蚩尤刀下神宗弟子甚至连保住灵元都不可能，纷纷粉身碎骨，永难复生。

此时元始天尊已经伤重到难以动弹的地步，只能眼睁睁地看着神宗高手被蚩尤任意屠杀。悲愤激得他发须激扬四射，但他却很是冷静，全心恢复自己的玄能。

耀阳和倚弦看着"不周山"顶那惊心动魄的战斗，不由为舍生忘死的神玄两宗诸人所感动，不管如何，他们也是为三界安危而牺牲的，即使从来都厌恶神玄两宗的耀阳也开始对他们有了一些好感，不再是完全的憎恶。

蚩尤真的像是魔神一般，持刀将神宗诸高手一一诛杀，毫无一点心软。血雾爆散在他的周围，他丝毫没停，舞刀如狂。

没多少时间敢挡在蚩尤面前的神宗高手被屠戮干净，蚩尤也不用喘气，狞笑着暴喝道："女娲，受死吧!"窜起身子，展尽噬魂魔刀，集数千年魔能于一击，以九天落雷之势，惊起雷鸣鬼啸之音，一刀就向女娲娘娘斩去。

"休想!"元始天尊同时如雷爆吼，发须向后尽情怒扬，衣衫展起如风狂摧，手持"妙法道录"发出从未有过冲霄紫光，伴随着如滔天海潮般的道文声乐，在空中划过一条久久不散的紫色光弧，向蚩尤狂击而去。他这一击非是去挡魔刀，而是不顾一切地击向蚩尤本身，完全是同归于尽之势。

“元始小儿，你想跟我同归于尽？我成全你！”蚩尤竟也是像疯了一般，也不顾元始天尊聚集全身数千年玄能的一击，反而双眼如墨漆黑，张嘴露出利牙森然，没有任何防御，他亦是倾注数千年修为于刀上，噬魂魔刀发出黑光在瞬间让天地再度变暗，一丝血红渗在黑光之中却给人一片血海之感！

两道人影在这一刹那相交，蚩尤和元始天尊仿佛在这一刻都停住了，时间在这时凝结。魔刀之劲从元始天尊的身体穿透，就到了女娲娘娘的眼前。那一刀倾绝蚩尤一身之力，穿破元始天尊的身体，仍以九天崩压之势击向女娲娘娘。

如果受到这一击之强，以女娲娘娘的修为虽然受伤不浅也能硬抗，但是她肯定不可能再支撑这补天的最后一步。

这个时候，女娲娘娘露出一丝欣然微笑，轻语道：“还好，现在就行了，‘不周山’决不会再缺了。”魔刀之劲近身之前，女娲娘娘身后金光猛地如爆炸般闪华，神能无限攀升。

“成了！”女娲娘娘露出最后一个笑容，那是充满仁慈祥和，也是了却心愿的笑容。魔劲袭身，却被神能完全消融，不留一点残余。女娲娘娘在微笑中，身体化成一片金色晶光闪烁，金光如同普照天下一样罩下，罩住整个“不周山”，缓缓渗入“不周山”之中。

整个“不周山”金光环身，女娲补天终于再次成功，她在最后关头以焚灭己身万千年的金身灵元爆发最强的神能重铸“不周山”，此时的“不周山”比起以往更加坚不可破。

灵元焚灭，代表这个世上再没有女娲娘娘这个人。

几乎就在“不周山”铸成之时，蚩尤和元始天尊两人毫无保留交击的元能也齐齐爆炸。“轰！”元能瞬间遍爆，炸声响彻三界，黑白七彩之光随着元能爆射出，转眼便交织成刺眼无比的白光。

耀阳和倚弦感到眼前一片光芒，还没有来得及反应，元能爆炸的无比冲击力已到了他们面前，然后他们就再次失去了知觉……

……思感如被挤压扭曲，时间在这时仿佛消失。耀阳与倚弦的神识再次被扯到虚幻的空间之中，五官六觉浑然失去任何作用，神识思感似乎什么都想不到了，只觉浑浑噩噩已然不知过去未来。

那种感觉又像是能感觉到他们跟整个虚无空间融为一体，却也跟那在空间运行的奇特能量牵扯在一起，之后的空间爆裂破碎，给他们的感觉就像是他们身体的破灭一般。

然后，跟他们的身体一样，虚无飘渺的空间化成碎末，最终消失归无。然而也是因此，盈冲虚和的核心玄体化成了三界之源，眼前的一切都变成了一向他们所熟悉的——无极秘境。

像是又过了万万千千年，无极秘境恍然成了他们的身体一般。

一切仿佛跟无极秘境的形成过程相似，耀阳与倚弦兄弟俩的身体也再次重组，熟悉的元能再次回到他们的身体之中，两人感觉到身上的元能从来没有像现在这般强大过，也从来没有像现在这样精炼过。与此同时，他们可以更明确地感觉到如今体脉内的元能禀性，不再是像以往一样懵懂。

“我变强了!”耀阳和倚弦几乎同一时间猛地睁开双眼——

第一百三十四章　重铸天地

然而明明可以感应到兄弟俩同时所在的气息，倚弦却睁眼才发现身旁却并无耀阳的踪影，只剩下自己全裸的身体毫发未损，再一细细端详己身，他明白归元异能已然自动将他的肉身再次重铸。

倚弦看清楚了周围的环境，这是一个诡异的黑暗空间，空中四浮破碎晶片，好熟悉的环境，他仔细一看，顿时发现自己竟然是在龙刃诛神的结界幻境之中，讶然中，他纵身破出结界，四周也是不见耀阳的影子，尽管如此，他却能感应到耀阳很安全的存在。

倚弦微一思索就明悟过来，他们两人都跟各自拥有的神器血脉相连，所以此时再次肉身重铸，就会出现在自己龙刃诛神的结界之中，所以想来耀阳一定会出现在轩辕剑所在的武库结界之中。

此时的冰火轮回狱早就是完全荒废，根本没有人愿意待在这里，整个浩大的地穴空荡荡的，寂静得让人可怖。

倚弦深吸了一口气，苦笑地看着自己一身赤裸，无物遮体。不过此时，这个问题并非很难解决，他随意挥手扯了些干净的枝叶，套在身上便虚幻出一身衣物，虽然不是真的，但是至少能做到遮羞。他以前从琅寰洞天的秘典中知道这个幻术方法，只是一直难以运用，而此时不但元能大增，对之也更是熟悉，使出来当然不再有任何困难。

伸展了一下四肢，重生后的骨骼格格响了几下，甚是舒服，倚弦微一拂袖，体脉内剑气充盈，龙刃诛神似是等候已久一般，龙吟作响，状若欢畅之极。倚弦傲然一笑，风遁而起，先行离开了冰火轮回狱。

就在回身上了绝崖后，他终还是忍不住回头望了望幽深的轮回狱，心中思绪涌动，一时间感慨万千。

他——倚弦便是从这里得到“龙刃诛神”，然后走出来成长为天地三界年青一辈中的佼佼者，然而世事难料，谁又能猜到命运竟然再一次将他带回这个地方，他想到从前的艰难时光，以及其后的少年风光，再一想到日后的莫测前途，自是免不了生出感慨来。

想到去往何处，倚弦微有思虑。毕竟现在他们两兄弟的身份可能是神玄两宗恨之入骨的魔星，所以他此时死而复生虽然极想去探望幽云，但还是知道不能去蜀山剑宗。

倚弦感应到耀阳的苏醒，这才释然，他们现在唯一能去的地方就只有大洪牧场了。因为小仙等三人还在牧场等他们，耀阳也肯定会回去，所以到那里跟他们会合是最好不过的了。

当下，他便风遁而起，径直向大洪牧场方向而去。

途经一处城镇，倚弦随意找了一身衣服穿上，即使有幻术遮掩，全身赤裸的感觉也是难受极了。然后他没有多做停留，便立即离开了。凭倚弦现在的修为，只要把握元能消耗，哪怕一直风遁不止，也没有任何问题。

即使省着施展元能的风遁也是速度奇快，不过一日的时间，倚弦就到了离殷商都城——朝歌城不到百里的一处山林野外。

倚弦在山顶停了一下，举目四望，最后确定了牧场的大概方向。他吁了一口气，正要风遁继续赶路，却忽然心有所感，归元异能感应到附近有魔能波动，甚是纷乱复杂。

倚弦凭着敏锐的感觉发现其中微有的魔能波动竟有些熟悉，只是一时想不起来是谁。他大讶之间，纵身向魔能波动的方向急驰而去。

行不多久，他便风遁到了一个豁口山谷之中，果然发现竟有数十位魔妖两宗的高手正在围攻一名老者。

倚弦看得仔细，愕然发觉被围攻的那人竟然是应龙，而此刻带头向应龙出手的竟是他的徒弟——元都。应龙手持当年大禹治水所用的神器——“定海神针”，强势挥舞，但是明显可以看到他力道不继，时断时续，看来是受伤不浅，难怪会被一些小辈围截。

应龙算起来是紫菱的外公，虽说脾性古怪，但并非寻常魔妖之辈，倚弦当然不可能袖手旁观，当下长啸一声，道：“宵小之辈乘人之危，卑鄙无耻！”

言罢，倚弦纵身飞如逝电，转眼就到了众人身后，祭出龙刃诛神，便是一剑劈下，紫芒绽现，当场将一个反应不及的家伙劈成两半，现出丑陋原形。

魔妖两宗诸人皆是骇然，应龙回头见到倚弦，当即喜出望外，道：“原来是易小友啊，来得正好！”

“小易……倚弦……”元都一口喊出倚弦两个身份，看得倚弦掌中的龙刃诛神，大惊失声。

“魔星？”魔妖两宗一干人等皆是骇然大惊，想不到此时耀阳和倚弦的魔星之名已是无人不知。

倚弦哪管得了那么多，冷哼一声，龙刃诛神再度毫不留情地一剑劈出，剑气直出，虽然没有以往的夸张声势，却是剑芒滚动，锋芒毕露，一剑两个，同时将两个魔妖两宗小辈斩杀剑下！

倚弦这一剑更确定了他的身份，魔妖两宗诸人满脸骇色，终于深信传说中能令神玄两宗都为之头痛的魔星绝不是好惹的角色。

“想不到你这个小王八蛋居然还没死，今天让爷爷我送你一程！”元都大喊道，“诸位道友不要怕，就他一人而已，我们这么多人难道还怕杀不了他？你们难道不想要那东西了吗，何况老东西如果伤势好了以后，哪会放过你们？”

元都这句话来得正是及时，魔妖两宗诸人当然也不愿轻易放手，他们虽然对魔星甚有戒惧，但是也想到一点，倚弦再厉害也不过是位年轻高手，他们这一群人连应龙都敢偷袭，自然不可能会怕一个少年高手。而且现在他们乘应龙重伤之际出手，以后难保应龙不会报复，还不如先杀了他免留后患。

想到这里，大部分妖魔高手纷纷施展出各种法宝向倚弦围拢过去，杀气腾腾的开始合力攻击倚弦。

“应龙前辈，看来要稍等一下才能跟你叙旧了。”倚弦微微一笑，丝毫不将这一干魔妖两宗高手放在眼中，身形潇洒地遁出，堪堪避开了数十样法宝的攻击，然后信手一剑斩出，只看一道剑气已然飙出，却在半途分化为数十道剑气爆射。

魔妖两宗诸人哪里敢挡三界第一神器“龙刃诛神”，纷纷仓皇躲避。

倚弦对这些乘人之危的鼠辈根本没有一点好感，下手自是毫不留情，手腕一转，便又挑起一道剑气闪电击出，顿时又将一妖当场击毙。然而乘着倚弦出手之时，十余人不失时机地从他背后偷袭，法宝尽出。

倚弦回身飞快就是一剑横戈斩出，龙刃诛神划过一道曲线光华，顿见鲜血飞溅，又有两人死在他的剑下。同时倚弦也飞起避开攻击，旋腿随意踢出，竟还让一人受击蓬然坠下，也不知是死是活。

倚弦也陡然下坠，大出众人意料，此时，倚弦斩出“冰封千里”，立时冰棱由下狂窜而上，将措手不及的两个魔妖两宗高手活活困在冰团之中，他们可不是慕行云这样的高手，根本挣脱不了，就此砸在地上，溅起冰屑飞扬，被冰住的两人也去了大半条性命。

而这时，一妖魔偷偷溜到倚弦身后，猛地散出一片蓝光，向倚弦砸去。

“鼠辈找死!”倚弦冷笑声声，回手刺出一剑，如浪潮般的剑气狂奔而出，将蓝光尽数反击回去，偷袭的家伙硬是被自己的暗器射得不成人形。

短短的片刻之内，魔妖两宗一众高手伤不了倚弦不说，还让他轻松干掉好几人，而应龙虽然受伤，但是还是杀了好几人。这让魔妖高手等人惊骇莫名，心生退意，就算应龙以后找他们报复，也好过现在被当场杀死。

倚弦淡淡一笑，道：“一群执迷不悟的家伙，既然你们想死，那我干脆成全你们。”足尖微踢，他的身子如大雕展翅翱翔而起，顺手抡出龙刃诛神。

剑气厉芒化成万千冰剑爆射而成，铺天盖地地覆下，剑气凛然，寒气迫人。冰剑锐利无比，中者无不丧命，顿时修为稍差的几人立即被穿了窟窿，鲜血四溅，这无疑是推了魔妖两宗诸人一把。

魔妖两宗诸人顿时被吓得落荒而逃，对于他们而言，现在的倚弦实在是太强了，根本不是他们所能对付得了的。

元都也没想到倚弦竟然会强到这种地步，何尝不是吓得魂飞魄散，连忙随其他诸人一起疯狂逃离。

但是倚弦怎么肯让这种弑师贼子逃走，全力展起风遁，同时挥手劈出一剑，冰寒剑气咆哮而出，毫不客气地将仓皇逃跑的元都死死冰封。然后掌中冰晶元能施展而出，冰结将元都封印了起来。

倚弦以手一引，便将被封印住的元都扔给了应龙。

应龙接过元都，拱手谢道："易小友……嘿……应该是倚小友，多谢了!"

"举手之劳而已！此等贼子人人得而诛之!"倚弦淡笑着到了应龙身前落下。

应龙顺手一拍，将元都身上的寒冰拍散，同时施展密法禁制将他封住，应龙恨声道："逆徒，亏老夫辛苦教你百数载，想好好培养你，没想到你这贼子竟敢乘老夫受伤，找了这么些鼠辈偷袭老夫。"

元都满眼都是骇然，脸色苍白得发青，显然是害怕应龙的手段，连声喊道："师尊饶命，弟子只是一时鬼迷心窍……"

应龙盯了他许久，摇头叹道："元都啊元都，我辛苦栽培你百多年，你却让我如此失望。你知道你是什么令我失望吗?"

元都趴在地上，惶恐道："弟子罪该万死，不应该触犯师尊。"

应龙喟然一叹，道："你要弑师，虽是大逆不道，老夫也只会愤恨你而已。但没想到你在事败后表现竟然如此懦弱无能，枉费我应龙教你百多年。看来你有今日的下场，老夫也有教导不足之错，今日就饶你一命。不过，你不配拥有老夫传你的一身修为。所以……"

"不要啊，师尊饶了我……"元都骇然失色，修真之人如果一身法道修为被废，那简直是生不如死，何况他在妖魔两道混迹日久，得罪的妖魔高手也是不少，若是让人得知他的下场，恐怕会群起攻之，到时候只怕会生死两难。

但是应龙岂会饶他，抬手一掌正中元都天灵盖，然后从怀中掏出一样物事，竟是一件青绿玉樽，只看他莲花指掐印施法，大喝一声，元都来不及闷哼一声，头顶天灵部位立现一道诡异符印，血红的灵能缓缓凝成一个拳头大小的婴儿状，被摄入玉樽当中，而元都则七窍流血瘫倒在地，身子还略有抽搐。

“滚！”应龙随意一脚将元都踹到地上，不再理会，收起玉樽后，转头对倚弦道，“没想到你还活着，本来以为你们两兄弟已经在‘不周山’之变中一起被害，今日见到你才知道你们还好好的。更没想到你的修为竟然能增进到这个地步，现在恐怕连老夫也没有几成把握可以胜你了。”

应龙向来欣赏倚弦，而且见到传闻中应该已经死了的倚弦安然无事，更出手助了他一臂之力，当然高兴非常。不过他也甚是惊骇，倚弦现在的修为跟当初已是判若两人，虽然剑道技法一如平常尚缺变化，但一身霸道的法道元能却已经让人瞠目结舌了。

由此可见，难怪当初三界中会将“归元魔璧”当成最大的秘密，竟能让两个平凡小辈在这么短的时间内强到这等地步。

“倚弦只是侥幸不死而已，修为还算有所进步！”关于肉身重铸时提炼元能，而且又吸收女娲娘娘用来补天的金光神能的事情，连他自己都不是很清楚，倚弦只能随口应付。

应龙叹了一口气，道：“当年，神玄两宗搜遍三界都没再发现你们的影子，却在‘不周山’附近感觉到你们残留的气息，由于你们整整三年没有出现过，谁都认为你们已经死了。老实说，你们这三年内去了哪里，竟然能让神玄两宗无法找到，也算你们有本事了。”

“三年？我明明才刚醒来！”倚弦大怔。

应龙一愣，疑道：“你刚醒来？难道你一睡就是三年？”

看应龙神色，倚弦确定已经过了三年。倚弦一呆，心中剧震，皱眉想到：“难道这次重组肉身竟然花了三年的时间？”

尽管在正常情况下，三年的时间对于修行之人并不算长，但问题是现在女娲灵元俱灭，而且依照鸿钧老祖和南极仙翁受伤的情况，没有千把年也没出手的实力，所以种种情况显示这三年过去，三界的形势恐怕早不是以前的样子。

倚弦心有烦恼，当下问道：“应龙前辈，我的确是最近才醒过来，不知现在三界的状况怎么样了？”

应龙惊异地看了倚弦一眼，他本是妖魔二宗少有的几个绝品法道高手，自是清楚法道修为的“定境入寂”百年都不为多，自是没有追问他为何一睡三年，微微沉思片刻，道：“三年前，据传你们导致‘不周山’倾顶，神玄两宗诸人都受到爆炸牵连，众多高手受伤。女娲再次补天，谁知这个时候那个数千年没有露面的蚩尤竟然窜了出来，女娲为了能把‘不周山’顶补缺，竟牺牲了自己，鸿钧老祖和南极仙翁亦落得个只剩神识灵元逃离，最后是元始天尊跟蚩尤同归于尽，如果我所料不差，元始的灵元虽然还是逃出来，但是暂时是掀不起什么风浪来了。”

倚弦默默点了点头，那“不周山”一役实在是惊心动魄，他们兄弟俩的灵神曾经亲历当时的情况，那神玄两宗无数高手的悲壮，以及女娲娘娘的伟大仁慈，无一不历历在目，让他记忆良深。

应龙继续道：“‘不周山’的爆炸让太上老君等人受伤不浅，恐怕即使到现在还没完全恢复，而‘不周山’一战，神宗女娲以及近百高手当场战死，玄宗元始天尊、鸿钧老祖和南极仙翁只余灵元之身，暂时都别想出现，神玄两宗的实力可是大为减弱，仅能用以勉强维持六道秩序。是以三界早已纷乱不堪，神玄妖魔四宗诸人都各自为政。”

倚弦想到那个一直左右他们兄弟俩的黑衣老者——魔神蚩尤，心中不由自主打了一个寒战，沉吟道：“这么说来，魔妖两宗现在反而占了上风？”

应龙摇头道：“那倒也不是，元始天尊是和蚩尤同归于尽的，而幽玄等魔宗高手也死伤不少，魔妖两宗除了卓长风、闻仲和祝融氏联手并收服了大批较弱的五族势力之外，其他各大势力都各自为战。共工氏自宗主被神玄两宗劫去而失踪后，其子淳于焱继位，就是摆明了要跟神玄两宗作对。防风氏那个叫婥婥的丫头也是一样，似乎受了其他几族的某种钳制，处处找神玄两宗的茬。神玄两宗元气大伤，自身形势又乱得可以，故而暂时也没办法奈何他们!”

倚弦黯然失神，对于羿姬之死，他心里始终放不下，也很是担忧婥婥，沉默半晌，他又问道：“不知现在魔妖两宗还有其他什么势力?”

应龙微有沉思，道：“三年来三界事情不少，势力各有改变，就如那九尾狐现在很少出现，不知在搞什么鬼，妖尊雪赤极则是联合一大群弱小势力搞风搞雨，通天教主也是召集大批人手，现在甚至隐居多年的一些老家伙也出来了，虽然这些家伙在老夫眼中算不得什么，但是集合起来也是一股不小的力量。但真正让人奇怪的却是陆压那个老家活，不知又去了哪里，仿佛已经消失在三界之中，整整三年也没有出现过，更不用说奇湖的势力，都这般销声匿迹了。”

倚弦思量许久，幽玄以及几个宗主已亡，除了不理尘俗之事的妖师元中邪之外，现在三界之中出名的魔妖两宗高手就是这么几个人，他们每个人的势力都不弱，就算以前神玄两宗也不愿轻动他们，更何况是现在。

倚弦又问道：“那神玄两宗现在的情况如何?”

应龙道：“神玄两宗那些家伙还能有什么办法，女娲死了，只余灵元的元始天尊、鸿钧老祖和南极仙翁也根本不可能出面。受伤未愈的太上老君一人撑住神玄两宗，还有其他散仙因为当年慕行云的事情质疑他的能力，所以他们已经没有多少精力去顾忌其他。”

倚弦想想觉得也是如此，蚩尤处心积虑筹划一切，所为的恐怕也不过如此吧，叹道：“那天庭和冥界难道没有什么行动吗?”

应龙冷笑道：“天庭那些家伙连灵霄殿都被烧了，此时还能有什么花样，说起来还是神玄两宗的头，但是肯听他们的已没有像以前这么多了。至于冥界，那是掌控三界六道最重要的地方，冥帝自是不敢大意，全力维护还没时间，根本不可能有余力对付魔妖两宗，当然魔妖两宗也不愿六道真的崩溃，所以没人敢去冥界捣乱……‘不周山’一事已经让神玄两宗的威信降到最低点。”

“原来如此!”倚弦微微颔首，陷入苦思之中。照现在这样分析，现在的神玄魔妖四宗的形势太过复杂，很难在一时半刻理出头绪来。

应龙看倚弦皱眉，笑道：“你们其实不用再担心自身所谓的魔星身份，现在三界大乱，老实说凭你现在的修为，足以纵横三界，如果你的兄弟耀阳也有如此修为，两人联手起来，就算强如太上老君之辈也要吃瘪。而且神玄两宗要对付你，还得考虑背后的魔妖两宗是否渔翁得利，所以我看如果不出意外，神玄两宗不敢轻易对你们下手。甚至有可能魔妖两宗的人会投靠你们，毕竟魔星的号召力是他们咸鱼翻身的希望。”

听应龙这么一说，倚弦点头赞同，他不再担心魔星身份之事，暂时也不想考虑其他，关于如何应付三界如今的形势，他准备跟耀阳会合后再讨论也是不迟。

当下倚弦望了望脚下抽搐成一团的元都，忍不住问道：“对了，应龙前辈，料来现在三界之中应该没几人能伤得了你。再说你不是受了蚩尤胁持吗?怎么会被元都这种狼心狗肺之辈所害呢?”

说起元都这个弑师贼子，应龙愤愤难平道：“老夫一生收徒不多，元都也算是近年来比较得意的一个弟子，是以什么事情都不瞒他。记得当日得到乾元绫之时，老夫就跟他好好推演过一番，略有心得，知道一些小窍门。后来，老夫被蚩尤那老贼所困，便跟他失去联系。再说蚩尤老贼手段高明，老夫新近才能拼尽一身修为脱困，但是因此也受伤不浅。老夫相信元都那贼子，却想不到他找来的时候，老夫正在疗伤自是被他偷袭得手。他一直以为乾元绫在老夫手中，便纠集了上百杂碎死追不舍，一路来虽然被我宰掉不少妖魔崽子，但还是被……”

说到这里，应龙一叹道：“今日幸好小友及时赶到，否则老夫就麻烦了。”

倚弦恍然大悟，难怪以元都这等小辈也能迫应龙到这等地步。

应龙遥看长空，叹道：“现在三界已不是三年前的旧模样了，你们凡事还是自己小心点!”

“多谢应龙前辈提醒，倚弦省得!”倚弦迟疑一下，想到紫菱丫头，便关切的问道，“前辈可知紫菱公主在‘不周山’爆炸前可否安全？现在她怎么样？”

应龙以一种异样的眼光看了看倚弦，嘿然一笑道：“原来小友还这样担心紫菱那丫头啊，放心，她聪明得很，早回了她那不成器的老爹身边去了。三界再乱，也没有人敢动龙族的，所以你不必记挂。”

倚弦点点头，放下心来。

应龙抬眼望望天色，喟然一叹道：“倚小友，再次多谢你今日出手相救。老夫此时还有要事在身，所以不能相陪，你自己小心上路!”说完，与倚弦一番惜别，风遁而去。

倚弦目送应龙离去后，随后向大洪牧场方向赶去。

正如倚弦所料，耀阳醒来之后，就发现自己身处轩辕剑的幻境结界之中，蕴含无穷元能的双手全力怒张，顿时晶体爆裂而开。耀阳破出结界，纵身而立虚空，眼前废弃的伏羲武库显得一片荒凉。

见不到倚弦，耀阳却能感觉到他非常安全，耀阳确信这种感觉不会错，是以也不再担心他。

尝试着浑身比之以往强了不知多少的磅礴元能，让他顿时间拥有了无比的自信心，他运起元能，当即长啸出声，声震千里，大有惊骇三界之威。

毫不在意自己的赤身裸体，耀阳一声叱喝，忍不住祭出轩辕剑，当空就是一剑劈出，不再有任何华丽的声势，但是无声无息的元能炎火滚涌而出，让不远处的一角偌大岩石顿时崩然而落，竟自焚成齑粉。

耀阳哈哈大笑，眼神神光炯然，现在他已经不必再避让任何人了，就算跟强如奇湖之主——陆压此等角色对战，他都确信自身有莫大的信心。

不知是否吸附了女娲当时补天所用金光神能的作用，此时的耀阳一身凛然正气，更添一份威慑之势。

“小倚，我知道你现在也肯定不会比我差，咱们兄弟齐心，完全不需要惧怕任何敌人!”耀阳喃喃低语几声，纵身风遁消失于虚空之中。

他当然不会留在原地，刚才那一击的元能波动够强，而且他所处之地正是当日“伏羲武库”所在，所以肯定会惹来附近四宗诸辈的窥视。他虽然不怕有人寻来，但是毕竟身份牵扯太多，一时间懒得跟他们纠缠，当务之急便是先跟倚弦会合再说。

想到所谓的魔星身份暴露后，自己和倚弦别无他处可去，而且他现在唯一的徒弟小千、小风与小仙他们就在大洪牧场，所以思来想去确定先去大洪牧场。当即耀阳毫不迟疑，尽展风遁向牧场而去。

半途上，耀阳到了附近一个小村落，却见是人兽皆无，杂草丛生，显然是荒废已久。耀阳大是郁闷，他虽然不觉得自己的裸身有何尴尬，但这样一路去牧场，总不能就不穿衣服吧？虽然魔门密法能轻易幻化出遮体衣衫的样式，但是那种幻变之术着身实在是很不舒服。

耀阳无奈之下只能继续前进，又过不久遇到一个小郡镇，却见那里竟是全城戒严，尽管现在是青天白日，但整个郡镇除了一些兵士巡逻之外，普通的黎民百姓基本上没有什么走动。

耀阳也没有很在意，隐遁施展开来，随便进了一个铺子，找了一身衣服，就立即走了。然而，耀阳想不到的是，他连续经过几个郡镇都一样，原来行人来往频繁的大路上竟也少见人迹。

耀阳这时不得不在意了，转眼间又遁过一个郡镇，情形果然不同——竟见到两个附近郡镇的将官各率数千兵马拼杀起来，人喊声、马嘶声和战车轧然之声，烽火连天，血流成河，混杂起来，成了震人心魂的凄烈场面。

耀阳纳闷的摇了摇头，不由更加奇怪。根据现时所处的地形来看，这一路来应该都是南域与殷商之间，这些郡镇理应是属于两方的势力才对，而且鄂崇禹一向对殷商阳奉阴违，怎么会出现这样惨烈的对战局面呢？

耀阳当然没兴趣卷入其中，但也是大感怀疑，于是一路看去，多数郡镇的情况都差不多。他心中充满疑问，想到牧场的安危，不免有些担心，便加快遁法的施展赶快向牧场而去。

第二日，耀阳终于到了牧场方圆百里范围之内，然而所看到的也是一路来的相同情景，方圆百里之内居然罕有人迹出现。于是他驾起云遁之法，循着感应到的强烈杀戮之气望去，只看远处牧场所在的大洪湖旁烽火照红天际，隐隐有厮杀之声顺风传来。

耀阳大惊，急速而至，立于一处山头之上，向下望去，果见牧场之上，上万兵士蜂拥向洪泽岭，震天的嘶叫声震耳欲聋。四处烈焰嚣肆，烧得浓烟四起，火光遍天，利刃的寒光刺眼，掺杂着一片血色。

耀阳不由疑惑不解，记忆中宋镇已亡，加上周遭郡镇的联姻关系，附近根本没有其他郡镇胆敢进攻牧场。但是他看现在牧场的兵力已经不得不退防洪泽岭，可见战事对牧场而言，非常不利。

屈指算来，耀阳也算是久经沙场的常胜将军，此时早已没了少年的莽撞和冲动，老练得很。当下他也不性急，先是极目巡视整个战场的形势，发现牧场迫守于洪泽岭上城外的围寨之处，而整个牧场周围几乎都是敌军。

进入牧场的路口，大洪湖和牧场原来的兵营处都被他们控制了。敌军前仆后继地向洪泽岭冲杀，密密麻麻的人群堵塞了洪泽岭的上山之路，差不多可以说是牧场之人已经被堵死在洪泽岭之上。

明确了战局，耀阳心中有了底，立即转换方向，神识扫视之下，顺着鲜明的旗帜一通巡视，他立即找到了敌军主帅所在，一眼看去不由大讶，敌军统帅竟然是伯邑考那个兔精。

耀阳狠狠地瞪了那个家伙一眼，马上想到既然伯邑考亲自统领大军，不用说他们肯定会有魔妖两宗的妖孽参战，也难怪牧场会被迫于如此境地。

既然有魔妖两宗的贼子参战，那敌军攻坚先锋的实力就很有可能会对牧场产生威胁。耀阳知道此时此刻耽误不得，隐身风遁而起，身随风动，很快掠上了洪泽岭。

整体形势看来，伯邑考的大军如同来势汹汹的滔天潮水，却在洪泽岭这狭小的口子上被堵住了，可见洪泽岭地势之险峻。牧场将士封住围寨，不让他们再进半步。军令所至，伯邑考大军的兵士只能拼命冲击，在牧场将士拼杀之下，留下一具具冰冷的尸体，横亘在木栏布起围寨之前。

两批兵马一番冲杀，好在山路不利战车冲荡，牧场将士仗着坚固的木栏和天然石岩防御，无数长矛尽情刺出，飞矢疾下，将敌军全部阻在围寨之外。

但是形势上牧场却反而岌岌可危。因为所谓“梅山七圣”的猪头三、羊头怪和狗头军师带着一群妖孽领头强袭寨门，而秦骊如、素儿以及小千与小风正奋力跟他们鏖战一团。

秦骊如和素儿的修为比之猪头三等人可算稍高半筹，而小千和小风也似乎已经大有长进，居然能压住攻击他们的妖魔好手，但是猪头三他们却有二十多个修成人形的妖孽相助，实力甚是强劲。

猪头三在六七个妖孽的护持下强攻素儿，一对獠牙棒疯狂击出。素儿同时承受多方攻击，展出飘带化成刀片如雪花般飞出，苦苦挡住，丝毫没有回手之力。秦骊如的修为也有所增长，然而苦抵羊头怪和一群妖孽也吃力非常，嘴角都有溢血。小千和小风也好不到哪里去，两人联手凭着默契才能坚持下来，可是在狗头军师的一帮人不断强袭下，败亡也是迟早之事。

一旦秦骊如等人败退，猪头三等妖孽就能打开缺口，那这道围寨防线根本不可能再保住。普通箭矢跟这些成了人形的妖孽产生不了多大作用。

小千和小风挥舞戟矛，点点刺出化成利刃破出，迫退几人，转而又有两个妖孽围上，狗头军师突然一扇挥出，劲气迎面扑上。疲累不堪的小千和小风连忙挥戟扫矛，击散劲气，谁知这只是一个虚招，狗头军师的铜扇飞旋而起，偷袭两人。

小千和小风大惊闪避，但是慢了一步，铜扇狠狠地击在小千的胸口，小千久战之下力弱，抵挡不住，踉跄数步。就在这时，一群妖孽猛地发力，强攻而上，小风一人怎么挡得住，被某个妖孽一拳击中小腹，也痛呼一声，连退数步。

小千和小风皆受伤被迫后退，寨门顿时空出一角，狗头军师乘势带着一众妖孽冲上，缺口终于被打开了。

猪头三得意非常，哈哈大笑道：“你们守不住了，两位美人今晚就从了你家朱爷爷，或许还有机会活命……”

“猪头三，你想找死吗?”厉喝声来自空中，如爆雷般炸开，一道劲气扑下，顿时将冲入寨门的狗头军师等十来个妖孽掀翻摔出寨门，更将后面疯狂涌上的敌军全部砸了下去。

众人骇然望去，一人负手立于虚空之上，衣衫飘飞，随风展扬，乌黑长发如泼墨般四射狂舞，在清冷日光下整个身形发出微微金光，威风凛凛，有如天神降世一般，他剑眉轩起，双眼神光如电扫下，自有威慑众人之威，一时间敌军阻在寨门之外竟不敢再进半步。

“师父!”小千率先看清来人身份，不由惊喜若狂地喊道。身后的小风、秦骊如、素儿等闻言都惊喜交加，尤其秦骊如此时仰望耀阳虎躯如山，一时间百感交集，险些就此落下泪来。

来人正是急速风遁而至的耀阳。

“小千、小风干得不错，果然没丢为师的脸!”耀阳向下面几人欣慰的微微一笑，然后再一猛地抬头，厉喝道，“何人胆敢犯我大洪牧场的朋友?难道不将我耀阳放在眼中吗，今日若想攻下牧场，不妨先问过我手中轩辕剑同不同意?”在他刻意施为之下，威武的喝斥声震荡扩散，远大数十里之外。

“而你等废物，仰仗人多势众，竟敢伤我弟子?”耀阳愤怒小千和小风之伤，当空祭出轩辕剑，就势一剑劈下，金光耀目闪出，剑气像是怒龙般狂飚而出，在寨门处竟能转折而出，狂猛的剑气贴着地面激射开来。

“砰!”声响喧嚣，尘飞土扬，鲜血随着气流飞溅，数名躲闪不及的妖孽和十余名敌军兵士被这一剑当场击毙，狗头军师若非见机逃得快，率先掠空而逃，恐怕也会措手不及，重伤当场。

耀阳闪身落下，身形正落在秦骊如和素儿前面，再次挥剑，强绝的剑气化成九条金龙带着炽白色的烈焰，呼啸而出，触者皆全身燃火，正面被击中者更是尸骨无存，加上大惊失神的敌军仓皇逃窜，整个围寨前顿时空出一片来。

猪头三和羊头怪知道耀阳的厉害，学了狗头军师早一步急退而走，避过了眼前这一劫。一众妖孽惊诧地望着耀阳，相互瞠目结舌，伯邑考更是愣在一旁，仿佛不敢相信耀阳的来临。

围寨前兵马尽数退回战阵之中，而后面紧逼的兵马只能无奈停步，加上主帅一时间没有发号施令，战场上所有兵士竟在片刻间停了下来，双方形成瞬时间难得的对峙场面。

在场众人无不为耀阳的到来感到震撼莫名，双方主将等人都没想到"不周山"一役之后消失不见的龙腾大将军——耀阳居然还活着，而且方才两剑之威，很明显预示出他的修为又有所精进。

耀阳回头向秦骊如和素儿展颜一笑，道："两位小姐别来无恙！"

"耀将军！"秦骊如见到耀阳没有像传说中所提到的死去，已是惊喜交加，此时更是神色大喜，但不知为何玉脸一红，旋即又冷不丁轻哼道，"早不来晚不来，偏偏这时候到，你看我们现在好不好呢？"

素儿喜道："耀将军没事就好！牧场上下无不期盼将军的到来！"

耀阳大笑道："骊如她说得不错！现在我就帮你们教训一下这些妖魔崽子！"言罢，回头喝道，"猪头三，快滚出来，让老子送你上路！"说完再度一剑斩出，悍然剑气斩裂山路两侧的巨岩，剩余的几个妖孽骇于"轩辕剑"之威，赶忙逃脱遁去，可惜一些受到牵涉的兵士被妖孽用作挡箭牌，被剑气搅得粉身碎骨。

猪头三等人哪里想得到本来应该已经死了的耀阳会突然出现，而且一身修为竟能达到如此惊人的境界，怎么是他们所能抵挡的。想来，就算真的能攻下大洪牧场来，此时的耀阳要是找他们麻烦，那他们还不是死路一条。所以再怎么说也是性命重要，他们三人二话不说，立即窜下山岭狂逃，被吓得丧魂落魄的他们连头也不敢回一下。

一看到猪头三几人一逃，几个知道他们不是常人的将领，此时无不骇然失色，不自主地步步向后挪。他们想到连猪头三等人这样的高手都要落荒而逃，他们又怎么可能挡得住。

将士不自觉的动作却让本来被吓骇异常的兵士士气更加低靡。而且所有兵士都知清楚耀阳在西岐带兵，素有战无不胜的战绩，而且西岐将士中更曾经风传只要有他在，没有打不赢的仗。加上刚才的几剑更让敌军兵士惊骇非常，常人哪敢面对这个实力强悍的常胜将军。

本来簇拥了数百人的寨门前竟然没有一人胆敢靠近，敌军所有人竟都退在三十丈外的山路进口不敢向前。半晌，在伯邑考好不容易的嘶喊威吓下，一群兵士才战战兢兢扑了上来，但是士气已经完全低落，又没有高手做先锋攻击，根本不是牧场将士的对手。

第一百三十五章　再返战场

耀阳看着眼前个个面如土色的敌军，转头问道：“牧场还剩多少兵马?”

“还能作战能力的尚有二千五左右，任由耀将军调遣!”秦骊如相信面前这个令自己心头鹿撞的男子，却浑然看不透耀阳的意图。

“已经够了!”耀阳的面上浮起一线微笑，道，“今日一战，我要让伯邑考从此以后再也不敢来犯我牧场威严!”

“什么?”不只是秦骊如，素儿也是惊讶地看着耀阳。只有小千和小风对耀阳已经崇拜至极，反而没有任何讶异。

耀阳微笑着问两个徒弟，道：“小千、小风，你们受了伤，现在还有力气吗?”

小千和小风拍了拍胸膛，大声道：“这点小伤，怎么可能会让我们放在眼中。”

“那好!”耀阳突然肃声道，“就请两位小姐暂时借两千兵马给我，我要乘机让伯邑考知道，打仗并不是靠人多就能胜的!”

“可是敌军至少还有一万三四以上的兵力尚存，耀将军只有这两千兵马是不是……”素儿有些迟疑，秦骊如皱起纤眉，显是难以下决断。

“耀某自然知道你们姐妹体恤牧场将士，只是眼下形势已经不容考虑!”耀阳言罢，微笑看着两姐妹也没有再说话，任她们自己做决定。

或许是出于一向来对耀阳的信任，没想多久，秦骊如便率先拱手拿出带兵符令，毅然道：“一切仰仗耀将军!”

“放心吧！小千、小风，随为师上阵杀敌去。”耀阳哈哈一笑，在小千与小风耳边轻轻耳语一番，小千与小风点头示意明白，回身而去。

耀阳目送小千与小风离去，然后猛地转身持剑，厉光扫视寨前敌军，伯邑考居然被硬生生吓退一步，令后方数千兵士竟然也因此退后一步，可见惊惧之深。

伯邑考此时不敢发出任何将令，耀阳带兵之能他耳闻目睹，加上一身修为盖世，令他无时不刻不在防备耀阳的袭击。

耀阳清楚伯邑考的贪生怕死，冷冷道：“三牙小兔儿，你今日居然有胆与我相峙阵前，看来是长进了不少！你爷爷我今日就教教你，什么叫作为臣为将之道，带兵用兵之法！”

伯邑考闻言心中一动，目光离开耀阳，开始鬼鬼祟祟四下张望，他没有像猪头三那样逃逸，并不是不惧耀阳的轩辕剑，而是深信牧场的兵力与他现时掌控的兵力相比起来，相差太远。他心中想到的是——哪怕用千名兵士的性命拖住耀阳，也能缓过时间攻陷洪泽岭。

而耀阳一副信心满满的样子，令他不由自主心生疑窦。为何耀阳会这么巧出现在此时的战阵之上？他独身一人率牧场残兵败将不过数千人，为何竟敢在万人兵马中指挥若定。

伯邑考镇定下来，对着身旁的传令兵士一阵耳语，冷笑道：“耀将军，以你己身独剑之勇，再给你半个时辰时间，至多损我千名兵士有余，但是你自信半个时辰后，牧场还能保住吗?”

耀阳看到传令兵士传出调度弓箭手兵马的号令，显然准备使用箭海人墙的战术对付这道围寨，心中不由再次对九尾狐能调教出现时的伯邑考而感到一丝难以置信，道：“想不到小兔儿竟然会想事了，难得难得！不过，你怎么不想想我耀某今日来此，只是为了拼你个千把性命?”

伯邑考正是此处想不通，便顺滕摸瓜下，道：“所以，本将很想看看你还能玩出什么花样来!”

耀阳笑道：“花样倒是没有，只是偏偏就有——胜你区区万千兵马的把握!”

伯邑考心中一凛，肃容道：“你在这里唬我，难道只是想拖延时间吗?”

耀阳不答反道：“你信不信都是一样，今日耀某仅凭掌中轩辕剑，便能退你万千兵马!”言罢，丝毫不理会伯邑考眼中的鄙夷与疑虑，猛然大喝一声，“请骊如小姐为我擂鼓助威!”

秦骊如闻言掠身上了寨城，从战鼓兵士手中拿过鼓捶，深吸了一口气，挥捶便擂动起面前的战鼓：“咚……咚……咚…咚…咚……”其声越来越急促，身后的一众将士更跟随鼓声齐声威喝起来。

耀阳眼中精芒毕露，掌中轩辕剑金芒绽现，双目尽处，敌方的弓箭兵马已然开始迅速集结，他清楚机不可失，当即挪步近身，喝道——

“我先杀将，将无，再杀兵，只要你等不出牧场范围，我手中之剑便是不停。挡——我——者——死!”

他说完最后一个字，身形已然掠至阵前，一剑破空而出，无声无息的劲浪破入敌阵之中，几乎每每在他挥剑之时，剑气立将一个看似还算强硬的将领兵士击得粉身碎骨，剑气余波更殃及周围兵士。

伯邑考哪曾想到耀阳居然真会凭一己之力破阵，当即气急败坏地挥手下达强攻的指令，然而还没等兵士们做出反应，数十人已经无声无息的死在剑气之下。

试问，轩辕剑之威，哪是常人所能抵挡?敌军先锋兵士无不骇然后退。

“挡我者死!”耀阳猛地再次如霹雳般厉喝，高举起手中轩辕剑，一剑挥斩而下。嚣肆海浪般的剑气斩出，狂舞落叶一般将身旁数人卷得支离破碎。

耀阳回头喊道：“牧场的将士们，你们还有力气吗?为我吆喊助威便是!”

“有!”顿时间，吼声震天!牧场将士被迫困于此处，战事不利，早就憋了一肚子气，好不容易耀阳一到，便立见形势大变，他们的士气当然是猛地狂涨，现在每个人都想出一口之前的闷气。

只看耀阳一剑剑如山角崩落，轰然作响中，又有几个敌方将领带着一批兵士奔赴黄泉。敌军先锋兵马已吓得失魂落魄，特别是那些被耀阳指定要先行斩杀的将领们，更是纷纷往身旁的兵士中躲匿。

其中在最前面的将领脸色苍白，退了几步，竟然转身逃了起来，他的手下近卫当然也得跟着这个主将。他们这一动，更让敌军所有兵将生起退意，转而就有数十个兵士离开将领的范围，那些突然变成孤家寡人的将领骇然，也惶惶得退了几步，看着耀阳杀机外泄的目光，竟不由得大喊一声，逃了起来。

伯邑考哪肯看到这等情形出现，拔剑当场诛杀数名将兵，将身前十丈之内量线一条，挥手令弓箭手围拢上去，喝道：“胆敢擅自出线逃匿者，诛灭九族！英勇杀敌而死者，封世袭千户侯！”

此策一出，果然扭转了场上暂时的败退形势，兵士一人的身家性命牺牲又如何，总不要累及家人亲族才好，而且现时身死却能令家族封侯永享富贵，自是令在场所有兵士生出视死如归之心。

耀阳大感吃力，虽说轻轻松松便能让身旁的凡夫俗子变做剑下游魂，但是人心毕竟是肉长成，他如何绝情对这些无辜兵士痛下杀手呢？加上此时对方弓箭手已经齐齐向他发箭，虽是被他的护体结界拦挡在外，但千百利箭加上前仆后继不怕死的兵士，还是让他的身形受阻，一时间施展不开。

“杀！”就在这时，耀阳已经举剑威若天神般呐喊，同时一剑斩下，金光闪华，剑气冲天，这一剑令他更平添几分怒势，剑气化成金光而出，酝酿无限烈焰热量，如同落日砸在大地之上，顿时整个入山口被炸，炽白色的烈焰飞散而开，溅起炽热落石成片砸下，中者全身化为烈火，全然消逝无踪。

耀阳再挥一剑，剑气如江河决堤一般，奔腾而出，让敌军触者立毙。

只是这寥寥数剑之威，敌军就已损失数百兵将，对牧场将士而言，耀阳就像是天神一般，但对敌军而言，他却像是一个噩梦，怎敢面对。而且他们耀阳身后寨墙上的一群兵士威喝声声，再也无惧敌方万余兵士的威胁，相反虎视眈眈地盯着眼前的情景，得意非常的面上皆露出噬血若狂的快意神色。

在耀阳蓄意施为之下，率先绕开伯邑考警戒线逃跑的兵将大部分安然下山而去，这立即使得敌军大部分胆怯之人都没有任何坚持作战的决心，试问在耀阳的轩辕剑下，他们断无可活之理，虽然逃开可苟活一阵，却又难逃亲族株连之祸，但他们的心中却同时有了另一种想法，那便是身为主将的伯邑考今次断无生还之理，所以只要留得一己残躯或许还可趁乱博得忠烈之名。

既然一个兵士、两个兵士、三个、四个乃至十名百名兵士纷纷做此打算，自然引得其余众人纷纷效仿，想必均知法不责众之理，寨门前线当即溃成一团，气得伯邑考再度哇哇叫唤，却又不敢趋车追杀这些步卒，生怕就此散了军心。

好在弓箭兵马齐聚完毕，千余名弓箭手在前方无所遮挡的阵前，向耀阳发起一轮接一轮的箭海攻势，伯邑考与身旁的一队妖魔护驾也加入其中，这更增强了箭海的攻击力度。

耀阳展开玄法护界抵御寻常箭支，掌中的轩辕剑更是顺利拨开那些颇具威胁力的元能劲箭，仗着洪泽岭的地势，如此坚持了大约一刻钟功夫，待到身前劲箭堆叠渐多，便不失时宜地振身大喝一声。

饱含五行玄能的无匹声势借助山谷回形环振，立时令一众弓箭手在瞬时间双耳失聪，眼前一阵眩晕，幻象频生。原来耀阳用上了《幻殇法录》所载的妖道秘术“幻灭波音”。

趁此良机，耀阳挥动掌中的轩辕剑在身周飞速环扫开来，强劲的五行玄能归一化生，激起玄罡劲气，令身前所有劲箭飞快射出，形成一道道护身箭雨，扑入敌方失控的弓箭兵阵，蔚为奇观。

顿时间，敌兵中箭无数，哭嚎声声，前排的弓箭兵士不论中箭的，抑或没有中箭者思及方才耀阳的勇猛神威，都慌不择路开始逃窜，将身后第二、三排的弓箭手撞翻当场，然后连锁反应令箭阵在片刻间溃不成军。

此时此刻，耀阳却没有趁胜追击，反而侧耳倾听片刻，唇角洋溢出一丝难得的笑意，收剑负手而立，傲视身前十丈开外的惊恐敌军，仰天一阵长啸。

伯邑考因为担心自身的安危，一直在留意观察耀阳的举动，此时见他忽然发声长啸，心中悚然一惊，想到某种可能性，忙东张西望起来，不看还好，一看之下不由倒吸了一口凉气。

随着耀阳的长啸声发出，寨城前两侧的峭壁上立时响起战鼓声声，以及威喝助威的呐喊声，然后一面面挂满“耀”字的帅旗迎风招展开来，一眼望去，旗帜下的兵士排满山间峭壁前。

雄兵居高临下之威与耀阳以一敌众的英名神武，果然将伯邑考强势的兵力军心压制下去，所有兵士的心中都顿时萌生退意。

此时的伯邑考仍然心中犹疑不定，不敢肯定这是否耀阳的疑兵之计，然而就在他准备集结兵力试探的时候，忽然听到身后兵阵一阵骚动，回首看时，原来是惊慌失措的探马来报。

探马兵士下马跪倒，道：“启禀大将军，十里外南西两道分别出现一队兵马，约有万余之众，各自打出的旗号是白淮和奋镇，现时正向洪泽岭方向行军而来，请大将军定夺！”

伯邑考遥望南西两面兵马奔驰所带起的滚滚尘土，心中方寸顿时大乱，他如何不知白淮和奋镇皆是大洪牧场的联姻之亲，只是临出兵之际，九尾狐曾以疑兵之计拖住两镇兵马，令他们不敢分心来救牧场之危，却没有想到对方还是来了，难道是九尾狐那边出了什么岔子不成？

但是不管如何，此时都必须做出决断，伯邑考迟疑片刻，终还是犹如斗败的公鸡一般，垂头丧气地挥手下令退兵。

早已毫无斗志的前锋兵马立时蜂拥而退，后方待定的兵马还不清楚怎么回事，便被急急逃窜的兵士所感染，士气跌至低谷，纷纷后撤。

兵败如山倒，转眼间敌军就此溃退下去。

耀阳挥动手势，峭壁上的弓箭兵士适时的箭如雨下，加上他同时斩出的一道道龙芒剑气，像是凶兽一般追在敌军后面，令稍有迟缓者便被剑气吞噬化成粉末，如此种种手段更令敌军疯狂逃窜。

耀阳当然不忘向伯邑考临别赠言，再次举剑厉喝道：“伯邑考，你再不滚出牧场百里范围，我耀阳必将就此取你性命！”

声如雷鸣，远达数十里之外，伯邑考如何听不到，他不时回望，咧骂着催促驾舆向外逃去，仓皇落魄，哪还有一点为将者的模样。主帅一逃，敌军仅有的一点士气也消失无踪，争先恐后地向外遁逃。

耀阳从容打开寨门，向寨前的千余名兵士下达且追且放的将令，尽管牧场兵士不明耀阳用意何在，但是却早已对他奉若神明，哪有不听之理。如狼似虎的牧场将士衔尾追击，顿时形成一个有趣的局面。

敌军万余兵士被两千牧场将士追杀，敌军主帅竟还是率先逃跑，战场上没有什么比主帅狼狈而逃更不应该发生的事情了。牧场将士一路追杀一边悄然放松追击的节奏，杀敌虽少，却远不如敌军慌乱逃跑中自相残杀的多。

一逃一追，一路上尸体遍地而呈，敌军的惨叫声震霄而响。牧场将士的长戟一戟戟刺入敌人的后背，激出一蓬鲜血溅在他们身上，使他们更像来自地狱的修罗一般。他们完全不顾全身溅上黏稠的血迹，一心就是要这些敢进犯牧场的贼子付出代价。

踩着敌人的尸体，双眼赤红的牧场将士追在敌军屁股后面，尖锐的戟矛强力地刺向敌军，后面的将士不需要瞄准任何目标的利箭也几乎是箭不虚发。这是一场单方面的屠杀，士气如虹的牧场将士像是切菜瓜般将来不及逃离的敌人一个个轻松解决。

一直追杀到牧场范围之外，溃不成军的敌军抛下上千尸体，然后分成数十个小队，朝西北方向四散逃了，这一战杀得他们胆子都寒了，如无意外，恐怕再没人胆敢跟耀阳乃至大洪牧场对抗。

最终，耀阳挥手命牧场将士停止追击，这时敌军早就逃得不见人影。牧场千名将士追杀了这么久也都累得够呛，立即停下纷纷以戟矛撑住身体，大口喘着气，而受伤的兵士自有旁边将士替他们包扎上药。

此时，耀阳身旁凭空窜出一名敌军装扮的兵士，正是方才赶回向伯邑考通报消息的敌方探马，一众将士立时大惊，正要起身相擒之际，耀阳却哈哈大笑起来，道：“你小子欠扁吗？还不赶快回复真身！”

那家伙嘿嘿一笑，身形一错转过身来，才发现原来是小风。不等小风向耀阳邀功，只听又一声吆喝声传来，原来是小千从山间峭壁上遁风而至。

师徒三人相视一笑，耀阳回头微笑示众，玄能震声道：“各位将士辛苦了，你们现在已经将七倍于你们的敌人击退，此战大获全胜，我们保住了整个牧场！”

牧场将士们闻言大喊起来，无不兴奋莫名。

耀阳心有所感，回头看看牧场之中，尸横遍野，鲜血将整个牧场修饰得一片猩红，让他的眼睛也是一片映红。他不由微叹一口气，战争无可避免就是这样的死亡，但是他并不会因此而心软，天下更苦的是那些百姓，就算任何仁人义士当政，战争也还是无法幸免，千古如斯。

“师父，我们大胜，你怎么叹气？”小风耳尖听到，便问道。

小千做个鬼脸，道：“想必是师父想念三位师娘了！”

耀阳欣然一笑，道：“没事，只是略有感慨而已。今次你们做得很好，替为师脸面争光不少哦！”言罢，他拍了拍小千与小风的肩膀，惹得小千与小风不好意思地贼笑起来。

耀阳大手一挥，喝道：“收兵！”

千余兵士哗然高呼，挟着大胜的高兴，簇拥着耀阳师徒三人回洪泽城去了。

回到洪泽城中，秦骊如、素儿与莫凌风已在城门口等着他们。

耀阳笑着迎上前去，却见一人从城中哭着跑来，正是小仙。小仙飞快地扑在耀阳身上，又哭又笑，高兴的泪水如泉涌下，她一直喊着：“耀大哥，我就知道你会没事，我就知道……”

耀阳抱着她的娇躯，连忙哄道：“小仙，小仙，别哭了，我这不是回来了吗？你看他们都看着呢……”

小仙又哭了一通，将头埋在他的胸口羞得不敢抬起来。

小千和小风两兄弟看得满是羡慕，虽然从前心中都对小仙有所爱慕，但是随着跟随耀阳时长日久，便越来越坚信只有耀阳可以带给小仙幸福，所以此时早已没了当年那种酸葡萄心理，反而更觉心中欣慰，甚至这个时候也不想去破坏小仙的好事，退在了一旁。

耀阳感应到秦骊如异样的目光，顿感有些尴尬，只能拉着小仙走上去，对秦家两姐妹道："两位小姐，耀阳幸不辱命，得牧场一众将士拼死相助，终将敌军击退，在此多谢两位小姐相信耀某，肯予借兵一用！"

素儿感激道："耀将军怎么这样说话，是我们要多谢耀将军出手使我牧场反败为胜，今日如果不是耀将军，我牧场危矣。"

莫凌风更是眼中闪动崇敬的神色，道："耀将军不但艺高胆大，而且用兵如神，莫某今日对耀将军实在是佩服得五体投体了！"

"不错，耀……将军不必谦虚，没有你我秦家牧场恐怕已被贼子占据。"秦骊如欣喜的眼中闪过一丝复杂的神色。

耀阳再次感觉到秦骊如的面部神情变化，心中大是诧异，但他当然不可能冒失地相问此事，只能笑着道："秦家如此善待我徒儿与小仙三人，此情此义耀某岂能相忘，所以这些都是耀阳该做的。"

素儿迟疑一下，问道："耀大哥既然没事，那不知易大哥现在在何处？"

耀阳摇头一叹，道："我原本以为他应该也来了牧场，但是照现在看来，暂时还不清楚他的去向。"

素儿顿时面露忧色，其他诸人也有担心，看着他们的神色，耀阳心中一暖，笑道："你们不要担心小倚，我能感应到他现在好得很，更何况你们想想凭他的修为，加上龙刃诛神的威力，天下间又有何人能困得住他呢？"

素儿松了口气，小仙也道："既然倚大哥没事，我们就放心了。"

心中疑虑顿释，脸含微笑的素儿抬手将被冷风吹散的长发微微撩起，嫣然一笑道："我想大家都已经饿了吧，刚才我已着人做饭，现在应该已经可以了。我们先进去，不要在这里吹风哩。"

众人齐齐称好，举步向牧场内的秦府行去。

唯独耀阳方才说出那话，心中却顿时想到一个人，免不了冷汗沁背，细细想来，如果说当今三界之中还有一人能将他们兄弟俩玩弄于股掌之间的，那便是黑衣老者——“魔神”蚩尤！

一众人跟着进入秦府之中。

借口对耀阳接风是朋友之间的席宴，素儿将酒桌布置在清静怡人的偏院，各色菜肴亦准备妥当，然后遣退了下人，于是一直内室避世的秦天明也出来了。

秦天明方才得知耀阳安然归来，并成功挽救牧场困境，以区区数千兵众智退敌军万余兵力，高兴非常，连连道：“太好了，耀将军你没事就好！牧场的事情让你辛苦了！”

耀阳客气地抱拳道：“耀阳让场主担心了，这些都是我分内应该做的！”

秦天明道：“耀将军莫要这么生疏了，来，坐下来喝酒吧。”

一干人等纷纷坐下，甚是高兴的秦天明与莫凌风都连连敬了耀阳好些酒，耀阳自是不会拒绝，含笑干了。秦骊如也几次跟耀阳干杯，兴趣似乎比父亲还浓，耀阳满腹疑惑又不好问，只能一一喝下。甚至连素儿和小仙也破例喝了几口酒。

小千和小风似乎乘着耀阳不在牧场的时间练出不少酒量，现在虽然大口喝酒，却也没有一点醉意。惹来耀阳瞪了他们一眼，不过也没阻止他们，只是道：“看来你们两个小子还是不够听话，不过今日高兴，贪杯倒也没什么。”

小千和小风连忙傻笑着点头装愣，却不知他们有没听进去。

耀阳也不再管他们，再一次一口将手中的酒喝掉，吐了一口气，讶然问出心中的疑问，道：“耀某有一点很奇怪，为何今日伯邑考会率军来攻牧场呢？”

秦骊如叹息一声，微哼道：“这几年来都是这样子，由于我牧场的战马天下闻名，而这洪泽一带也是养马的好地方，周围郡镇的贼子无不觊觎，所以攻打我牧场之事也不只是这一次，以往就有不少其他郡镇势力偷袭，只是这一次伯邑考的实力显得特别强一点。”

“这几年？”耀阳大愣，一时反应不过来。

“是啊!”小千搭腔道，“师父失踪的三年间，三界和天下的形势都改变了很多，对诸侯各大势力而言，牧场可是非常强劲的势力，如果能占据牧场，实力都能大增，他们当然会觊觎这里。”

耀阳再度惊异不已：“三年?”

小千与小风点头道：“对啊，我们没得师父指点已经三年有多!”

耀阳回首看到其他人的肯定目光，这才大有感叹地点头相信。

“没想到已经三年了，我还以为只是睡了一觉。”耀阳喟然叹道，他这才知道从“不周山”肉身被毁到现在再次苏醒，浑然一觉竟过了三年，这是他怎么也没想到，天下的形势是真的变了，难怪他从南域那边过来的时候，发现各郡镇之间都处在紧张戒备的形势当中。

小风奇道：“师父睡了三年?”

耀阳点点头，不便在众人面前说起其中详情，便问道：“这三年，三界和各大势力的局势有如何变化?”

小千和小风自忖对于三界形势较熟，小千先道：“本来三界形势一直在神玄两宗的控制之下，但随着被困数千年的魔神蚩尤出现，‘不周山’一役的忽然而至，三界形势起了翻天覆地的变化。神玄两宗的损失最大，最强的几个高手伤亡惨重，而神宗高手也死了不少。更别说魔宗几个老家伙的失踪，同样削弱了妖魔二道一部分中坚势力。”

小风补充道：“神魔二宗高手的惨重损失是神玄两宗所没能想到的，因此严重分化了四宗的势力均衡，卓长风、闻仲和死了宗主的祝融氏突然联手，更是增强实力，连神玄两宗也不敢轻易跟他们正面交锋。神魔玄妖四宗的实力发生剧烈变化，也导致人间形势大变。现在的人界也已不像以前那样了。”

耀阳自然知道魔宗几大高手全被那个化名慕行云的殷郊给杀了，但还是讶然问道：“难道魔妖两宗各大势力都正面参与人界的纷争形势不成?如果他们真的这么做，恐怕离四宗正面交战的时候便不远了！难道他们真的有跟神玄两宗抗衡的把握了?”

小千摇头道：“那倒不清楚，魔妖两宗仍然惧于神玄两宗扎根数千年的庞大势力，还不敢正面冲突，只能暗地里操纵人界的局势，企图以此与天庭抗争。就如刚才那伯邑考一样，就有‘梅山七怪’的几个家伙……嘿……就是所谓的‘梅山七圣’，我们觉得七怪的称呼比较适合他们，哈……”

耀阳一笑道：“的确，魔妖两宗对神玄两宗宿怨已深，数千年才有一次神玄两宗实力大减的机会，他们当然不会轻易放过。”

秦骊如接过小千和小风的话，沉声道：“他们如此行为，苦的是人界。现在魔妖两宗更进一步干预人界之事，也没有以往的遮遮掩掩，各地郡镇在妖魔大张旗鼓的支持下，变得更是肆无忌惮，相互征战意欲从殷商手中抢夺江山，然后以人界之力反压神玄两宗。”

“这是魔妖两宗千百年都在做的事情，只是以往还是忌惮神玄两宗，不敢做得太过明显，现在神玄两宗实力大减，他们自然不再顾忌。不过神玄两宗也非无能，定有办法应付吧。”耀阳说着，自己便先已经想到姬发。神玄两宗如果要在人界压制魔妖两宗，唯有可能支持所谓的玄宗弟子现在西岐的王侯姬发。

果然秦骊如点头道：“耀将军说得不错，那神玄二宗自是不会让妖魔得逞，他们也马上做出相应的对策，让玄宗弟子——拥有轩辕黄帝血脉的姬发担当角逐人界帝皇的大任，并派出神玄两宗最有才华的弟子姜尚协助，迅速将姬发的对手伯邑考和姬旦驱逐出了西岐。西岐在神玄两宗的支持下，在三年间势力增强得很快，不只是挽回当时被南域破城的困境，更成为现在数一数二的强大势力，隐有超越殷商之势。”

耀阳微微叹了口气，其实他早料到经过三年的时间，以姬发的才能和姜尚的谋略，肯定能达到这等地步，却没想到西岐已经强到能跟殷商抗衡的地步，看来这个姬发是越来越难以对付了。

微微皱了一下眉，耀阳没有露出什么声色，问道：“那殷商做出什么反应?”

秦骊如戚然道：“殷商当然不可能让各个诸侯坐大，也开始收复诸侯失地，四处征城掠地，讨伐各个不尊他为当朝天子的郡镇势力。现在的人间大地一片凄然，天下几无一处安宁之所，各大势力为了增强自己的实力，疯狂抓拿百姓壮丁组军，各地税赋重得几乎就是在抢劫，百姓流离失所者近半，甚至被一些郡镇当作下奴驱使，全被当成了畜生一般用于战争中送死，天下完全陷入纷乱之中。”

“这些该死的东西！”耀阳愤怒地拍案而起，道，“天下为天下人所有，没有什么比黎民百姓更加重要。他们却将百姓置于水深火热之中，更不将下奴当人看，其行为实在可诛！”

几人少见耀阳如此愤慨，微愕地看着他。

耀阳深吸一口气，冷静下来，道：“你们知道西岐的百姓现今如何？”

秦骊如沉吟道：“西岐相对其他地方为好，毕竟避开经久战乱，但是百姓仍是困苦清贫，大部分是勉强三餐填肚，至少不会饿死。想来当今乱世战争之中，比起其他各方势力下的百姓饿殍千里好多了。”

耀阳冷笑道：“不被饿死……哼，那西岐的下奴又如何呢？”

“这个……”秦骊如皱眉沉思道，“西岐的下奴相对较少，具体情况不是很清楚，我只知道他们就算稍微过得好些吧，或许这是姬发有意造出的假象也未可知，像是其他势力之间的战争，尤其是攻城战事中，下奴是预先被定为首批进攻者，等同于送死的。”

“姜……尚不是玄宗弟子，理应不会允许这种事情发生？”耀阳疑道。

秦骊如好奇地看了耀阳一眼，不知耀阳怎会对姜尚大有好感，不过细细想来耀阳毕竟在西岐为将日久，成见自是在所难免，道：“这是一向来便存在的三界众生习性，就算神玄两宗考虑众生哀苦，如果必须要有人牺牲也无可避免是下奴。而且姜尚毕竟只是姬发的辅臣而已，而且身后还有神玄两宗干预，他一切以再复天下以往的安定形势而努力。而在现今的天下之中，上千下奴甚至还不如一匹战马的价值。”

“下奴难道就不是人吗？让下奴送死，谁给予他们这种权力的，神玄两宗？还是魔妖两宗？”耀阳眼神冰冷，声音几乎是从牙缝中崩出来的，拳头捏得紧紧的。不过他还是掩饰得很好，除了一直在身边的小千和小风谁都没有发现，小千和小风知道耀阳的愤怒，当然不敢在这个时候说话。

素儿叹道："这种事情虽然不公平，但是没办法，人界的事情，神玄两宗从不干涉，他们支持人界的势力不是我们所能改变的。就如我们秦家，也只能做到在牧场的范围中尽量善待下奴。"

耀阳坐了下来，将杯中的烈酒饮下，长吁了一口气，冷哼道："什么神玄两宗不肯干涉，他们这是跟人界统治者的暗下交易而已，他们为了能把握人界的形势不脱离他们的控制，什么都做得出来。"

听他这么一说，谁都清楚他对神玄两宗有很大意见，秦骊如略有尴尬，她毕竟是玄宗散仙九天玄女的弟子。

耀阳似乎想到秦骊如的身份，有意无意地又道："神玄两宗如此行为，恐怕有不少散仙也看不顺眼，所以他们不愿意出面相助，否则三界如今形势鹿死谁手还未可知。嘿……话题扯远了，说说现在的天下大势吧。"

第一百三十六章　人间魔战

秦骊如听他这么说，顿时微有喜色，继续道："经过这三年的纷争变化，或是联合，或是吞并，或是被消灭，人间界的各大势力逐渐团聚起来，各自占据大片城镇形成四方豪强。这样形势明朗清晰起来，没有了先前的乱势，但是同样由于实力的凝聚在一起，一旦形成战争，规模也进化成更具破坏性。说起来战争因此更加惨烈。"

耀阳忍不住皱眉骂道："他奶奶的，这些丝毫不顾百姓的家伙相互征战，苦的还不是百姓，迟早让他们也吃吃这样的苦头。"

看到师父耀阳是这个样子，小千和小风反而敢大胆说话，也是纷纷大骂各大势力卑鄙无耻、龌龊下流的行径，无非是想博得耀阳的赞许。

耀阳听了忙止住他们，斥道："少说几句吧，让骊如小姐继续。"

小千和小风不好意思地伸伸舌头，不再说话。

秦骊如微微一笑，道："经过三年的离合变化，现在的天下已分成五大势力分居各地，互不相让。形势跟大部分人的预料一模一样，就是背后分别有四宗支持的殷商和四大诸侯。"

"这很正常，无论殷商还是四大诸侯的势力都扎根百年，关系盘根纠枝，实力非同小可，完全不是其他诸辈可比，何况魔妖两宗早就潜入其中支持，他们能割据一方也是意料中之事。"耀阳对这点没有一点地惊讶。

秦骊如道："当然除了这些势力外，更有不少小股势力在五大势力的边境占据偏安的小国，例如被逐出西岐的伯邑考和姬旦便是其中两人，他们不敢跟五大势力对抗，只能坐山观虎斗，企图从中渔利，这些人当然是巴不得局势愈乱愈好，以便从中浑水摸鱼，壮大自己的实力。”

耀阳暗思，姬发有神玄两宗支持，睿智辅臣姜子牙相助，又有名正言顺的继位诏书，伯邑考和姬旦再厉害也难以跟他抗衡。不过他有一点还是不明白，问道：“那伯邑考怎么会来攻打牧场，难道他就在附近不成?”

秦骊如点头道：“不错，不知伯邑考怎么跟淮夷扯上关系，让淮夷把苓城给他驻守。于是他带了两万多兵马驻守在苓城，成了附近最强的一股势力，同时也威胁到了我们。”

耀阳皱眉道：“他这家伙看来是看中牧场的资源，想完全占据牧场，将牧场当作他的基地来发展。”

秦骊如沉吟道：“很有可能。我大洪牧场以提供战马为生，由于现在正处于战时，生意是越做越大，各大势力都不愿得罪我们，故而虽处于吴越边境地带，也与诸强关系还好。但是边境上几股小势力却因此而对我牧场虎视眈眈，显然是觊觎我牧场的战马与地势等等。伯邑考也不例外，只是拥有两万多人马的他可能更想要将大洪湖一带的势力占据，然后稳步发展，所以才不顾损失强攻我大洪牧场。事实上他想得也不错，不过将近三日的时间，牧场已经难以抵挡他的兵马，各地联姻援兵甚至连消息都还未收到。”

秦骊如说到这里，向耀阳微笑示意他到得及时。

素儿接道：“幸好耀将军刚好赶到，智计百出才力挽狂澜，反而让伯邑考损失了近万的兵力，这对他而言恐怕是一个很大的打击。”

秦骊如举起杯子向耀阳道：“再次多谢耀将军，骊如请耀将军喝上一杯。”

“不用这么客气。”耀阳言罢跟她干了一杯。

秦骊如喝下杯中酒水，脸上一阵嫣红，包括秦天明等几人都奇怪地看看她，照理秦骊如的酒量应该不止如此才对啊。耀阳不知秦骊如的酒量多少，但看素儿几人的神色也感大有异样。

秦骊如微微颔首，又抬起头来，脸色已经恢复正常，继续道：“经过这一战，伯邑考可以说是损失惨重，估计暂时不可能再兴兵来犯。而且以他那点微末兵道之能，经此一役怕是更加畏惧耀将军了……”

耀阳连连挥手道：“不要再叫我耀将军了，我现在可不是什么狗屁的龙腾大将军，听着别扭，大家不如直接称呼我的名字就好了。”

秦骊如欣然一笑，道：“好的。耀大哥今次把伯邑考吓得不轻，我想他一日不确定耀大哥是否还在牧场，他恐怕不敢再犯牧场。”

耀阳夹了一筷菜入嘴，随口道：“那倒未必，说不定狗急跳墙，兔急了还会咬人呢，何况他还是一只是兔精。只是短时间内他的确是做不了怪了。”

“兔精?”秦家父女三人同时讶然。

耀阳道：“不错，真正的伯邑考其实在西岐早就被妖魔所害，这个家伙是‘梅山七圣’……不……是‘七怪’的老七兔精幻变而成。不过现在管不了这些，对我们而言，伯邑考是不是兔精都不重要，只要他别来犯事就行了。”

小千和小风满口扒菜，一边嚷道：“他再来又怎么样?我们照样将他们灭了，凭师父的修为与兵道奇谋，哪容得他们嚣张……”

耀阳瞪了他们一眼，打断他们的话道：“去，不懂就不要瞎说。伯邑考实际上都被九尾狐控制着，以九尾狐的狡猾，如果下次再敢来犯，肯定就不会是伯邑考这个窝囊废带兵了。到时他们的兵马人数恐怕会是牧场兵力的数倍，如果不好好应付，胜负还很难说。你们说我的修为很高?那又怎么样，就算我拼尽全力将他们几位主将全部杀了，整个牧场到时也被他们攻下了，这算怎么样呢?这算是同归于尽是吧?你们日后多用点脑子想事情。”

小千和小风嘿嘿傻笑几声道：“不好意思，不好意思……”

耀阳一眼扫过两个徒弟，又看向秦骊如，问道：“那骊如小姐……”

秦骊如不悦道：“你让我们称呼你名字，你自己为何还要这么生疏呢?”

耀阳一愣，改口道：“那就称呼你……骊如吧，再怎么说你也是九天玄女的亲传弟子，姑射山有那么多师姐妹，为何你的师门中人没来相助?照理九天玄女再不理俗事，在这个时候，也不应该不管弟子的危难啊?”

秦骊如愁眉难展，叹道：“耀大哥所言不错，本来师尊她老人家可以招呼师姐妹来牧场帮忙。只是因为‘不周山’一事，神玄两宗实力大损，日益难以维护三界平衡，姑射山作为散仙派系不免也会受到牵涉。虽然师门没有受到此次四大法宗之争的直接危害，但是迫于天庭的压力，还是无法再坚持以往的超然，只能调派人手协助神玄两宗开始守护三界禁地。这种情况下，师尊哪里还有时间顾及人间俗务，师门已经人手不够，做弟子的当然不能再去为难她老人家。”

“那倒也是，否则凭九天玄女在散仙中屈指可数的修为，伯邑考自然没胆，九尾狐也不会随意招惹她才对。”耀阳点头，想来也是现在三界形势大乱，神玄两宗的人手的确不够，九天玄女怎么说也是当年助轩辕黄帝之人，自然不可能完全袖手旁观。

小千和小风两人闻言哼了一声，道：“其实根本不需要什么神玄二宗的庇护，没有他们，难道我们大家还活不下去不成？现在师父回来就好了，马上便将敌军击得溃不成军，伯邑考吓得打都不敢打，胜过那狗屁的四大法宗太多。”

耀阳轻拍两人后背，笑道：“你们两个家伙，为师的还需要你们吹嘘吗？不过现在神魔两宗一干高手都损失惨重，我们一时也不用怕他们。”

素儿道：“小千和小风所言甚是，有耀大哥在此，其他宵小想要犯我牧场也得好好想想，我看没几个人会冒着跟耀大哥为敌的危险为难我们。”

“过奖了。”耀阳淡然一笑，转头拍拍两个弟子的肩膀，道，“这三年多来，我不在你们身边，你们有没有偷懒不练功？”

小千和小风嚷道：“怎么可能，我们近三年可是勤加修炼，哪里有一点松懈，本来是想着有朝一日为你报仇的，谁知道你……”说到这里，兄弟俩才发现说漏嘴了，立时掩嘴不敢再说，眼睛滴溜直转。

耀阳笑骂道：“我没死，你们很失望是吧？”

小千和小风沉吟再三，对视一笑，同声道：“也不是很失望，多少有那么一点点的……”

“你们这辈子就别想了。”耀阳没好气地笑着正要赏每人一个爆栗，却不料他们兄弟俩早有所料，已然放下碗筷躲到秦骊如身后。

秦骊如几人看着这有趣的师徒三人，掩嘴偷笑。

耀阳大失面子，狠狠地灌了小千和小风两杯酒，凶狠狠地道：“你们最好别骗我，如果让我发现你们修为没有什么进步，就小心了。”

小千与小风两兄弟拍胸膛保证道：“放心，绝对不会让师父丢脸的，要不现在试试。”两人都是一副跃跃欲试的模样。

耀阳早从两兄弟神光盈然的眼神中看出他们修为大进，看来他们三年来的确经过苦修，现在的元能修为更加深厚坚固，哼了一声，道：“好了，算你们还有点努力，没辜负为师的希望。作为奖励，从今以后，为师就开始教你们融会四大法宗绝学于一身的《幻殇法录》!”

“多谢师父！师父你真是太好了!”小千和小风如何不知《幻殇法录》实乃三界首屈一指的玄法秘籍，顿时大喜若狂。

“吃饭吧，别拍马屁了!”耀阳轻拍两人的头道。

剩下的时间内，大家各自说了些有趣的事情，一顿饭就在诸人和和乐乐的气氛中吃过去了。

饭后，耀阳担心受过攻击的牧场情况，便对秦骊如道：“骊如，你应该对牧场最熟，能不能陪我出去巡视一番呢?”

秦骊如欣然点头。

两人缓缓出了洪泽城，下了山路，耀阳一路上将牧场的里里外外问了个仔细，没有一点遗漏。秦骊如当然是知无不言，言无不尽。

两人谈话甚是融洽，花了些时间走遍了整个牧场。看到牧场日益加固的防御，以及各大马圈的增加，耀阳可以很明显地发现三年来的变化，看来近来随着外面战事的频繁，牧场的生意好了很多，却也明显地招人觊觎，不由长长地吁了口气。

想不到没等耀阳开口说话，秦骊如就首先问道：“现在三界形势大乱，耀大哥终非池中之物，不知你今后有何打算?”

秦骊如的语气完全不似从前的那般泼辣爽直，而是出自真心的问候，耀阳愕然转头看向秦骊如，看到的却是一脸的真切关心。

耀阳看了秦骊如半晌，苦笑道："没想到我会一睡三年，到如今三界形势跟以往迥然大异，我也不知该怎么办。"

秦骊如被耀阳看得心如鹿撞，玉面绯红，不由深吸一口气，沉声问道："耀大哥，当年'不周山'之役到底是怎么回事？外界谣传跟你们有关，骊如不相信你们会那样做。"

耀阳抓了抓头，恼道："说起这件事，我就恼火，我们两兄弟也被骗得很惨。"

"原来真有此事！"秦骊如忧心忡忡地道，"说起来，'不周山'之乱由你们所致，虽非祸首，但如此大意确有过错，这点足以遭人诟病。尤其是你们模棱两可的魔星身份，更会招来神玄二宗的问罪。"

已经两次受到神玄两宗追杀的耀阳对此再熟悉不过，早已洞悉此中隐情，自然不会有多余的担心，他笑着摇头，反而反问："我们现在已经债多不愁还，别为此费心了。倒是你难道不怕秦家牧场受到我们牵累吗？"

秦骊如浅浅一笑，抬头看着天际浮云，道："我们秦家若不是耀大哥和倚大哥几次所救，此时早就已经不存在了，哪有什么好怕的呢？再则神玄二宗一向自命正义，难道还会因一二人之过，祸及整个牧场不成，而且有师尊在，也不会让我无故受累。这点其实没有什么好怕的。"

耀阳感激道："多谢你的信任！"他首次有这种感觉，以往他从未被人如此信任过，就算他再怎么在西岐呼风唤雨，为西岐浴血奋战，最终还是被无情抛弃。

秦骊如笑道："我们受了你的恩惠，倒是你来谢我，这是什么道理。"

耀阳哈哈一笑道："那是我的道理！"

秦骊如如此说了，耀阳也不再隐瞒，不慌不忙说出整个不周山一役的经过。

耀阳哂然道："其实神玄二宗知道，包括'不周山'爆炸等所有的阴谋俱是蚩尤一人搞出来了，我们兄弟不过是替罪羊而已。其实不管怎般都是一样，只是所谓的魔星身份，他们就不可能会放过我们。而蚩尤亦是跟元始天尊同归于尽，魔躯化成飞灰，他们当然可以把一切事情全部算在我们头上。”

“蚩尤？怎么可能，他应该早就不知死了多少年……”秦骊如闻言大惊失色，她显然不知道蚩尤一事，更被蚩尤之名所震，大感难以置信，一时甚至不知该做出什么样的反应，只是呆呆地看着耀阳。

耀阳笑着不忘开玩笑道：“你别这样看着我，我会脸红的。”

秦骊如啐了他一声，又正色问道：“蚩尤乃是何等人物？他如果还活着，应该是天下皆知，举世震惊才对，为何他的出现和再次死亡，我们连一点消息都不知道呢？”

耀阳耸耸肩道：“不用说，那必是因为神玄两宗怕这个消息会使得人心慌乱，三界动荡，所以才会故意隐瞒此事。只是我始终认为这个老家伙肯定没死，甚至已经将自己复出的消息放了出来，以先行造出声势，魔妖二宗恐怕是半信半疑的居多，所以才会有现在这么复杂的三界形势。”

秦骊如再次惊呼道：“若是蚩尤还没死，那天下岂不是会重复数千年的劫难？恐怕包括我牧场在内的所有地方势力都难有安宁之日。”

耀阳沉吟道：“很有可能，蚩尤这个死老头野心很大，以前被击败一定不会服气，他这次绝对是想玩大的。这三年四宗之间虽然相互常有摩擦，形势紧张，但事实上还是相对平静的，如果蚩尤要作怪的话，肯定不只如此。我可以料定蚩尤这老家伙当日在不周山受伤很重，即使魔躯可以重铸，伤势也绝对不轻，短时间内更不可能使一身魔能完全复原。所以三界现在相对的还算是风平浪静，一旦等他恢复一身魔能，那真正的动荡将会开始。”

秦骊如骇然道：“那岂不是说三界的大劫肯定要来，只是时间早晚的问题？”

耀阳苦笑地摇头道：“可以这么说，从我们知道这个老不死的身份后，就清楚地知道三界大变迟早将来，只是没有人清楚蚩尤何时才能复原伤势恢复一身修为，也就是说目前三界的僵持局势不知能维持到什么时候，这也让三界所有的人揣测不安的事情。”

“那该如何是好？”秦骊如纤眉深锁，毕竟蚩尤之事实在太过严重。

想到蚩尤的威胁，耀阳和秦骊如两人的心情都显得格外凝重。耀阳更是深处这个让人难以挣脱的漩涡之中，这时说起忍不住想到难处，不由皱起浓眉沉沉思虑，一脸凝重。

秦骊如发现耀阳迟迟没有说话，不由讶然转首看去，却看到耀阳凝神沉思的冷峻脸庞。秦骊如不由一呆，她想不到此时能够见到耀阳从未表现出的凝重一面，不由多看了几眼。

冷风中，一脸严肃的耀阳有着难言的威严感，刀削般的脸颊有棱有角，嘴角下巴一些杂乱的胡须围成令她怦然心动的男人味。耀阳这副样子配合凝重的神情，更有无穷的阳刚魅力。秦骊如一时心情恍惚，竟被深深吸引了。

“呵……”正当秦骊如看着耀阳沉醉其中之时，突然耀阳剑眉一舒，欣然展颜笑了，满脸露出如童真般的阳光笑容，显得灿烂无比。

秦骊如清醒过来，顿时感到脸红，但是看到耀阳竟然笑得如此开心，她不由讶然，疑惑地看着他，不知原由。

耀阳回头看得秦骊如的疑色，问道：“骊如，你为何这样神色，难道是因为我没刮胡子，而变得不够帅吗？”

秦骊如被他的话逗得“噗哧”一笑，道：“耀大哥你真会说笑，虽然我没有什么眼光，却也知道像你这副样子已经很帅了。我奇怪的是你刚才为什么会笑，难道这里有什么可笑的事情发生不成？”

“那倒不是。”耀阳含笑摇头，又望向远方，突然伸手向西北方一指，铿然道，“而是就在刚才那一瞬间，我感应到了小倚那小子了！”

昆仑山“妙玄洞天”内，焦急万分的姜子牙被剑童带进洞内。

剑童在入妙天内洞之前，便停下步子道：“师兄，天尊就在里面，师兄尽请入内！”说完便欠身退下了。

姜子牙点头还礼，回头看到入洞口一片金光，汇成一水状屏障，盈然神光闪烁。姜子牙知道这是“鉴心之屏”，任何心有邪念的人都难以突破此道金光屏障。

姜子牙大步从鉴心之屏中走过，刚入内就觉眼前一片光芒耀眼，眼睛一晃，他习惯后便见到所处之地紫霞弥漫，上不见天下不见地，各种三界奇珍法宝以天罡之阵排列，在妙天内洞的仙气引导下，各显光芒，光芒有如实体交织成片，形成一个元能盈然的强大法阵。

法阵散发七彩神芒阵阵，在紫霞中变幻莫定。光芒如实在虚空中幻化为万象天罗，祥瑞之气环绕整个法阵，光芒配合紫霞瑞气在法阵中心幻成一紫光莲台。那紫光莲台荧光流华，每一片莲叶皆含天地至理，非常物可比。

姜子牙讶然，一切奇景绚丽，独不见师尊元始天尊。

这时，元始天尊的声音竟是凭空产生："子牙，你可知为师为何叫你来吗?"

姜子牙听不出师尊的声音来自何处，只能恭声面向虚空行礼，道："弟子虽不能推算师尊的目的，也因现在三界发生的一干事物，能知天尊的召弟子来的目的，必是为了当日'不周山'之事。"

元始天尊的声音甚是凝重，回荡在妙天内洞之中轰然作响："不错，当时我等众位仙家知道两个魔星往'不周山'而去，哪敢有丝毫大意，立即与女娲娘娘等人一同前往，谁知赶到之时却刚撞上'不周山'顶爆炸，我等一众修为较高之人皆被波及，受伤不浅。"

姜子牙骇然道："难道那两个魔星竟然会有炸裂'不周山'的能力吗?这不可能，能做到此事或是知道如何做的人三界之中屈指可数，他们怎么会知道?"

元始天尊雄厚的声音继续道："他们不知道，但是——蚩尤知道。"

"蚩尤?"姜子牙更是惊骇失色，他就算真的妙算胜神，也料不到此事会有数千年前"魔神"蚩尤的份。

"不错!"元始天尊的声音显得略有无奈，"'不周山'爆顶比之上次水神共工之事还严重，容不得任何拖延，女娲娘娘忍着一身伤势开始炼化神石用来补天，谁知就在最后关头，蚩尤带着魔妖两宗的高手出现。受了重伤的我们当时拼尽全力，也只能跟他同归于尽。而娘娘拼着一身真元将

‘不周山’补全，但是她亦是因此灵元俱灭。而为师、老祖和仙翁也是金身尽灭、灵元重创，暂时根本无法恢复本命之身。”

一听蚩尤竟然没死，姜子牙不由惊惧交加，道：“怎么会如此，蚩尤当年不是已经遭轩辕黄帝涅槃灭灵了吗?”

元始天尊亦是不解道：“这个连为师也不是很清楚，当年蚩尤被俘以及相关处理都是轩辕黄帝亲自出手，而且天典也从未有过任何记载，传闻蚩尤已被轩辕黄帝五马分尸，灭了灵元。原本女娲娘娘应是现存唯一的知情人，只是已经……唉……所以千年多前的事情已经无从追究。到底蚩尤为何还能出现，恐怕成了一个难解的谜。”

姜子牙默然，这种事的确再难追查，谁也不知那时究竟发生了什么事。

元始天尊声音如撞铁钟，甚是沉重响亮，道：“由于‘不周山’一战，我神玄两宗损失惨重，特别是修为三界无人可比的女娲娘娘之死，是我神玄两宗最大的不幸，而为师、老祖和仙翁都灵元受损，数千年道行几乎毁于一旦，即便是有宝地、法宝和法阵加持，也不是短时间内能恢复过来的。我神玄两宗几大宗主就只剩下老君，而他受到‘不周山’爆炸牵累，身上的伤势本就不轻，又要一人操劳神玄两宗之事，恐怕伤势也不是一时能痊愈的。何况当时在‘不周山’帮忙护法的一众神宗高手除了二十八星宿外，其余大部分战死当场，魔妖两宗知道这些事一定不会再像以前一样老实，现在三界形势隐有不受控制之相，我神玄两宗形势甚是严峻啊。”说着不免起了一声叹息。

姜子牙心情沉重地道：“如师尊所言，蚩尤再次出手，恐怕我神玄两宗难以再维持稳定的三界局面。”

元始天尊道：“如你所言，的确很危险，幸而蚩尤魔躯同样被老夫同归于尽的一招所毁，显然也非得休养多年才行，为师估计他再用什么邪功，没有十年也别想完全复原真身。所以，现在三界四宗会在一定时间内处于一个相对稳定的局面，可能有小的摩擦，但应该不至于有什么大的冲突。因为问题的关键就不再是神玄魔妖四宗的实力对比。”

“师尊的意思是……”姜子牙能被誉为玄宗最有才华的弟子，又何等智慧，立即明白元始天尊的意思。

元始天尊沉沉的声音道：“子牙应该能想到，在三界如此形势之下，人界肯定因为四宗的巨变遭受连累，魔妖两宗没有确定蚩尤的消息，或许不敢挑衅神玄，但是可以乘着神玄两宗势弱之际，挑起人界战乱令三界失衡，以进一步削弱神玄两宗对三界六道的控制，所以这些年人界将会是近千年来最乱的时局。而魔妖两宗各人想法不同，蚩尤不出，没有一个强权人物能让他们心服口服，更会四分五裂，因此，人界可能比当年蚩尤跟轩辕黄帝大战之时更加纷乱。”

姜子牙对这个自然知道得一清二楚，沉声道：“师尊是想让子牙稳住人界形势，不让它动乱到完全脱离我神玄两宗的地步。”

“不错。”即使姜子牙所言只要是常人都知道，元始天尊的声音仍表达出对这个得意弟子满意的心情，“人界才是真正的三界均衡所在。子牙你必须全力辅助姬发经受住考验，才能稳步求得发展，我神玄二宗经过短时间的调整，待到元气恢复，自然便会开始彻底剿灭魔妖二宗的行动，只要到时人界的形势完全在我神玄两宗的控制之下，这行动就能顺利进行。”

姜子牙应声道：“是，弟子绝对不会辜负师尊的希望，定让我玄宗弟子——姬发一统天下，以配合神玄两宗的行动。”

元始天尊似乎沉吟了一下，再次道：“事态如此严重，天庭身为神宗的一部分，已经开始了行动，现在正在全力培养新一代的中坚力量，只有这样才能最后担起斩妖除魔的责任，子牙你对玄宗年轻一辈的弟子较熟，定要举荐几个后起之秀以备不时之需。”

“这个……”姜子牙沉思片刻道，“据弟子所知，神玄两宗一众年轻弟子之中，有一部分相对出色。除了最出色的慕行云和已经进入天庭的杨戬和哪吒之外，还有黄天化、金吒、木吒、幽云、桓冲、游岚之等人，这些人都是年轻一辈中子牙所知最杰出的，特别是幽云入宗不到十年就成了蜀山剑宗最杰出的弟子，是我神玄两宗数百年难遇的人才，值得培养。”

“嗯……”元始天尊应了一声，沉声道，“这样就行，为师相信你的眼光，会通知天庭的。这几人可以全力精心培养，将来会是对付魔妖两宗的有力助手。至于那个慕行云，恐怕其中另有蹊跷，不过从前的事情过了，自是没有必要追究，免得老君心里不好受！”

“弟子明白了！”姜子牙迟疑片刻终于问道，“那么天尊，关于两个魔星耀阳和倚弦到底应该如何处置呢？他们身怀异能，虽然近年没有再出现三界，但是难保不会出现，所以弟子想向天尊请示！”

元始天尊沉默一会儿，发出叹气之声：“他们虽然身怀魔根，但是事实上却成了蚩尤的替罪羔羊，而我神玄两宗如果不是当时怀疑两人是魔星，注意力完全集中在兄弟俩身上，也不会因此酿成大祸。可惜，现在他们两人元根尽毁，灵元俱灭，就算可以脱难生还，也很难有所成就，否则倒是可以好好争取。”

“看来此两人始终难以避过断三阳尽三阴、灭绝轮回的劫数，唉……”姜子牙也只能为之叹息，毕竟他亲手培养了耀阳，始终有些不舍。

元始天尊道：“世人皆有命数。子牙，你要小心戒备人界魔妖两宗的行动，一旦他们有什么异变或是对西岐不利，你要立即回报，可请我玄宗高手相助。记住一切以神玄两宗为主。”

“是，师尊！”姜子牙恭声道。

元始天尊的声音愈来愈低：“你先去吧……”

姜子牙躬身退出洞外，驾云离去。

倚弦此时正在奔往牧场的途中，身如影闪，遁风而行，没有片刻停滞，他越来越清晰地感应到耀阳的所在。

这日正遁过殷商地界，倚弦陡然灵觉突生，过一会儿，警惕的他遽然停下，抬眼望去，因为有一人已经截在他的前面。

拦住他去路的是妖帝卓长风。

倚弦暗中戒备，缓缓降下身形，警觉地大笑道：“原来是妖帝大驾，不知阁下在这里等在下，所谓何事？”他心中的惊讶可想而知，先不说无人知道他们兄弟是否还在世上，更不用说清楚他们修复肉身的时间以及将去何处的路线。

卓长风挥了挥衣袖，打量一番倚弦，然后悠然道：“真是厉害，没想到三年不见，你的修为竟能精进至此，实在是后生可畏啊。”

倚弦冷静地看着他，没有搭话。

卓长风亦没多大的兴趣跟倚弦闲谈，脸色一正，开门见山就道：“你是不是奇怪为何卓某会出现在此？其实很简单，那是因为尊主早就算准你们重生的时间和地点，所以才会命卓某在此等候。尊主说得不错，你们完全以归元异能为主，阴阳五行的天地奇能组成，身无凡胎，重铸后不只是不需要疗伤，元能也没有丝毫损耗，甚至修为亦能更进一步。”

“蚩尤？”倚弦心中暗惊，这家伙的确是了不得。但他也知道自己跟耀阳两人原是受了蚩尤的刻意栽培才会有今日。所以蚩尤能够深知他们的底细，并不值得奇怪，甚至蚩尤也很明白兄弟俩的性情，所以才会让卓长风来找他试着劝说，要是找耀阳的话，以耀阳不甘受辱的个性，怕是早为了“不周山”一事已经撕破脸皮开战了。

不过，蚩尤能如此精明睿智却是让他心生戒意，更加不敢小看这个数千年前就能搅乱三界的老家伙。

倚弦冷然道：“蚩尤他害我两兄弟甚矣，我们还没找他寻仇。这倒好，反而他早一步让你来找我们了，哼，到底有什么事？”

卓长风微微一笑，道：“其实也没什么，只是尊主希望你们能跟他联手对抗神玄两宗，然后称霸三界而已。”

倚弦哂道：“他为何会来找我？他难道还嫌害得我们不够惨吗？你以为我们有什么理由会帮他呢？”

卓长风看着倚弦淡然处之的神情，淡淡道：“你不妨仔细想想，以你们两兄弟魔星的身份，兼且‘不周山’爆炸一事也是由你们而起，你说神玄两宗会放过你们吗？大家现在都在一条船上，面对的都是一个敌人，这个就是理由，不知倚弦小兄弟认为如何？”

倚弦半晌不语，他知道这是事实，无论如何，恐怕神玄两宗都会将他们视为跟蚩尤同档次的祸害，甚至可能更想杀掉他们，毕竟传说中魔星真正成长后的威胁性远胜于蚩尤。

倚弦突然眼神一利，逼视卓长风，沉声问道："这种事情为何蚩尤他自己不来？"他这是明知故问，刚才卓长风的突然出现，和考虑已久的几句话让他措手不及落于下风，只有这样才能变被动为主动。

卓长风含笑看着倚弦，仿佛明白了他的意图，想了想也不隐瞒，直接道："当日'不周山'一役，尊主受元始同归于尽的一击，受伤极重，金身亦同归于灭。怕是没有个三年五载都无法复原，现在无法亲自来见你，所以才会让卓某来此。如有怠慢之处还请倚弦小兄弟见谅。对于尊主的建议，不知你意下如何？"

倚弦立即知道蚩尤正在与神玄二宗暗里较量，因为"不周山"一役蚩尤和元始天尊等一众都是肉身俱灭，灵元受损，一时谁都无法出来主持大局，现在就是看谁能在最短时间内复原。然而，现在这种事情基本上没有什么办法可以改变，所以这场暗战的关键反而落到了现时的三界形势上，在蚩尤和元始天尊复原之后，究竟三界形势对谁有利，那谁无形中就增加了许多筹码，在以后的最终决战中便有更强的实力。

难怪蚩尤想到拉拢他们兄弟俩，就算蚩尤不知他们的修为能增进至此，单是凭两兄弟从前的修为，三界之中能找出来与之抗衡的也不多，何况无论是耀阳还是倚弦，都睿智聪颖非常，同时拥有龙刃诛神与轩辕剑，在现在三界高手死伤殆尽的情况下，他们的立场有着举足轻重的重要性。

倚弦迟疑许久没有说话，他清楚得很，蚩尤说得不错，但是让他们跟蚩尤合作，他们却很显然做不到。

卓长风显然是看出了他的为难，不慌不忙地道："尊主知道这种事情你一时也难以下得了决心，所以你不必这么急着做出回答，可以好好考虑一下，想清楚再答复尊主。到时，卓某自然会来找你。"

倚弦一讶，疑道："你在这里等我，难道就是为了跟我说这些话，蚩尤什么时候变得这么客气？"

卓长风挥手一摊道："你认为我想强迫你的话，会单身一人前来？你不妨看看周围有没有什么人在？"

倚弦不用东张西望，也可以感应到附近没有什么魔妖两宗的人手埋伏，虽然不排除有高手潜行的可能，但是就算卓长风骗他，除非完全复原的蚩尤亲自出手，他自信现时没人能奈何得了他。

卓长风淡淡一笑，道："尊主不勉强你们的原因很简单。现时三界形势难明，任何的一切都在不停变化，没有人能够左右，即便神玄二宗也无力操控，无论如何，三界大乱在即。这就像是一个漩涡，没有一个人能进去后而全身而退，就算拥有归元异能的你们也不例外。"

倚弦神色不动，道："那又如何？"

卓长风道："在这种情况下，任你们兄弟有通天修为，也不能超然其外。你们只有两个可能，要么隐遁尘世，要不就陷身其中！如果耀阳不甘寂寞试图染指人间大势，那么你们两兄弟势必再次卷入灭绝轮回，永无翻身之机！尊主不必强迫，你们也没得选择。"

倚弦心惊不已，蚩尤对他们兄弟的性情都看得如此透彻，可见其人果然不愧魔神之称，但他却丝毫没有透露心中的想法，只是淡淡道："也许吧。"

"过些时间，你就知道卓某所言非虚了，你自己仔细考虑一下，卓某有事失陪。你们兄弟好自为之！"卓长风长笑一声，纵身风遁急驰而去。

等卓长风离开后，倚弦露出疑虑的神色，他并不是很明白卓长风话中的意思，似乎是一种警告，又带有某种他也说不上来的预示。

不过，他无暇理会这么多，当务之急自是先寻到耀阳再说，到时什么事情都可以好好整理一下，再想对策。

抛却杂念，倚弦全力风遁，到了傍晚时分已经到了朝歌城外。

看着这多年未曾踏足的故地华灯初起，倚弦停住了前进之势，虚立于空中遥望着这个曾经生活了数年，受苦了数年，却也结识了无数下奴朋友的商都朝歌。心中蓦然想起从前的岁月——

曾经他们两兄弟想逃走结果被打得半死还饿肚子，王奕大哥便省下本来就无法饱肚的饭下来给他们吃。曾经王奕大哥为了帮他们顶罪而遭到管头毒打……亦是在这里，他们遇到了改变他们一生的蚩伯，从此走上了截然不同的人生之路……

倚弦心中感慨莫名，他很了解耀阳的想法，经过这样的生活以后，个性张扬的耀阳一旦有了能力，绝对不肯忘记天下受苦的下奴和百姓而一人独安，这是耀阳执着的一面，也是他无法责怪耀阳行非常手段的原因之一。

叹了一口气，想到上次耀阳说到王奕的事，倚弦亦甚是挂念，迟疑一下，便闪身下去了。他这样做，不只是因为想见见往日的朋友，也为了能探点消息，毕竟殷商朝歌的动静很有可能会影响到现在，甚至以后纷乱的天下形势。

虽然数年没来朝歌，但是倚弦还是轻车熟路，很快就找到了费仲的府邸所在。几年不来，费府还是老样子，只是因为入夜，所以没有往日的繁闹。

倚弦轻松入了费府，便大步向后院走去，去往下奴居住的旧屋。

刚入后院，倚弦随手一挥，几个监守下奴的家伙还没反应过来，便被击晕倒地。倚弦走到关押下奴的旧屋前，打开门走了进去。

旧屋中光线昏暗，但丝毫影响不到倚弦的视力，一眼扫过去，便在一众下奴中认出了王奕等一些旧识。

王奕几人好不容易看清倚弦的模样，却不认得已经面目全非的倚弦，但倚弦那一身超然不群的气质仍让几人惊异地看着他，不知他是何身份竟能随意来此。

倚弦看得王奕等人，心中欣喜，连忙喊道："王奕大哥，各位兄弟，我是倚弦，你们还认得我吗？"

"倚弦……"认识他的人都是大吃一惊。

倚弦微笑道："王奕大哥不会真的认不出我吧？"

王奕盯了倚弦半天，立即惊喜道："真的是你啊，不会错的，长相虽然不同，神情却骗不了人，太好了，上次耀阳还来过，今次你怎么会来这里的？"其他相熟的几人也围了上来，而另外新来的下奴显然都以王奕为头，散在周围，替他们警惕地望向门外。

倚弦自然不需要他们这样做，但也不便阻止他们的好意，看着一众熟人道："我这次路过朝歌，便来看看你们。你们最近过得好不好？"

王奕苦笑道："还不是老样子。"

倚弦拍拍他的肩膀道："对不住啊，不过还需要让你们再受苦一阵子。"

王奕坚决地点头道："没关系，我们坚持得住。对了，耀阳他怎么样了？听说他现在很厉害，都成了西岐大将军了。"

"对，对，耀阳现在是不是还是这么风光啊？"一群人都围上来关切地问道。

倚弦讶然问道："你们怎么知道耀阳成了将军的，我记得耀阳跟你们见面的时候可还没发迹，嘿……"

王奕神情向往道："倚弦你有所不知，朝歌命北伯侯和南域联手强袭西岐，结果都在耀阳手下大败。耀阳战无不胜的威名已经传至朝歌，他们和我个个可是都听闻过耀阳的大名啊。大家都震惊羡慕不已！"

"原来如此！"倚弦笑道，"放心，迟早有一日你们也一样可以成为大将军的。不过，其实不只是如此，耀阳离开朝歌后，经历了很多事情，都不简单。"

众人忙道："什么事，小倚来说说看？"

第一百三十七章　蚩尤统魔

倚弦看到这一群曾经呆在一起的朋友们，感怀良深，哪会拒绝，便将兄弟俩的际遇避重就轻地说了出来。倚弦轻淡的声音慢慢道出各种遭遇，并没有任何渲染，但那些妖魔鬼怪等事仍听得众人时而目瞪口呆，时而惊呼连连，如痴如醉，连称不可思议。

知道倚弦也同样经历这些事情，他们更是崇拜不已。

倚弦说完，长吁一口气，沉声道："大家放心，我们兄弟绝对不会忘记你们，也从来没有忘记过你们。终有一日，耀阳会实现他的诺言，将你们救出朝歌，他说过的话绝对不会收回的。"

王奕点头道："我相信，我们也会等到耀阳他打入朝歌这一天。"

众人早已是信心百倍，齐声道："我们相信你们！"

"多谢你们的信任！"倚弦含笑点头，深吸一口气，道，"我现在有事要走了，你们多多保重啊！"

众人依依不舍，但没人出言劝留，都认为如神人般的倚弦有事定是非同小可。倚弦向王奕道："王奕大哥，你能不能送我一段路！"

"没问题！"王奕知道倚弦的神通，自然不会拒绝，便跟着他离开。

关押下奴的房间守备不严，没有一个下奴敢逃，除了手脚镣铐难解之外，还因为他们就算能出费府，也出不了朝歌，耀阳和倚弦以前就吃过这样的苦。

倚弦带着王奕出了房间，一路上再没遇到其他守备。

倚弦边走边问道："王奕大哥，你知不知道现在朝歌和殷商天下的形势怎么样了？”

王奕道：“外面的形势我不太清楚，不过现在的殷商跟几年前比起来，实在是有如天壤之别。几年前的整个殷商，特别是朝歌上下都是民不聊生、怨声载道，但现在仿佛已经变得有些国泰民安了。”

“怎么可能？”倚弦大愣，虽然三界形势大变，但是也不可能会让殷商有这么大的改变吧，尤其有那么一个大昏君在施政。

王奕早料到倚弦会有这样的反应，道：“你想不到的事情还多着呢，你知不知道自从三年前妲己娘娘病死之后，本来荒诞残忍的纣王突然像是转了性子，开始变得勤政爱民，专心整理朝政，治理殷商天下，竟在短短三年内，将殷商治理得有声有色。人人都说以往纣王的劣迹全是妲己娘娘所为，她这一死，纣王就得先祖成汤显灵，现在殷商实力大增，非几年前可比。只是因为四大诸侯一个接一个的反商，殷商腹背受敌，短时间内恢复元气已是大幸，已经没有足够的能力压制四大诸侯，所以才会有现在的天下纷乱之势。但是，朝歌之中很多人已经相信殷商即将中兴。”

“不会吧？纣王会变好？”倚弦就算听到元始天尊跟蚩尤坐在一起喝茶，也没有现在这么吃惊。他实在难以相信凶残无道的纣王会突然间转性，心中直感古怪，如果说是闻仲能做出实政博取名声倒还可信。

王奕见倚弦不信，便道：“真的，我给你说说吧。三年前，太师闻仲突然失踪，朝歌上下朝政顿时失持，百官惶恐不安，一时大乱。本以为殷商恐怕会就此败亡，谁知道这个时候，传来妲己娘娘死讯。接着有一日，数年没有上朝的纣王突然容光焕发地出现在朝上，一脸肃然地端坐在龙椅之上，先是罪己几年暴政，然后让众臣将历年所参之本一一奏上。据说当时的百官可是全部震呆了……”

倚弦喃喃道：“何止是百官，就算是我，听了也会以为自己是在做梦。”

王奕继续道：“刚开始群臣还不敢相信，战战兢兢地不知道玩什么花样。最后还是比干耿直忠心，武成王黄飞虎胆大，两人直言数年奸臣误国，以致国库空虚，军备失修。纣王当即将宫廷珍奇奉出，以充国库。之后，纣王还重贤臣轻小人，就比如费仲这老贼吧？以往他风光得很，此时却已经失势了，也不敢再像以往那般嚣张。相反曾经受到疏远迫害的忠臣良将如比干等人，再次成为朝廷栋梁，纣王的左右手。”

难怪费仲府前如此冷清，原来这老贼已经失势良久。但是倚弦还是难以相信暴虐胜过夏桀的纣王竟会变成一代明君？

王奕看看倚弦，嘿然一笑道：“不只是如此，纣王还大赦天下，废除一干惨无人道的酷刑，然后减轻百姓赋税，特别是发放朝歌存粮，以做耕农之用，开渠成河将河水引入百姓农田灌溉，再建河堤以防河水泛滥。一样样的政策，老实说就算成汤也恐不过如此而已。只是这些好处永远轮不到我们这些不被当人看的下奴。”说罢，王奕不由长叹一声。

倚弦可是惊得无话可说，纣王竟然能明智到如此。无奈摇摇头，倚弦道：“做梦也没想到纣王竟会这么做。真是大开眼界了，看来形势大变已经很难预料。对了，王奕大哥，我走后不能照顾你们。不如我现在帮你打通全身气脉，让你有些法道基础，也能有自保的能力，以备不测之时。”

王奕一怔，转而又大喜道：“这样一来，我是不是也可以像是你们一样能使法术。”

倚弦笑道：“虽然你一时间不可能跟那些修炼数十年的修行者相比，但是寻常武夫肯定不会是你的对手，只要别引来法道好手，应该没人能奈何得了你。当然如果你有恒心修炼下去，自然会有成就的。”

王奕连声道：“这样够了，你马上给我打通什么……气……对是气脉吧。”

倚弦沉吟道：“我现在马上就来，不过你先要有心理准备，可能会有点痛。”

王奕拍胸膛道：“怕什么，死也不怕，何况只是痛而已，早就习惯了，一点点痛算得了什么？”

但是马上他就知道错了，当倚弦掌劲元能从他的天灵盖百会穴透入的时候，那种钻心挖髓的痛苦几乎让他精神崩裂，像是一刀刀切入他的气脉，将他的经脉逐个割裂，再洒上一把盐，其中的痛苦非人所能忍受。而最让王奕痛苦莫名的是他还叫不出声来，因为倚弦为免惊扰到其他人，使法让他的声音发不出来。

王奕仿佛经过几次粉身碎骨的生生死死，浑身腥臭汗水淋漓而下，最终倚弦撤手的时候，他已经瘫倒在地，大口地喘着气，咳着道："小倚，你说这只是有点痛吗？"

倚弦尴尬地一笑，道："这是我第一次使出这等方法，不知道会有这么痛的。"

半晌过后，王奕才总算顺过气来，他感觉此时浑身有使不完的力气，大喜之余对倚弦也是甚为感激。

倚弦拍了拍王奕的肩膀，道："你回去吧，我告辞了。"言罢微微一笑已经隐身遁起，只余下王奕惊诧莫名地看着一片虚空。

倚弦并没有就此马上离开朝歌城。

对于纣王的转变，他实在是难以相信，乘着这个大好的时候，他决定夜探宫廷，看看这个原本少见的昏聩君主到底是怎么了？

倚弦心想九尾狐和闻仲为何会离开朝歌的？这应该是他们想要掌握的势力才对啊。虽然九尾狐不能再附身妲己肉身，但是凭她的幻术绝对能让众人难以分辨真假。闻仲更不用说，他以太师的身份把握朝政，凭他的能力，没有了九尾狐和化名尤浑的厉煞阻碍，想来完全有能力控制朝歌大势才对，为何会突然放弃？

倚弦就算再聪明也难以想通其中蹊跷，这事情没有亲眼目睹，就难以下定论。

曾经来过朝歌皇宫，还住过的倚弦对此不算是很陌生。皇宫还是老样子，依然如此的金碧辉煌，华丽豪贵，一幢幢的殿堂耸立如林。

看着这熟悉又陌生的一切，倚弦心中不由想到兄弟俩最初被蚩伯利用的事情，一切切仿佛是上一世发生的事情，却又像是昨日之事，心中莫名的惆怅感慨，也不知是为何。

倚弦寻路来到皇室寝殿"养生殿"，已是深夜时分。

当倚弦到的时候，竟发现养生殿中还有灯光闪动，暗黄色光线的透过窗台洒在殿外的空地上，寝殿外却没有几个守卫。

没想到如此深夜，纣王居然还没有睡，这更激起他的好奇，于是隐身凑近殿前，锐利的双眼神光一扫，发现一批人围在一起坐在大殿上，卷籍简页成堆地捆绑在案，纣王竟在批阅卷籍，甚至还有几个大臣拥被在殿，一起审卷议事。

纣王和众臣所说的皆是社稷黎民的四方大事，几人都说得头头是道，纣王神色肃然，仔细听着，或是点头赞同，或是提出不同意见。

君臣谈得甚是融洽，这不得不让倚弦相信了王奕的话，纣王的确变成了明君，虽然不可思议到了极点。倚弦也不是没想过纣王可能是被附身，或是被魔妖两宗的高手替换，但纣王那一身皇者霸气却绝对不是他人所能拥有的。

倚弦更是惊疑不定，纣王勤政难道真的是成汤显灵不成，否则怎么可能有如此的改变？倚弦轻身潜入，正待细细观察，却在甫入殿门时猛地感觉到体内归元异能一震，竟是感应到其他魔能的存在。

倚弦大感震惊，正要观望是谁人踪影，却不料此时纣王猛地抬头，朝他隐遁之处厉目望来，手腕轻动之间，魔能波动，一干大臣已经昏昏睡去。而同时殿外的守卫也昏倒在地。

倚弦蓦然大惊，看到纣王双眼怒睁，厉芒如电扫视而来。

纣王长身而起，一身魔能随风而动，霸气尽显无疑，厉声喝道："何人在此鬼鬼祟祟窥视？"

倚弦骇然失色，这个纣王绝对是原来的纣王，但他一身熟悉的浑厚魔能却让倚弦猜到了纣王的另一个身份，只要当年与他交过手的人，他都能凭借归元异能识出此人的身份，这个他根本想不到的身份。

倚弦此时不便跟纣王正面交锋，当即在纣王出来前抽身即退，全力风遁而起，快逾闪电地迅速离开皇宫。

出了皇宫，感应到纣王没有追上来，倚弦心中的震惊却始终难以平息，因为纣王竟是向来独立于三界四宗之外的另一法道绝品高手——陆压。

一代昏君竟然是三界闻名、修为惊人的奇湖主人陆压？难怪三年前就不见陆压的出现，而现在九尾狐和闻仲也不在朝歌了。因为陆压已经趁他们为三界大事忙碌的时候，先行回了朝歌重振朝政，再乘着厉煞之死，九尾狐和闻仲不在之时，风行雷厉地将所有敌对势力一一拔除。

无疑九尾狐和闻仲一场白忙乎，没有得到什么好处，而闷声不吭的陆压却真正得到了实利。这个陆压实在是厉害，难怪奇湖能在三界之中屹立三百年而不倒。

十涧九洞之中，阴气盛然。

阴森深窟之底，一个森然黝黑的山洞黑气缭绕，浓烈的魔气竟是隐然不发。卓长风遁风而至，临下深窟，没有任何停滞便向山洞而去。

岔开枯枝盘根，卓长风进入山洞之中，却见眼前虬石狰狞，血光四起倒是将周围一切照得红亮，一片血色迷雾之中，一个若有若无的人影在里面晃荡，缥缈不定，有如鬼魅厉魂，正是只余灵神的蚩尤。就算魔功通天，魔躯尽灭灵元受损如此重创，蚩尤虽用尽各种血腥魔功加速恢复，但短时间内也不可能复原。

似乎由于魔躯被毁，蚩尤的声音显得甚是阴森尖锐："长风，怎么样?"

卓长风沉声道："禀报尊主，属下刚去找过那倚弦小子，没想到他的修为精进许多，现在连属下也未必能奈何得了他……"接着，他便将跟倚弦见面的情况一一道出。

蚩尤听卓长风说完，沉思良久，一直没有说话。

卓长风迟疑一下，问道："尊主，现在他们两人已成为三界少有的高手，甚具威胁，尊主认为我们该如何对付他们两人?"

蚩尤没有做出回答，反而问道："长风，依你的意见呢?"

卓长风沉沉道："属下对他们甚是顾虑，毕竟他们两人与尊主、元始同时本命元身倾灭，却可以在尊主之前恢复，而且似乎比从前更厉害。属下自信如果没有任何顾虑，就算是幽玄还在，属下也未必会败给他。但现在若属下跟倚弦一战，却没有任何必胜的把握，且若他们兄弟俩联手的话，属下只能退避三舍，甚至属下以为现在他们两人联手……三界暂时无人是他们的对手。他们实在是太危险了，所以一定要想方设法乘着兄弟俩还未成气候，就先将他们置于死地，又或者封印在一个永世无法出困的地方，以避免他们阻扰尊主的大计。”

蚩尤闻言一顿，无形的身影仿佛看着卓长风，哈哈大笑起来：“长风，你这就错了。有这种想法，只能说你怕了。不知是否因为千年的蛰伏，还是因为那两小子出其不意的手段，竟然让你失去了当年的决断和魄力？”

卓长风沉默不语，他一时为之语塞，心中亦是凛然，当年他没怕过什么人，就算连败于轩辕黄帝手下，他也能毅然再战，即使蚩尤被封，神玄两宗追杀他之时，他亦没有一点怕意，却为何独对这两个小子如此戒惧？

良久，卓长风才问道：“那尊主以为我们该如何对付这两个小子？”

蚩尤道：“长风，你暂且不用去管他们，就听之任之，顺其自然，随便他们怎么做，你只要小心注意着他们一点就行，不必干涉他们的行动，也不必对他们有任何的顾虑。”

卓长风大惊道：“尊主……以耀阳与倚弦他们的影响力，怕是会成为现时又一股不可轻视的势力，老实说经过磨练后，耀阳的雄才大略天下没有几人堪比，如果还有那异常冷静的倚弦相助，整个人界将会为他们所侧目，势必会对我们的计划产生影响。”

蚩尤突然“哼”地一声，斥责道：“长风，你怎么这样糊涂？关心则乱，我看你是因为担心姬旦的局势，才会如此短视，你现在还不如他们两兄弟冷静，怎么能成大事？”

卓长风醒然领悟，惊出一身冷汗，沉思半晌无语。

提醒了卓长风，蚩尤也不多加怪罪，沉吟道：“观现时三界形势，我圣妖两宗无不伺机而动，神玄两宗虽然势力强大还是无与伦比，但是他们有太多的顾忌，根本没有多余的人力约束我圣妖两宗。他们这时没有什么动静，无疑是为了尽快恢复元气而无暇旁顾，以便下狠心一举收复三界，再恢复千年之前的局面。”

卓长风冷笑道：“他们想得美，我圣妖两宗诸人岂肯让他们得逞？”

蚩尤摇头道：“这倒未必，我圣妖二宗虽然有心跟神玄两宗抗衡，但是始终是太多桀骜不驯之辈，缺乏凝聚力，至今仍然在割据势力，虽然造成现在势力均衡，但是决不是长久之计。到后来必会被神玄两宗要奸计各个击破。”

卓长风默然，他知道这是事实，如非魔妖两宗之人不肯轻易服人，也不至于到现在还是被神玄两宗压得死死的。

蚩尤的模糊人影似有精光暴闪，直透血色迷雾，凝声道：“这个局面，就算本尊主出面也不是一时能完全改变的。此时，只有他们兄弟俩的崛起才能打破这个僵局，耀阳和倚弦两人已经被神玄两宗视为眼中钉，定然不会只跟我圣妖两宗交恶。他们两人的性格，我再也清楚不过了，他们决不会甘于屈居人下。特别是耀阳早对神玄两宗和现在的人界形势大为不满，如果让他们培养出自己的野心，即便是神玄两宗挡阻在前，也会被他们兄弟俩攻之后快。”

卓长风一震，双眼一睁，神光炯然，沉声道：“以耀阳和倚弦的修为，神玄两宗已经难以对付他们。再以耀阳在人界战无不胜的威名，加上他那完全真材实料领兵能力，神玄两宗只在背后插手恐怕挡不住耀阳他们。尊主的意思是以耀阳和倚弦打乱神玄两宗的计划和步骤？”

蚩尤得意地大笑，模糊的身影整个都在颤抖，喝声道：“长风你终于恢复了应有的理智，不错，只要消除圣主诞西的传说，神玄的威信尽丧，西岐也将失去一争天下的优势，你说他们肯袖手旁观吗？”

卓长风点头道：“尊主考虑得甚是，神玄两宗不会坐视，面对强如耀阳和倚弦，他们恐怕只能抛弃计划亲自出手，他们一动，我圣妖两宗之人也决不会错失良机，定是乘机而起，三界势力将会打破平衡，造成动乱，到时才能有可乘之机。”

蚩尤沉声道：“长风，你要记住，本尊主不是神玄两宗，意不在什么人间大势，而是整个天地三界。失去人界掌控权对神玄两宗而言是灾难，但对于从未掌握过人界的本尊主而言，只是一个跳板，只是让本尊主搅乱三界的好工具。”

卓长风恭敬地道：“长风晓得了，尊主请恕长风刚才一时糊涂。但是属下还是担心耀阳和倚弦绝非肯服人之辈，如今又是修为大进，他日做大恐难以降伏。”

蚩尤哈哈大笑道：“这个你就放心吧，他们两兄弟是本尊主当年费尽心血造就出来的，本尊主怎么会无法降伏。若有必要，本尊主自有手段让他们束手就擒，你就不要担心了。”

顿了顿，蚩尤嘱咐道：“现在三界暂时平稳，起不了很大波澜，你不必着急，但是长风你一定记住一件事，注意耀阳和倚弦的一举一动，因为他们时刻有可能去往刑天族地。如果他们真的找到并进入刑天族地，其他都可以忽略不计，唯独不能放过‘上古魔典’，本尊主倒要看看里面究竟说了一些什么？”

“属下遵命。”卓长风点头示意明白。

“现在你去吧，若无要事不必来找我。”蚩尤点头让其离去。

“属下告退。”卓长风恭敬地行了个礼，风遁而去。

只有一个虚影的蚩尤目送卓长风离去，沉默良久，突然挥手一扬，一道魔能散出没入他身后的洞壁，透过红光血雾，勉强可见洞壁上有一片黑影，却是一个魔门封印。

魔能瞬间被封印所吸收，青光闪烁，一个身影逐渐显示出来，越来越明显。

最后那人完全呈现，竟是全身都背贴在洞壁的苦鳖婆婆，黑色的魔气将她完全缚在洞壁之上，丝毫不让她有一点弹动的力气。

望着神色憔悴的苦鳖婆婆，蚩尤冷喝道：“苦鳖，你不要与本尊主作对，忠心为本尊主做事，否则你的结果只有一个，便是与你那老不死的顽固师尊一样，神识俱灭，不留一点残渣在三界之中，你知道吗？”

苦鳖婆婆昏黄的眼中怨恨深藏，但承受两次天劫，修为尽消的她如何能奈何得了蚩尤？何况活了这么多年，她更加不愿死亡，此时她唯有战栗地问道：“我现在身无半点修为，你……究竟需要老婆子做什么……”

蚩尤嘿嘿一笑道：“苦鳖，你果然是识时务，比你那个老鬼师父聪明多了。本尊主修为通天，万事不愁，无需你做什么艰难的事情，只要到时候替本尊主翻译‘上古魔典’即可。”

苦鳖婆婆一愣，大是不解，疑惑地看着虚影的蚩尤，问道：“‘上古魔典’？师尊曾经说过，那魔典不过只是记录当时魔族中的一些日常事物，并无什么秘密可言，你要这个干什么？”

蚩尤哪会相信，哼道：“这魔典盛名久传，定不简单，别的都无所谓，本尊主最想知道那个传说千年的魔星究竟是怎么回事，你那老鬼师父鳖灵圣母竟连不怕我蚩尤，而唯独惧怕此事。”

虽然话是这样说，但是有一点他还是没说出来，他更加在意的是鳖灵圣母临死之前断言自己终究将功败垂成的预言，虽然他不信，却始终心有戚戚，如果能从魔典中看出什么自是最好。

“师尊也怕此事？”苦鳖婆婆更怔，不由地喃喃自语。

蚩尤的虚影突然一颤，声如霹雳地厉喝道：“本尊主不信这狗屁魔星能有什么厉害，魔典将是会证明这三界之主唯有我蚩尤配做，任何人敢违抗本尊主，我就让她神识俱灭，永不得超生。”

苦鳖婆婆身子战颤，眼中惧意大盛。

蚩尤见苦鳖婆婆惊惧，微微轻笑道：“本尊主容不得忤逆之人，但也绝不会亏待有功之臣，只要你为本尊主办事，本尊主自有好处给你。如果你能好好地听本尊主之言，将魔典翻译出来，本尊主可以再次承诺，传受归元圣璧之能给你，让你能恢复修为。你可愿意？”

苦鳖婆婆昏黄的眼神突然一亮，枯瘦的脸颊一阵抽搐，她深知师尊鳖灵圣母修为精深，历数度天劫而无恙，也是因为归元异能的缘故，如果她能得到的话，也必可恢复一些修为，再次度过下一次天劫。想到此时无可奈何之中也有这般福缘，活了这么久的她自是多少有些怦然心动，颤声道：“此言当真？”

蚩尤哈哈大笑道：“本尊主一言九鼎，岂会骗你。若是你真可替我将魔典翻译出来，本尊主决不食言，定会传你归元圣能。”

苦鳖婆婆看了血雾中的蚩尤甚久，闭上缓缓点头应承，口气沉重地道：“如果你不食言，老婆子可以帮你翻译此魔典。”

“如此甚好，算你聪明。到时本尊主定会如你所愿。”蚩尤见她识趣，自然没有必要刁难，再次挥手一道魔能笼罩苦鳖婆婆将她封印了起来。

“几千年了，本尊主迟早会一统三界……”血雾中的蚩尤还是放出如闪电般的目光，双手张扬，随着魔能翻涌，血雾逐渐浓烈将他的身影完全笼罩。

清晨，温暖的和煦日光从东方斜斜地散在牧场之上，清冷的晨风让人感觉格外的清新怡然。

洪泽岭之上，也就在耀阳三年前跟倚弦修为大进相互切磋过招的地方，耀阳带着小千和小风再次来到。小千和小风因为耀阳答应教他们《幻殇法录》，所以很早就把耀阳拉起来，催他马上开始。

耀阳看出兄弟俩对法道秘术的热忱，无奈只能洗把脸便带他们来此。

小千和小风穿着一身劲装短衫，顺手拎了两把青铜铸成的戟矛，站在耀阳的对面，都是一脸的期望。

耀阳看着这两个将他从少有好的睡眠中拉起来的两个小家伙，心中大是高兴，嘿然一笑，道：“你们这么想学《幻殇法录》是吧，我马上教给你们。不过呢，我想要先看看你们现时的修为究竟如何？所以，你们现在一起全力击我一拳试试。为师要看你们的元能修为是不是足够承受法录记载的道基反噬，记住要用全力，万一为师发现你们修为不足，那就别怪为师不肯教你们了。”

小千和小风面面相觑，小风迟疑一下，小心地道：“可是师父，我怕我们的合力一击会让你受伤！”

耀阳哈哈大笑，道：“你们不用担心，如果为师连你们的一击也承受不了，那也不配做你们的师父了。”

小千和小风考虑半晌，还是有些吞吞吐吐地道：“师父，还是算了吧。改用其他方法，好吗？”

耀阳咧嘴一笑道：“你们这么不相信为师的修为能力？”

兄弟俩立即摇头，小千搔了搔头，与小风对视一眼，相互点头似是下了决定，道：“那师父你小心点！”

耀阳傲然负手而立，微笑道：“别怕，你们有什么本事尽管使来。”他迎风而立，身子站得笔直，笑容中含着无比的自信，身际玄能振身而出，磅礴的气势骤然而发，让人感觉不论如何都将难以伤他分毫。

小千和小风看着眼前有如泰山般巍然的师父，顿时有些打退堂鼓，开始相信就算合两人之力也绝对为难不了师父。

“师父，小心了！”小千和小风对视一眼，抛下兵器，齐齐大喝一声，同时跃起全力一拳击出，两人合力，身际妖能直冲而出，鼓起狂风震扬飞沙。

“砰！”的一声巨响声中，夹杂着小千和小风的惨叫声。

两兄弟合力一拳击中耀阳，耀阳站着不动分毫，胸口却是运出五行玄能将两人之力稳稳当当的卸去，然后借元能反弹，让两人同时受力飞旋相互撞在一起，然后再又摔出。

只见小千和小风在空中面对面撞了个结实，一起落下，又同时摔了个狗吃屎，不过以他们的修为当然没事。两人立即跳起身来，蓬头垢面，相互撇起嘴来一副自怨自艾的样子，然后回身大为敬服地看着耀阳。

耀阳淡淡道：“这一手叫作‘玄星焚月诀’，如果为师方才挟炎能出手，你们恐怕就会变成烤猪了！”他刚才那一手也是才第一次使出，《幻殇法录》中倒也记载着这种杂学，耀阳以前对于此术的初中级阶段——“牵机玄引法诀”非常喜欢，从而经常使用，后来得了《幻殇法录》之后才看到后续修炼，但是因为后来一直身受要职一直未能好好修炼，想不到此次重铸肉身后却让他能够很是轻松地控制自身的元能施展出来，他心中也是惊愕自身所学一日千里的进展。

小千和小风喜嚷道：“师父一定要教我们……”

耀阳点头道：“莫急，要知道欲速则不达的道理！再则说来，《幻殇法录》上高过此等的法道秘术可是多不胜数。”

小千和小风顿时欣喜若狂，媚笑道：“师父你一定要好好教我们哪，我们知道师父是最厉害的，对弟子也是最贴心的，而且你不知道在没有师父的三年来，我们可是日夜思念着师父啊……师父……”

“好了，好了，别说了，再说下去，我一身鸡皮疙瘩都掉地上了……”耀阳禁不住苦笑不已，连忙挥手道，“好了，为师马上教你们《幻殇法录》上一些中级法道秘术！”

耀阳当然不可能不教他们，因为刚才小千和小风的合力一击威力可是不小。如果是三年的耀阳非得出手设下结界阻隔不可，否则真要结结实实受此一击，定将当场出丑。由此可见，小千和小风这两个小家伙在三年内的确经过苦修，而且加上本身所受潜龙泥潭息壤之功的影响，他们的元能禀赋才会有如此长进。

小千和小风闻言兴奋异常，原本枯燥的修炼让他们大感进步有限，而且苦于身旁一直无人指点，自身的法道进度究竟如何，他们也无法清楚地知道，如今听耀阳这样一说，才知道自身已经从初级法道修炼晋升为中级，自是喜不自胜，连连拜谢道：“多谢师父！”

耀阳缓缓道：“《幻殇法录》博大精深，记载着神玄魔妖四大法宗不少奇学，乃是魔族当年一名绝顶高手混迹四宗偷学所得，于是成了后世四宗修真之士都梦寐以求的奇书。正因为它的厉害，所以也可以肯定，想要学好它恐怕不易，你们记住千万不要过于急躁求成，要具足耐性，知道吗？”

“是的！师父，你快教我们吧。”小风急切地说道，看他身旁的小千听完这些话也是一脸急色。

耀阳虎目一睁，喝道：“你们看看自己，刚才还说要你们耐心点，现在就这么急了。这还成什么样子？”

小千和小风着实吓了一跳，不敢再多加说话。

耀阳见立了师威，便缓了脸色，沉声道：“《幻殇法录》综合四宗法道绝学，里面多有威力奇大的绝招，但是同时也具有很大的危险性，你们一不小心就可能遭其法能反噬，轻则走火入魔，重则灵元俱灭，所以为师才会这般警告你们，决不可以太过急躁，明白吗？”

他对《幻殇法录》已经熟知了大半，知道虽然自己和倚弦都因为归元异能的特质，所以修炼起来没有什么危险，但是急功近利的魔妖宗绝学所蕴藏着的危机，自己却是一清二楚。小千和小风生性机灵，原是修持法道的好材料，却是少了几分耐心，他虽有归元异能可以助他们度过寻常危机，但难保何时离开他们的时候，他们会否出现问题，是以加重语气让他们不敢大意。

小千和小风吁了口气，道："多谢师父提点，我们一定会谨记在心!"

耀阳点头道："好了，你们知道小心谨慎就行。你们的修为虽然大进，但是还有不足之处，《幻殇法录》的很多绝学都不是你们所能修练的。"

"不会吧?"小千和小风顿时一脸失望。

耀阳笑道："你们不要这样子，也别太失望，《幻殇法录》中还有不少中级绝学是需要对元能的熟练控制，为师想你们练来定然会没什么问题。"

他和倚弦的归元异能乃三界最高深莫测的元能，而且并不是自己修来的，所以对之可谓一知半解，他们自是难以熟练操控。但是小千和小风不比他们兄弟，这两个弟子一身的元能修为是他们日积月累修持所得，而且有千里眼和顺风耳的天赋，所以想来小千和小风学这些法道应该没有什么问题。

小千和小风松了口气，道："这样就好……"

耀阳沉吟半晌道："既然这样，你们首先最好先练'玄星焚月诀'吧。"话虽如此，他还是不想一开始便传授他们魔妖二宗的法道秘术，而且想到当年自己便是凭借这门法道才多次以弱胜强，所以便起心让小千与小风先学习此术。

"好啊。"小千和小风大有兴趣，刚才被耀阳摔了一地，两人感受到这一招的威力所在，自是很有兴趣。

耀阳清楚两个徒弟的禀性，笑道："刚才我能将你们摔在地上，不是为师修为强劲的原因，而是因为为师能熟练掌握本体的元能运用，使之运用随自己的意念而动。你们来看着，像刚才那一招元能的运作，表现在外就是如此!"

"阴阳五行，易级转圜，逢水而起，随木而生，遇火而逆……"耀阳一边念着，一边手腕轻转，无比精炼的五行玄能，环转而出，带起地上沙土转动起来。随着玄能运用幻变，那些沙土成无边突起的圆形旋转起来。

耀阳大手一颤，玄能四射，沙土猛地激散而开，耀阳低喝一声：“合!”手腕一屈，那些沙土以一种奇怪的方式旋转着集合起来。

小千和小风看得目瞪口呆，大是羡慕，忙记住耀阳口中所念的法诀，自己也试了起来。耀阳说得甚是明白，小千和小风听得清楚，也学得很用心，很快已经略有成绩。

耀阳大是满意，暗思自己是不是真的有当师父教人的天分？而耀阳也不知道，他这样以沙土表现元能运作在外的方法，还不能说是后无来者，却肯定是前无古人。小千和小风本来就善于运用自身的元能，现在在耀阳对法道口诀的阐释下，努力做到使得沙土飞旋跟耀阳一样，这样学起来的确容易多了。

第一百三十八章　龙虎再聚

不久之后，小千和小风已经甚为熟练，耀阳便教起他们其他的绝学来。

花了些时间，耀阳将其他比较容易的法道秘术先教给这两个弟子，道：“不用贪得无厌，今日你们就学这几招吧。只要将它们完全掌握了，为师再教你们其他的法术。”

小千和小风连连点头道：“多谢师父。”

看着刚学了法术跃跃欲试的两个弟子，耀阳又沉吟道：“为师要看你们学得如何，你们就用方才所学跟为师过几招吧。”

小千和小风顿时苦了脸，他们刚才运尽妖能合力一击，反而被耀阳耍了一手。现在他们怎么可能够师父一击呢？

耀阳看出他们的神色，微微一笑道：“你们各自捡起兵器来，为师跟你们动手只用一手，怎么样？”

小千和小风还是皱眉，刚才耀阳动也没动就将他们摔在地上了。他们知道，跟普通武技不同，虽然不少法术没有手诀配合会威力大减，但以耀阳的修为，肯定可以轻易运用出来将他们击倒。

耀阳看他们还是这么为难，只能摇头叹道：“你们这样也不敢？这样吧，为师就只用跟你们修为一样强的元能还击，怎么样？”

小千和小风顿时精神一振，点头道：“师父这可是你说的，到时候输了别不认账。”两人皆是心道：师父没用比我们强的元能，空手之下还怎么可能是我们两人联手之敌。

耀阳哪会不知这两个小子的心思，微笑道："你们来吧!"

小千和小风伸手拿了兵器，小千用铜矛，小风用铜戟。他们还没有法宝，只能找了全铜的兵器暂用。"刀剑无眼，师父小心了。"小千和小风大喝一声，扫矛挥戟攻上，舞得劲风十足，从左右而上，强袭耀阳。

耀阳叹气摇头道："你们两人刚才吃了亏，居然还没记住教训，还这么大意，仔细看着，'玄星焚月诀'在实战中也可以发挥很好的作用。"他左手背负，右手轻轻挥出。

小千和小风的元能还没袭到，就觉并不是很强的玄能接触到他们便牵引着两人的攻势，两人只感觉手中戟矛随着玄能的转动而改变方向，两人在耀阳的"玄星焚月诀"下，竟互向对方击去，顿时大急失神。

"乒!"一声脆响，两人虽然及时收力，但还是慢了一步，戟矛交戈，两兄弟各退一步，耀阳乘机而上，五指张开，却是有五道玄能飞出，困住了措手不及的小风。

"五行缚身?"小千失声道，他认得这是耀阳刚教给他们的一招法道绝学，威力不是很强，却仿若神宗捆仙绳一般，极是难解，小风一时恐怕挣脱不了。

小千不由大惊，忙舞矛赶上，耀阳低笑一声，两指弹出两道指气，指气转眼变成四道，并且飞跳着袭击小千各处要害。

小千知道这招是妖宗的绝学叫"万妖噬体"，若让这四道指气近身，指气元能会立即会环绕着他的身子偷袭，而且还可以不断分身。元能自是越分越弱，但是却让人缚手缚脚，受到干扰。

小千还算机灵，躲避不及之下铜矛一扬，布出一个小型结界，结界如水镜一般，四道指气玄能碰到结界就立即被折射回来。这个"水镜幻界"也是耀阳刚教的，虽然抵挡不了强大元能袭击，但是对"万妖噬体"这种虽然麻烦却威力不大的的招术倒是挺有用的。

"不错，挺聪明的!"耀阳赞道，飞身而起挥手扇出，一道锐利无比的玄能呈半月形飞旋而出，还泛出一丝金光，却是击向快要将"五行缚身"挣开的小风。

又是刚学的？小千大恼。这招本是“双月交辉”，应该是两道玄能飞旋斩出袭击敌人，让敌人首尾难顾，耀阳用单手也可以斩出两道玄能，但是威力会是大减，故而他只斩出一道玄能，却是直袭还有麻烦缠身的小风。

知道被玄能缚身的小风躲不开，小千大骂卑鄙，只能硬着头皮挥矛而上，使出刚学会的“玄星焚月诀”，使得半月形的金色玄能变了方向，但是小千毕竟还不熟练，铜矛顿时被削去了矛尖。

“师父，你太狠了吧？”小风好不容易挣开缚身玄能，喝叱着砸出一戟，两道戟风也成半月形旋击耀阳。同样的“双月交辉”还给耀阳。

“双月交辉”威力不小，又难以防御，如果是在三年前，收敛玄能的他肯定会是布上结界防御或是闪身躲避，但是现在他在法道上的理解非当初可比。

不只是当初元始天尊和蚩尤一战给他们的领悟，也有重铸肉身之时，两次出现的虚幻无极秘境给他的感觉。三年时间，他不只是修为大进，更重要的是他对法道的理解不可同日而语。

这种理解，耀阳也不知道何时拥有的，仿佛是在连他们自己也没有感觉的三年中，不知不觉地将以往所学的一切都好好温习了一遍，同时将最后从元始天尊跟蚩尤之战所得的经验也融合在一起。

面对小风还不成熟的“双月交辉”，耀阳微微一笑，还是用“五行缚身”连续两次弹出五道玄能。十道玄能自动分别扑向两个半月形的戟风妖能，随着两道妖能而去。竟将变化不定的妖能轻松缚住，妖能大震，两者皆消。

“不会吧，这也行？”小千和小风呆了一下，但是手上没有丝毫停顿。小风早已纵身挥出一戟，妖能突然大涨，折叠扑向耀阳。

这亦是《幻殇法录》上所记载的“折浪叠潮”，妖能如无边浪潮扑向耀阳。耀阳如退，妖能追击不停，耀阳如挡，连续不断的妖能亦会将他的防御击垮。

而紧接着，小千没有落后片刻，随之挑出没有尖头的长矛，使出刚学不久的“魔剑万轮”，凭空立生无数剑影，向耀阳罩去。他这一击配合小风的出手，可谓是天罗地网，让耀阳无处可逃。

虽然小千和小风配合默契，甚是厉害，但是此时的耀阳可是今非昔比，当下赞道：“不错，看来你们还算有点天赋。”说话间，单手一挥，却也是同样使出“魔剑万轮”，万千剑气纵横他身子周遭，同时击出“玄星焚月诀”轻拨而出。

耀阳这一手便将小千和小风的联手攻击轻易瓦解。

小千和小风怎么肯罢休，齐齐强攻耀阳，他们怎么也不会相信，两人联手居然打不赢背负一手且玄能修为控制到跟他们一样的耀阳。

但是现在的耀阳比两小子强的决不只是玄能修为，无论是对法道的理解，对那些法术运用的巧妙，还是作战经验之丰富，攻守之间的把握，此时的耀阳都不是小千和小风可以相比的。

即使耀阳只用教给这两个弟子的绝学，两人也完全奈何不了单手的耀阳。小千和小风越战越是心惊，也亦是心服口服，这种情况下也赢不了耀阳，都觉得这个师父没有白拜。不过小千和小风对所学的绝学使得愈加得心应手，他们的出击也越来越有杀伤力。

耀阳跟两个弟子战得正酣，突然剑眉一挑，喝道：“就此完吧。”言罢，他挥袖便将两个小子逼退，仰望远方天际，开怀大笑起来，神色愉悦之极。

累得气喘吁吁的小千和小风面面相觑，看耀阳不像是疯，更不知所谓，惊问道：“师父，你怎么了，不会是疯了……”

“疯你们的死人头！”耀阳没好气地瞪了他们一眼，满脸欣然地望向东南方向的天空，道，“为师的好兄弟，你们的师叔回来哩！”

“倚弦师叔？”小千和小风喜道。

果然，轻风拂面而来，一条人影疾如电光，风遁而至，恰好落到三人面前，长发随风飘扬，衣衫迎风招展，卓然而立之人不是倚弦还会有谁？

“师叔！”小千和小风见真是倚弦，欢呼起来。

耀阳大步迎上，到了倚弦面前，就是一拳捶在他的胸口，然后搂住他的肩膀，大笑道：“小倚，真没想到我们这样也算是三年不见了。”

倚弦脸上含笑，微微摇头道：“如果这三年我真的有意识的话，决不会好过，幸好感觉才是前几天看到你小子一样。”

耀阳点头道：“我也差不多，你感觉三年的变化怎么样？”

倚弦道：“还不错，只是醒来后见到几个熟人，所以路上有点耽误，慢了一步，要不昨天就应该过来了。”

旁边小千和小风道：“师叔啊，我们可是真真切切地想了你三年……”

耀阳笑骂道：“你们两个臭小子，都三年了，别的没长进倒也罢了，反倒越来越会拍马屁了！”

小千和小风忙道：“没有，我们哪里是拍……不是……是绝对不会的。”

耀阳嘿然几声，没有表示什么特别神色来，又道：“你们先回去通知一下大家，说是你们师叔回来了，我们稍后便到。”

“好！”小千和小风兴奋地腾身而起，朝着牧场风遁而去，当然是想快点回去将这个好消息告诉牧场诸人。

看着小千和小风离去，耀阳微微一笑，转头看向倚弦道：“小倚，我们这算是第几次死而复生了？”

倚弦微一皱眉沉思，道：“好像是第三次了吧……”

耀阳叹道：“想想看，凡人自古唯有一死，我们却死了不止一次，不知是该高兴呢？还是该悲伤呢？”

倚弦惊诧地看了耀阳，讶道：“小阳，你怎么也会有这样的感慨？虽然再次死而复生的感觉实在是难以言语，你也不至于有这样的感叹吧？一点也不符合你平素的性格哦！”

耀阳笑道：“没什么，只不过是一时感叹而已，说起来我们每次死而复生仿佛都有所收获，这次也不例外。”

倚弦点头道：“说得不错，这次的重生，我们也算是脱胎换骨，修为大进。之前见了那卓长风和陆压，我也自信未必会落于下风。”

“卓长风，陆压？”耀阳一愣道，“卓长风这家伙是蚩尤的走狗，居然还敢去见你，他不怕被你的龙刃诛神一剑给劈了？还有那个陆压不知失踪多久了，你在哪里见到他的？”

倚弦沉声道：“卓长风是奉蚩尤之命，在路上等我然后传话的，他啰里巴嗦说了半天，无非还是老调调，就是意欲与我们合作！我没有答应也没有拒绝。我可不比你的暴脾气，他来见我早就料到我不会出手，可见此人心机很深。”

“那陆压呢？这个家伙近几年在哪里？”耀阳问道。

倚弦露出古怪的神色，道：“你肯定想不到陆压此时在人界的身份。”

耀阳疑道：“他在人界的身份？”

倚弦摇头不已，正色道：“恐怕谁都想不到，那比夏桀更加暴虐无道的纣王，竟然就是独立于四宗之外、数一数二的顶尖法道高手——‘奇湖之主’陆压。”

耀阳闻言睁大虎目，难以置信地道：“不会吧？陆压就是纣王？这个玩笑似乎开大了。”

倚弦苦笑道：“虽然让人真的难以相信，但是，事实就是如此。我亲眼目睹，还不小心被他发现，差点跟他交手，怎么会不清楚呢？”说着，他将去朝歌见了王奕然后去皇宫会陆压的经过一一说了出来。

耀阳皱眉半晌，道：“这下可真麻烦了，殷商的实力本来就是根深蒂固，非其他势力可比，如果再是陆压当权的话，以这个家伙经营‘奇湖’家业的能力，殷商可能更加难以对付了。”

倚弦道：“现在的三界形势相对平和，但是底下却是波涛汹涌，表现在人界的就是各大势力相互征伐。神玄魔妖四宗差不多都在等待蚩尤或是元始等人早日复出。所以一时形势难明，但是可以确定的是，魔妖两宗将会更加实际参与如今的天下争霸之中。”

耀阳“嗯”了一声，道：“你说得不错，现在牧场也无可避免地处于这个漩涡之中。牧场所在的位置和大量的战马资源，正是其他各大势力所觊觎的，殷商和四大诸侯因为牧场所处地理位置在几大势力之间，所以还有所顾忌不敢轻动，但是一些敌方小势力正是看出这一点，开始变得越来越肆无忌惮，咱们比较熟的伯邑考就是其中之一，你来之前牧场早已岌岌可危，幸好伯邑考那家伙胆小，被我吓了一把先溜了，嘿……否则结果很明显！不过也活该他倒霉，他原本以为我们死了，首先就触了老子的霉头，所以不得不教训教训他。”

倚弦笑道：“伯邑考那家伙遇到你算他倒霉了。不过还有一件事情，你得担心一下。卓长风那家伙替蚩尤传话过来，显然是说如果我们不跟他们合作，最后的结局将是万劫不复的局面。”

耀阳嗤之以鼻，不忿道：“这个老不死的以为我们还会听他的不成？没有他，我们才能活得更加潇洒自在，别理他，迟早有一日我会让他知道——敢对我们兄弟不利的人都没有好下场。”

倚弦早知耀阳会有如此反应，只是摇头淡淡一笑，出言问道：“暂且不说他们，你现在有什么打算？”

耀阳微一皱眉，反问道：“那你认为我应该有什么打算呢？”

倚弦笑着看着他道：“小阳，你现在似乎有些犹豫了，从前你的立场似乎没有现在这么不肯定？”

耀阳苦笑，耸耸肩道：“如今的形势可不像以前这么好，我也要学着多考虑一点。”

倚弦可不想在这个问题上跟耀阳纠缠下去，便岔开话题问道：“几个嫂子呢，她们现在怎么样？你去找了她们没有？”

耀阳摇摇道：“现在哪有这种时间，就算打退了伯邑考，牧场情况也甚是危险，不容得我离开。而且我在等你，根本无暇顾及她们，不过她们现在应该还在剑宗，也很安全吧。就算我们是魔星又如何，一向标榜正义的神玄两宗也没有道理为难几个女流之辈吧。”

倚弦“喔”了一声，道：“我还是认为，你什么时候最好去找找她们。”

耀阳跟他这么多年兄弟，哪会不知道他的心思，笑骂道：“你这小子就会转移话题，快回答我刚才的话，你认为我应该做什么打算？”

倚弦没有任何犹豫，道：“不管你这小子想做什么，做兄弟的都会全力支持你。大不了咱们把整个三界翻过来。”

“够兄弟，有志气！”两人对视一眼，一起畅快地大笑起来。

有了倚弦的支持，耀阳豪情万丈，大声道："我不管蚩尤找卓长风传话的意思是威吓还是激将，抑或别有用心，我都会按照自己决定的去做，就不信有小倚你的支持，三界之内还有我们办不到的事情。"

倚弦问道："看你的样子，好像是有了决定吧？"

耀阳点头道："不错，我的想法一直没有改变，就是亲自取得这个天下，让神玄魔妖四宗不能再任意干涉人界事务。我要攻入朝歌，将王奕大哥他们解救出来，让他们能跟其他人一样，做自己想做的事情。我更要天下再没有下奴，只要在我的国土内，所有百姓都能吃得饱、住得好，不必再有人遭受花子爷爷与我们当日所受之苦。"

倚弦没有丝毫惊讶，道："你小子果然还是这样的想法，不过这次我不会再阻止你，一定会支持你到底。现在我反而要说，你可不能动摇意志，王奕大哥他们正等着你攻入朝歌的那一天，他们没有一个人怀疑你的能力。"

耀阳坚决道："放心，我不会让他们失望的。对了，你去朝歌见到王奕大哥他们，他们现在怎么样？"

倚弦道："还是老样子，但我临走前将王奕大哥的气脉打通，现在的他只要不是遇到法道好手，常人根本不是他的对手，也算让他有了自保之力。"

耀阳欣然道："这样就好，当初我去朝歌的时候，空有一身元能不懂如何运用，所以帮不了他什么，你这么做我就放心了。迟早有一日，我会攻入朝歌一统天下，让什么神玄魔妖四大法宗全部滚出人界。"

倚弦道："有志气，不过我要看看你的斤两是否够这番话的分量。"

耀阳豪气大发，意念微动，金光闪烁，九龙护体的轩辕剑便蓦地出现在他手上，斜指地下，喝道："哈，我也想看看你三年来有多少的进步，来吧。"

倚弦大笑，紫光盈然，伸手祭出龙刃诛神，同样直指耀阳。

两人赫然叱喝，抡起手中神器，几乎同时出手。

剑气飙扬，紫色光龙跟九条金龙正面交锋，双龙吟啸，响声震天，山顶之上狂风大作，劲气逼人。

耀阳和倚弦各退一步，皆是大笑，连称爽快。两人的元能修为精进一样，这一对击是平分秋色。两人很有默契地摸清对方的修为，自然不会再傻傻的正面对击。

耀阳性情狂烈，快一步出招，双手握剑，强力斩下，两道金色半月形剑气向倚弦飞飙而去。这次的“双月交辉”比跟小千和小风出手之时强了不知几倍。锐利的锋刃划破虚空，有着无比的杀伤力。

但倚弦也不是小千和小风，丝毫不躲，布起“绝龙壁”的改进绝学“天垒之界”，同时斩出龙刃诛神，不知何时领悟“灵悟剑诀”而创出的“紫气天罩”击出，紫色光芒蓦地狂涨向耀阳劈头盖脑罩去。

两道金色剑气击在“天垒之界”上，顿时一声霹雳，倚弦周围见得金光爆散，紫彩闪华，以诡异难防见长的“双月交辉”还奈何不了坚如铜墙铁壁的“天垒之界”结界。

当然耀阳也不是吃素的，左手挥出“五行缚身”，五道玄能就将倚弦的“紫气天罩”完全缚住，紫色光芒在玄能束缚下挣脱不得，不久自行消散。

“看来不拿点手段出来还赢不了你。”耀阳没有任何迟疑，大喝一声，轩辕剑再次斩出，这次却是四道半月形金色光芒。

虽然不明所以，但是他不敢大意，已默运冰火异能，展出比“寒星变”更强的自创绝学“烈寒暴雪”，顿时一片强烈无比的暴风雪转而扑向耀阳，其中蕴含的强悍劲气足以粉碎坚石。

而此时，四道半月形金色光芒已合而为一，金黄色的一片剑气，完全不像以往那般华丽，却以威力远比“双月交辉”强了两倍不止之势击向倚弦，而且其之迅猛带起无边玄能，强大的气势封住了倚弦所有的退路，若是倚弦。

这招也是耀阳改良了“双月交辉”的“狂野烈阳”，狂如烈阳，可谓势不可挡。看这一击之势不是刚练成的“天垒之界”可挡，倚弦自然不敢大意，厉喝一声，挥剑“平分半天”而出，剑气如在前面立下一刃口向外的粗大利器，烈阳般的剑气破开暴风雪却硬是被阻，两道剑气相撞同时震裂，因此威力大减的剑气被倚弦的“天垒之界”堪堪抵住。

结界狂震，倚弦还是被震退了一步，呼道：“不错，小子，不过这样就想败我是不可能的，再加点料吧。”说话中再舞手中神器，剑气斩成三道齐扑耀阳。

耀阳使出“水镜幻界”，“烈寒暴雪”虽强，但是范围太广，劲道早已分散，自然无法击破这个结界。但紧接着来的却是三道并不华丽却无比锐利坚悍的剑气。

看那剑气飙来，似能割裂一切，耀阳骇然，风遁急起，挥手闪电般全力使出“五行缚身”，五道坚韧无比的玄能适时将三道剑气缚住，但是三道剑气强胜寻常，只是微滞便立刻挣脱玄能附体，向耀阳追来。

但就这一滞，耀阳便缓过劲来，强猛无比的金龙剑气劈斩而出，一口吞噬了三道剑气，还不止势，再袭倚弦，不过这只是余劲并不强悍，被倚弦一拳轻松击碎。

“看我这招，‘天焰之剑’！”耀阳再次主动出击，轩辕剑连续三刺，金光中含着能烧熔一切的烈焰剑气竟是划过一条弧线，以诡异的方式直袭倚弦。

倚弦竟是看不出那烈焰剑气的轨迹，又知道这剑气的厉害，绝不是现在初成的“天垒之界”可以挡住，只能骇然骤退，那剑气却如附骨之蛆以令人难以摸清方式追击着他。

“哈哈，知道本将军的厉害了吧，再让你看看‘炎龙怒雷’！”耀阳以剑斩出一条炎龙，这炎龙与以往相似又有莫大区别，炎龙迅猛如雷比剑气更快瞬间扑到倚弦前面。

倚弦急忙闪身躲避，谁知炎龙在他身后猛地爆炸，声如雷爆，气浪如潮，差点就冲得倚弦一个踉跄，好不容易稳住身子，那烈焰剑气已经到了眼前。

避无可避，唯有使出最强的防御绝学。倚弦双眼厉芒一闪，低喝一声，左手双指抵在龙刃诛神之上，叱道：“紫天不破。”却见双指间紫光闪烁而出，化成一个小型紫龙印记，龙刃诛神突然紫光爆散，转眼间集起无形的紫光龙盾。

烈焰剑气虽然变化莫测，但是那有异能催发剑气虚化出来的气盾全将倚弦的正面完全封住。

“砰”，火光散开，烈焰剑气击在紫光龙盾上立即化为火花消散。那紫光龙盾竟丝毫没有颤动之势。

“果是不破。”耀阳知道那“紫天不破”能挡住自己的“天焰之剑”，的确是坚韧无比的防御绝学。不过他没有想过因此停手，反而更有兴趣，哈哈一笑，挑剑而起，比之以前更加实用的“星火燎原”击出。

没有以往那么夸张，但无论是烈火出现的速度还是火势都远非以往可比，倚弦故伎重施，施展“天垒之界”，同时展出“烈寒暴雪”。冰寒入骨的暴风雪狂作，将燎原烈火轻易扑灭，而“天垒之界”将随之而来的气劲尽数挡住。

对耀阳而言，“星火燎原”只是前奏，马上斩出“万仞同归”的改进绝学“天刃如焰”，这次便见烈火以倚弦为中心飞旋集合，那万仞已经集结成一把惊人利刃随之急旋飞斩。

倚弦大惊，这招不可能再以刚才的方法破解。如果让那利刃击中，就算是有“天垒之界”，身子也肯定会被割裂，他可不想再花个几年恢复肉体，当下大喝一声，身子不可思议地一扭，龙刃诛神斜拍而出，击在利刃剑气之上，身子随之飞旋，最后飞出烈火范围，狼狈躲过这一劫。刹那间转了十几圈，他的头一时有些昏眩，但是他知道危险，身子微弹，风遁急起。

耀阳早已追击而到，剑气隐而不发，轩辕剑大开大合地斩出，不需要华丽的表现，神器之利让之更显威胁，亦更少耗费玄能。

倚弦顾不得辨分东南西北，龙刃诛神划过半圈，形成剑气如屏，堪堪抵挡。不过耀阳挥斩轩辕剑之强，岂是这剑气可以抵挡，顿时剑气像是琉璃般破裂。

倚弦也没想过凭这个能挡住耀阳的攻击，只是拖延一点时间缓口气而已，此时他身子竟以远胜风遁的速度后翻而退，龙刃诛神却抢先一步在空中斩出剑气天幕盖下。

耀阳骇然，他也想不到倚弦能在这种情况下做出反击，只能劈出剑气将那天幕击碎。这时倚弦已经从下风中脱了出来，在耀阳的震骇中遽然还了一剑——“冰刃成海”。

耀阳不料倚弦能扭转形势，却在这一瞬间被周遭冰棱群锋所困，冰寒之气将他前后左右无不封死。

耀阳大惊，怒叱一声，轩辕剑发出惊天龙吟，剑气冲天而起，他已然挣爆冰棱。而这时倚弦乘早一步，斩出剑气凝成冰寒之极的满天雪花，那雪花随劲气激射，看似没什么，事实上却是像是无数锋利的刀片奇袭耀阳。

看着满天像是暴雨爆射而来的雪花，耀阳很清楚这种攻击并不是很强，不至于致命，但是那种锋利足能割裂大部分的结界，让人遍体鳞伤。布结界防御，并非耀阳所长，他对威力强大的防御结界也不是很熟悉，自然不可能匆忙施展冒险。

耀阳仅有挥剑连斩数剑，剑气化成劲猛狂风，将无数雪花尽数迫散。但是这种劲风根本没有一点杀伤力，丝毫阻拦不了追上来的倚弦。形势在这几招间便完全逆转，现在落下风的是耀阳。

倚弦扑上的同时，早就出招。耀阳刚化解一个危机，便见四道冰寒剑气斩向他上下左右四个方位，那四道剑气分散甚开，完全无法击中耀阳，但是耀阳也根本逃不出它们的包围，除非他想被剑气击中。

耀阳不明白倚弦这招用意，只能在这看起来并不危险的时候全力布下了很不熟悉的“断金刃界”，顿时浑身玄能化成满是向外锋刃的防御结界，这个结界很强，甚至对敌人的攻击有反伤作用。却有一个弱点，为了拥有最强时能割裂一切物体元能的锋刃反刺，结界过坚而不韧，容易被震碎。这个防御结界牺牲了结界防御的持久性，增加对敌的反制性，无疑很不稳定，只是这个时候他也只能想到这个能应付不明白的情况。

剑气从耀阳周围冲过，一点也没伤到耀阳，但是耀阳却骇然发现，四道剑气所带的寒气从未有如此之冷，竟能将空气也冻结。耀阳感到陡然身形一滞，惊骇莫名，现在他清楚地知道了四道剑气的作用。

倚弦已经扑上，龙刃诛神毫不客气地以雷霆之势向耀阳狠狠斩下。

幸好，耀阳早预料到危机，需要时间准备的“无间遁法”刚好完成，寒气凝结在于刚劲，“断金刃界”也发挥了作用，反刺破开被凝结的空气，让耀阳有了足够的空间。

倚弦一剑强势斩下，但是耀阳早一步已身在数丈之外，脱离了危险，倚弦这一剑自然劈空。两人再次处于同一水平线。

耀阳和倚弦对视一眼，心意相通地齐齐大笑起来，同时斜身一剑向远方劈出。

龙吟中，却见轩辕剑的九条金色光龙纠缠而出，最终融成一条霸气无双的金色巨龙，金龙刚好与同样斜劈而出的紫色光龙相撞，但是斜斜相撞的剑气并没有互相抵消，而是转变方向，双龙化成金鳞紫龙呼啸而出，掀起滔天风浪。

“轰!”金鳞紫龙猛地撞在远处的一个山头，顿见金光紫气激散，照彻百里之内，如九雷齐下的霹雳惊声中，山摇地动如三界末日，竟还远远影响到他们脚下的山顶。

这一击可能惊动了百里之内的所有人，牧场是更加不用说。耀阳和倚弦相视苦笑，这次的合力一击似乎太过火了，两人自己还感觉有些耳鸣呢。

“爽快!”耀阳咧嘴舒爽地一笑。

倚弦摇头道：“你小子太好战了，先回牧场吧，否则，恐怕他们会担心。”

两人立即急速风遁而回，到了秦府，发现只有小仙在，问过才知秦骊如几人都去了牧场军营，正在校场等着他们的到来。耀阳问秦骊如他们在那边干嘛，小仙却卖关子没说，只是露出高深莫测的笑容，声称去了就马上可以知道。

他们大是诧异，没有迟疑，马上转向军营而去。

片刻便到了刚刚开始重建的军营上空，眼前的一切看上去虽然还是有些破损，不过经过一番收拾后，已经不再满目狼藉。

耀阳和倚弦在半途中没有停留，从空中凌风而下，潇洒地落在校场高台之上。两人皆向秦骊如姐妹和老将莫凌风抱拳示意。

秦骊如率领牧场所有兵士在校场早已等候他们多时，见两人如天神般御风而下，顿时喝声如雷，数千将士竟是齐齐跪倒在地，高呼参拜耀将军。秦骊如姐妹和莫凌风丝毫不加阻止，反而脸含微笑地看着两兄弟。

兄弟俩可是愣在当场，半晌才反应过来，耀阳大讶道："怎么回事，你们这是……似乎太隆重了，我已经不是什么西岐大将军，着实担当不起!"

这时，秦骊如姐妹和莫凌风却也是走到耀阳前面，当即跪拜下来，在耀阳和倚弦不知所措中，秦骊如眼神坚定，沉声道："耀将军，我大洪牧场屡得将军所救，从今日起，牧场和秦家上下将立誓永远追随将军麾下，听任将军差遣。"

"我等愿誓死追随耀将军!"台下数千将士一起震喝出声，有如震雷。

"什么……"耀阳一时方寸大乱，险些失声，他虽然想过这一天，但怎么也没想到会是这么快，特别是刚烈如火的秦骊如竟亲自率牧场上下说出效忠自己的话来。

倚弦微讶，却觉得这并不奇怪。牧场军民上下因为三年前那场妖魔之灾后，都对他们兄弟俩敬若神明，加上耀阳对秦家的屡次施以恩惠，再说牧场选择效忠威名震撼天下的耀阳并不让人意外，毕竟耀阳战无不胜的实绩在现时的天下来说，已然无人可比。

耀阳沉住气，想要先行扶起秦骊如等三人，但秦骊如断然拒绝，坚持再三道："耀将军如果不答应我等，我们便绝不起身!"

看秦骊如等人的神情坚决，耀阳惊讶异常，问道："你们这是何故？大洪牧场乃是秦家祖业，岂能为我等外人所掌控，这……万万使不得……"

秦骊如铿然有声地道："耀将军，如今天下乱世之相已定，世上无有安宁之处，我秦家牧场断无可独善其身。而牧场资源丰富，战马更是兵家必需之物，我们若不依附明主，只会惹来无穷觊觎，最后沦为诸侯争霸的附属品，到时秦家数百年的基业恐怕就要毁在我等手中。故而，恳请耀将军可以让我们追随你的麾下，既能建不世基业，同样更能保住祖宗基业。”

耀阳摇头不已，不解问道：“其实，当今天下势力强大者不少，你们为何独选手无一兵一卒的我呢?”

莫凌风道：“当今天下纷乱，明主难求，耀将军虽无一兵一卒，但是领兵作战以来战无不胜，所向披靡，更屡次力挽狂澜救下形势危机的牧场，此等丰功伟绩，天下何人能比？耀将军的雄才大略远胜十万大军。我牧场既然不可能置身天下争霸之外，与其依托在其他郡镇势力下担心他们会否吞并我们，还不如追随耀将军白手起家打天下。”

耀阳望着众人诚恳的神色，沉吟半晌回望倚弦，现在他需要倚弦的意见。

倚弦微笑地点点头，道：“你忘了我方才跟你说过的话吗？做兄弟的我永远都会支持你的，现在你的理想就可以从此而起。”

连倚弦都赞成，耀阳顿时雄心万丈，震声道：“好，我——耀阳今日就此接受大家的盛情！从今往后带着大家去夺这个天下，并在此立誓，大洪牧场永为秦氏祖业，而众位今日成就耀某之功，他日必将结草衔环以抱！大家快快请起。”说完，忙将秦骊如三人一一扶起来，又喝声让所有将士起身。

“我等愿誓死追随耀将军！”台下数千将士起身再一次爆出雷鸣般的应声。

见到耀阳终于同意，秦骊如、素儿、莫凌风大感欣喜，纷纷起身而立。

“多谢大家如此信任耀阳！”耀阳的话出自真心，自是非常真诚，让人不由自主地对他更加信服。秦骊如三人微笑以对。

耀阳深吸一口气，上前一步站在高台的最前面，张扬双手，像是要将天地揽在怀中，那睥睨天下的气势似乎能将这一片江山踩在脚下，配合他高挑的身姿，以及磅礴难撼的龙之霸气，竟仿佛令牧场突然起风，吹扬得旗帜招展。

迎面而来的风，似乎就是来自耀阳那天地独尊的霸气，让万余将士心甘情愿地臣服其下。对那些将士而言，此时的耀阳就是他们的神，他们深信只要跟着耀阳就能战胜一切敌人。

耀阳双眼厉光如电，一眼扫过台下黑鸦鸦的一片，缓缓道：“现今天下各大势力割据，谁也不容得谁。我们相对于其他势力而言，非常弱小，甚至可能完全不被看在眼中。我们也可能受到其他势力的严重挤压，现在的形势很严峻。”

听耀阳说这话，全场将士默然，只是静静地看着耀阳。秦骊如、素儿和莫凌风等待他后续的说话。倚弦对耀阳非常了解，微笑着听他说完。

耀阳微微低头，沉默须臾，高声道：“但是，我耀阳决不会向他们低头，誓要打下这一片天地。我深信，所有牧场将士们能跟我一起突破重重围困，将这天下囊入怀中，让我们一起重建天下建功立业。只要你们愿意跟随我，信任我！天下之大，便没有我们不能攻陷的地方，敌人虽强，我们亦能战无不胜。你们有没有信心?”最后一声挟五行玄能而出，声如雷鸣。

“誓死追随耀将军!”秦骊如三人不失时机地配合耀阳，随声高喊。由于事关重大，一直没有说话的小千和小风自然不会落下，连忙一同喊声，他们机灵得很，还故意运用元能将声音扩散出去。

“誓死追随耀将军!”其实不用秦骊如等人配合作势，耀阳在牧场上下诸人的心中已经有如神一般的存在，顿时，整个牧场上空回荡起万千将士震撼百里的应誓高呼。

震呼声中，无数戟矛仰天举起，反射出耀目的白光，旗帜亦是迎风展扬，士气高涨，让人不由情绪激动高昂。

看着眼前热血沸腾的场景，耀阳心中大是振奋，他终于有了第一支完全属于他的军队，从此之后，他将不再需要受到任何人的挟制。

与此同时，他也想到他一生中所见的最强的一支军队——曾经见过黄天化所率领的飞虎军，那被殷商威武成王黄飞虎训练出来的钢铁劲旅。只有这样的一支军队，才能让他更自信地纵横沙场，甚至跟有姜子牙辅助的姬发一决高下。

“一定可以的。”耀阳非常自信的想到这些。

姜子牙不愧为玄宗最有才华的弟子，他的《龙虎六韬》实是无与伦比的军事奇书。现在的耀阳对《龙虎六韬》几乎已经完全了解，已经可以从姜子牙手中出师了，所以对耀阳来说，能跟算得上他半个师父的姜子牙领兵一战，实是人生快事，他下意识中甚至期待着这一天的到来。

“姜先生，终有一日，我们可以一较高下，看是你这个师父厉害，还是我这个徒弟更强！”校场高台之上，耀阳缓缓举起右手，紧紧地捏紧拳头，阳光沐浴之下，浑身金光盈然的他就如天神一般。

第一百三十九章　征战天下

经过一番整顿之后，众人离开了校场，回到秦府。

到了秦府的议事大厅，各人上座，小千和小风则是自觉地站在耀阳身后，现在牧场将士皆成了耀阳的下属，他们做徒弟的当然是大有荣耀感。

秦骊如并没有坐下，向耀阳抱拳道：“将军，现在骊如为您说明牧场兵马的情况，请将军交接检阅！”

耀阳知道军法如山，这时候他也不必谦虚，便道：“秦小姐尽管道来！”

秦骊如娓娓道出：“战后，我牧场兵力现有五千上下，其中三千是步兵，大部分皆是老兵，而新兵经此一战也差不多成熟一些。同时，牧场之中有战车千辆，尚有两百辆没配兵马，而所养马匹却不止一万之数，远多于现有战车所需马匹的十倍不止。”

耀阳点点头，道：“看来牧场的潜力不小。”

素儿起身补充道：“加上最近秋收返农的兵士，牧场真实兵力应有万余，正因为临近秋收，多半兵士返乡务农以助生产，所以才会让伯邑考有机可乘，不过也因此得以保存实力！”

莫凌风亦是站起来道：“老仆有一事要说，牧场兵马数量上还算可以，但是我们万余兵马竟只有两百余名各级将官，这令我军对下指挥，统合全军增加不少难度。而且，我牧场在数年前尚无兵患，故而训练方面还有缺陷，将士战力跟其他各大势力相比，恐是大有不如！”

“多谢莫老提醒！”耀阳谢道，心中感叹不已，这莫凌风的确是个经验丰富的老将，提出的这两点很是重要。

莫凌风微微一笑，又道：“不过，也有不错的，三年来，牧场也发掘招揽了不少人才。老仆和小姐等人商讨过，其中有六个人应该是可用的将才，他们在三年来的表现甚是出众，忠诚方面也决无问题。”

“哦，莫老可否带他们过来一下。”耀阳大感兴趣，征战天下最重要的就是人才，否则就算手下大军十万，他一人之力也不可能指挥得了。

“老仆这就带他们过来！”莫凌风当下便匆匆而去。

显然，莫凌风早料到耀阳的想法，所以很快就带了六人进来。

那六人此时仍是一身戎装，行至耀阳面前站定，齐齐跪行军礼，道：“末将等见过耀大将军！”

耀阳仔细打量六人，发现他们皆是三十五岁以下的青壮年，年纪最轻的一个看起来比耀阳和倚弦略大一点而已，个个都精神得很，双目精光绽现，孔武有力似乎能打死老虎一般。他们眼中的神色各异，有兴奋，有紧张，也有冷静。不过他们无一例外都露出敬慕耀阳的眼神。

耀阳满意地点头道：“看各位将军精神抖擞，很是不错，能否自我介绍一番！”

最为魁梧的大个子首先走上一步，虬髯布起的大脸有兴奋之色，他大声道：“末将赵成，今年二十八岁，从小在牧场长大，入军五年，杀敌上百。”

……

如此一开，其余诸人一一自我介绍，年纪最大的是三十四赵桐，除了赵成之外，依次下来就是三十三岁的黄德远，三十岁的秦真，二十七岁刘和，以及二十三岁的莫继风。

莫继风是莫老的儿子，以莫凌风的耿直性格，耀阳相信莫继风如非真的能力出众，现在定然不会出现在他的面前。以往他根本不知道莫凌风的儿子，看来莫继风应该是最近三年里证明了自己的能力，真是虎父无犬子。而英伟的莫继风现在的表现也是最为镇定冷静，颇有乃父之风，是个不可多得的可造之才。

耀阳以《幻殇法录》中的神视之法，一眼扫过诸人，就立即清楚了他们的体脉禀性，几人的资质都非常不错。

既然是秦骊如和莫老推荐的，耀阳也没有再试什么，无论是对两人的尊重还是信任，他都不必也不应该在这时试他们的才能。

耀阳只是以目光逼视六人，沉声道：“六位将军，我要告诉你们，现在牧场形势严峻非常，各方势力对我们虎视眈眈，而且本来不愿得罪我们的几大势力，也可能因为我们参与争霸而打压我们。你们可有信心跟随本将吗?”

“不论有多困难，我等追随将军的决心决不动摇!”面对耀阳的凌厉目光，六人毫不犹豫地铿然道。

“好!”耀阳的眼神转为柔和，道，“你们皆是我牧场大军的支柱，不容有失。所以日后我会传授适合你们体质的玄门法道，让你们有一技傍身。”

“多谢将军!”六人无不大喜，连一直很冷静的莫继风也欣喜若狂。耀阳的法道修为有目共睹，他们在敬慕之余也是羡慕不已，此时能得到这天神一般的耀阳传授法术给他们，哪还按耐得住心中的高兴，他们知道只要从耀阳那里学到一些皮毛，都可受益不浅。

耀阳起身向六人抱拳行礼，郑重地说道：“那么，各位先回去休息吧，以后牧场都要仰仗各位将军了。”

兴奋非常的六人忙回礼，然后欢天喜地地离去了。

耀阳点头赞许，对秦骊如和莫凌风道：“这六人都是难得的人才，可为大用，不过，我们还要从军队中抽出其他有能者，单他们六人还不够。”

秦骊如和莫凌风连连说是，素儿本就对军事作战之类的不熟，自是不表意见。倚弦则在旁微笑的看着耀阳有条不紊处理事情，心中宽慰非常，同时更清楚地知道，此时的耀阳正在走向一个全新的开始，一个谁也无法预料未来的开始。

莫凌风道：“既然要行军立威，征伐天下！我们现时最重要的便是——立军扬名，如此一来，才能更快规划整军兵马的名目!”

众人无不赞同，秦骊如对耀阳道：“那就请耀将军为大军正名!”

“这个……”耀阳知道此事决不可小觑，不由皱眉思忖良久，也没想到什么好名字，毕竟这个可不是他所擅长的。

半晌之后，他只能探肩轻撞倚弦，问道：“小倚，你有什么意见吗？”

倚弦摇头道：“你可是大军的总帅，这事当然要你自己拿主意，我帮不上忙。而且你也知道，这些军机事宜并不是我的专长！”

耀阳苦恼再三，道：“可是说到这取名字，我可不行啊。你们大家谁有什么好的意见吗？”

莫凌风沉吟道：“老仆倒是有个主意！”

众人忙催促莫凌风快说下去。

莫凌风缓缓道：“现在的殷商有扬威天下的飞虎军，只要说出飞虎军便无人不知其主帅就是武成王黄飞虎，老仆认为咱们可以效仿这个方法，以耀将军的姓名立军！”

“这是个好主意。莫老说得不错！”秦骊如点头道，“不但可以让耀将军从前的名号‘火舞耀阳’变得更为响亮，更可挟当年耀将军战无不胜之势，令民众闻风响应，迅速壮大我们的兵马！”

倚弦大有同感，亦是点头连连称是。

这下轮到耀阳有些不好意思了，迟疑半晌，道：“我这个名字原本毫无出彩之处，而且整个天下跟我同名同姓之人恐怕没有上千也有成百，似乎不是立军扬威的好选择。况且我书读的也少，一时也想不到更好的名字，所以这事还是你们来吧，我在旁听着便是！”

众人想想也是，如果称之为“耀阳军”的话，可不像“飞虎军”的名头既好听，而且有代表无敌之师的感觉，尤其是在字形上并不好看，更没有什么好意头，显然不是一个好选择。

众人都在皱眉沉思，小千和小风一时也不闲着，接连说了几个名字无奈都被打掉了，一时间，立什么样的军名成了众人面前首要的大难题。

秦骊如苦思片刻，忽而灵机一动，俏目一挑，道：“不知将‘耀阳军’改为‘曜扬军’如何，日翟曜，扬威的扬，取得是曜武、扬威之意。”

“日翟曜，日为尊，更兼万炎朝阳之意，果然好名字！”众人皆是眼前一亮，大声叫好，连耀阳也是喜出望外，连连点头。（编者注：古人素来崇尚日、月、星辰等等大自然的事物，所以在名称上认为只要与其有所关联，一切就会吉祥顺利，甚至更有其他各方面的象征寓意!）

众人一致通过，当即便定了下来，秦骊如立即先行告退，兴匆匆地去打点一切，既然已经定名立军，自是要乘早赶做旗帜、将服等物。莫凌风自然留下来，他要跟耀阳和倚弦仔细商讨各营将士军职的划分，以及一些立军的细节。

这些方面，老实说倚弦所知不多，只是偶尔提点意见而已。而耀阳当然是兴致勃勃地和莫凌风谈了许久。

过了些许时辰，耀阳和莫凌风才算将此事商定。半途，小千和小风感到无聊，就找个借口溜了出去，耀阳知道他们玩心较大，一时也懒得管他们了。

待到一切搞定之后，莫凌风先行告辞去安排了。接近午时，耐心陪着他们的素儿也告退去着人准备午膳。

耀阳长吁了一口气，回身对倚弦道：“小倚，现在有没有兴趣陪我去军营巡视巡视!”

倚弦抱拳行礼，恭敬地应声道：“大将军有令，小卒怎敢不从!”

“去你的！居然还敢跟我客套，找打!”耀阳说罢一脚横扫在倚弦屁股上，哪还有一点将军的风度。

兄弟俩笑骂着行出府，倚弦随着耀阳在牧场上下巡视牧场军营以及兵士，耀阳随口和倚弦讨论着各处应该构建的防御措施和放置兵力，得《龙虎六韬》真传的他说得头头是道，比初次来牧场之时说得更加准确有用。

倚弦看在眼里，心中欣喜非常，耀阳在兵道上果然有独到之处，不论是交谈还是一身气势，处在任何时候都尽显领袖风范，偶尔询问各处将士，和气的声音自然而然地带着不容抗拒的威严，让人不由得诚心服从。

“好小子，现在更有做将军的风范了。”倚弦不得不为之折服。

耀阳只能做个无奈的动作，大有所感地叹道：“其实一路来都是被逼的！怎么说呢，只能算是小有成就吧!”

言罢，耀阳驻足立于牧场兵营的大本营岗哨塔上，居高临下俯视整个牧场，最后再又抬眼望向洪泽岭一脉相承的山河万里，目光毅然道：“这只是一个开始！”

倚弦闻言点了点头，深邃的目光看到了兵营中、牧场前后百姓所居之处袅袅飘上的炊烟，心中暗自叹了一口气，道：“的确，这只是一个开始！”

第二日临晨，用过早点后，秦骊如和莫凌风一起来到耀阳所在的营帐，自是为了商讨今日的军机议程。好在耀阳与倚弦通宵都在商谈一些法道修持经验等等，自是显得不慌不忙地接待众人坐好。

几人刚准备坐好，便见素儿袅袅进帐来，看着几人先是福了一礼，问道：“素儿不会打扰各位了吧？”

素儿平日管理牧场内务，并不插手军机，所以进帐第一句话便是先行请罪，秦骊如有些诧异地问道：“当然没有，我们也是刚刚才到！还没有开始谈事哩！姐姐有什么事情吗？要不一起来商议，如何？”

“这些我多是不懂，还是不了！”素儿迟疑了一下，看向倚弦，轻声道：“倚大哥，你能不能出来一下，素儿有话要说？”

倚弦不由一愣，哪知耀阳已用暧昧的眼神一扫他，将他推了出去，笑道：“美人有请，哪里还有什么好犹豫的。放心吧，这里凡事有我，就算天大的事情也有我顶着，你这就快点去吧！”

倚弦没好气地瞪了他一眼，不过他也知道耀阳说的是实话，对于军事方面他不感兴趣，即使从耀阳那里草草知道一些《龙虎六韬》中的内容，相对于常人而言也算了解，但是跟耀阳、秦骊如和莫老相比，他就差远了。

当下，倚弦便跟素儿出了营帐，耀阳挤眉弄眼地哈哈一笑，但马上又恢复严肃的神色，开始和秦骊如几人商议军机要事。

出了中军营帐，素儿一路上默然无语，倚弦几次想要开口，但也不知该说些什么，行不多久之后，两人就漫步到了大洪湖畔。

望着湖中碧波如镜，素儿似有沉思，突然回身，一双俏目紧紧注视倚弦，柔声问道：“……你最近几年，过得还好吗？”

倚弦认为这个没什么可以隐瞒的，当下微笑着据实相告道：“三年前‘不周山’一役，我们兄弟可是粉身碎骨，尸骨无存，所以这几年来一直在本体元能帮助下恢复肉身，差不多都没有思感的，所以也就谈不上什么好不好的！”

素儿闻言“哦”了一声，又没话可说了，显然她的本意并非想知道倚弦这三年的经历，而是另有所指，无奈倚弦不解风情罢了。

这样的情况倚弦虽是有所经历，但此时多半还是觉得有些尴尬的，沉吟了片刻，他还是决定岔开话题，问道：“素儿姑娘，为何你们会想到将牧场兵马尽数交托给耀阳的呢？”

素儿心中着恼倚弦不明自己的意思，只能微微一笑，如实答道：“其实这个想法，并不是现在才有的。我们早在三年前便有将牧场兵马归附一方势力的念头，只是一直寻不到合适的人选，这才没有实施而已。”

倚弦讶道：“你们怎么会有这样的想法？殷商等各大势力并没有跟你们交恶，而且若不是有魔妖两宗之人撑腰的伯邑考出现，其他那些不轨的小势力应该不至于威胁到牧场的安危才是？你们暂时完全可以安居一方的。”

素儿摇头道：“你不知道，牧场看起来似乎很风光，但事实上，这几年撑得很辛苦。由于天下大乱，各方势力割据，牧场肯定受到他人的觊觎。没有办法的情况下，我们只能用买卖战马的钱粮来构建牧场的防御，并募兵征战，这笔账细细算来，最后的结果无疑是坐吃山空。”

倚弦疑惑道：“以你们数百年的根基，应该不至于这么快就消耗殆尽？”

素儿苦笑道：“你别小看了兴兵征伐这其中的花费。这笔钱花费得可是不小，虽然牧场数百年的积累还有不少，但是在乱世，军费花销永远是没有底的，我们可以支持三年，却未必支持得了十年。长此以往，以一个牧场之力怎么养得活一方兵马？我们陷入困境，只能另想办法，而现今乱世唯一的办法只能投靠某一方势力，不只是我们，甚至包括一意坚守家业的父亲也开始有了这个想法。”

倚弦赧颜道：“不好意思，我对这个不是很熟，说的话让你见笑了。只是已经三年了，你们为何还是独守牧场呢？”

素儿叹气道：“当初，我和骊如也以为以牧场的家产积累，就算养着一直能征善战的军队也不困难，事实上一旦实施起来，才知钱财花费之巨远非平时可比。况且如今天下形势复杂难明，根本不知道投靠谁才会安全，再则各方势力都不是善与之辈，一不小心我们就可能上当。谁都不想让这一片家业最后被其他势力吞并，所以一直拖到现在！好在耀将军和你回来了，骊如这丫头才落下了心中的大石，我也是一样……”

“原来如此！”倚弦恍然，看看素儿问道：“但是，你们怎会相信我们兄弟这两个——神玄两宗认定的三界魔星呢，说不定万一我们的魔性大发……后果恐怕更难以想象！”

素儿“噗哧”一笑，说道：“秦家受你们的恩情还会少吗？没有你们的话，我们牧场早就成了别人的，现在有什么好怕的呢。而且相互接触久了，我们自是信得过你们兄弟俩的为人，哪管其他人如何评述你们呢？”

倚弦心中欣慰，道：“你们不会是为了报恩才这样做的吧？”

素儿道：“怎么会？秦家再想报恩也不可能不顾自己家业，有此决定是我们深思熟虑的结果。不管从哪一方面考虑，这都是非常英明的决定！”

倚弦饶有兴趣地问道：“这怎么说？”

素儿笑道：“首先，耀将军的人品以及能力足以令我们放心，这是最重要的。其次跟其他势力相比，耀将军手上没有兵马可用，或许正需要我们的加入，而就算我们加入其他各方势力，恐怕分量也不是很大，无法获得多少好处。三来耀将军在西岐建立的名气与威望更是难能可贵，凭借此点耀将军的发展就无可限量。四来轩辕剑与龙刃诛神的认主，耀将军在人界以及你在四大法宗之中都具有无比的影响力。所以秦家才会做出这个决定，除此之外，再没有其他好选择。”

“素儿姑娘说得甚是！”倚弦苦笑不已，他想不到这一切都应了蚩尤与卓长风所说，而且还这么快，看来蚩尤这只老狐狸的确是老谋深算，现在无论是他还是耀阳都深陷其中，难以自拔，最后恐怕真会因此跟神玄两宗对抗。

想到这里，倚弦忧心忡忡地思忖：“难道又要被蚩尤牵着鼻子走吗?”

叹了一口气，倚弦这才想起素儿找他出来必定是有什么事情，当下便问道：“说多了岔远了，不知素儿姑娘找倚弦所为何事?”

素儿略有蹙眉，反问道：“难道没有事情就不能找你吗?”

“不，我不是这个意思……”倚弦可不像耀阳这么厚脸皮，不由被素儿一席话说得甚是困窘。

素儿见他一脸窘色，不由展颜一笑，道：“只是跟你开个玩笑而已，别在意。我之所有找你出来，是想问问你……”

话一至此，素儿忽然玉面一红，话到嘴边还是咽了回去。

“问我什么?”倚弦愣住了，不知素儿的表情为何如此奇怪。

“咚咚……”这时校场的战鼓声动。

素儿和倚弦对视一眼，都知道这是所有将士聚集的号令鼓声!

倚弦点头道：“看来是他们是有了决议，我得去看看，不能陪素儿姑娘了。”

素儿微咬朱唇，缓缓道：“素儿想问你，对于秦家的选择，你们兄弟俩认为是对还是错呢?”

看着素儿一副恳求的模样，倚弦怎么忍心让她失望? 而且做了十余二十年兄弟，他自是清楚无比地感应到耀阳此时无与伦比的强烈自信，当下便满怀信心的如实相告道：“老实说，你们的决定对错与否，我也不知道!”

“但是有一点我却很清楚，我们兄弟两人自从踏足三界的第一天开始，做任何事情都从未失败过。不管过程有多艰难，最终我们都能达成自己的目标，我自信这次也应该不会例外!”

倚弦说完便告辞先行回了军营。

素儿神色复杂，只能默默地点头，心中直悔恨方才为何不将难言的心事尽数说了出来，现在只能幽然地望着倚弦远去的背影，痴痴地怔立当场。

倚弦借着风遁赶到军营，在校场上见到了一身金甲戎装、威风凛凛的耀阳，身后还有英姿爽飒的秦骊如以及老当益壮的莫凌风，个个都精神抖擞。

其他将士当然不可能比倚弦的遁术更快，暂时还是一队队兵士进入校场各自列队，随着一批批人马的鱼贯而入，倒也有些秩序，看来牧场的确曾经好好训练过他们，只是无论比起南域军还是西岐军来说，都差强人意地许多，更别说跟威震天下的“飞虎军”相比。

倚弦近前与秦骊如、莫凌风打了招呼，行至耀阳身后，关切地问道：“小阳，进行的怎么样?”

耀阳挤眉弄眼地笑道：“你等着看吧，等会儿将会有非常震撼的事情宣布，你可不要被吓坏才是。”

“去你的，什么事情能够吓得了我吗?”倚弦见他神秘兮兮的，疑道，“小子，是什么事情要搞得这么神秘，难不成是神玄两宗不帮姬发，而转回来帮我们？瞧你喜不自胜的样子!”

“你想到哪里去了!”耀阳更神秘地眨巴眼睛道，“这是我昨晚好不容易才想出来的策略，待会儿宣布出来，你要有点心里准备!”

倚弦无奈摇头道：“你小子还真是会卖关子……”

不久，牧场数千将士已经汇集在校场之中。几个下属将领分别出列，向莫凌风报到，然后由莫凌风回身向耀阳行军礼，恭敬地说道：“禀大将军，我军将士已经全部集合完毕!”

耀阳点头示意知道，莫凌风便再次退到他的身后。

面对翘首以盼的万千将士，耀阳微微一笑，接着神色肃穆，振声道：“承各位将士的信任，愿跟耀某一起南征北战。今日，便是我们立军扬威之日!”最后一句有如雷鸣霹雳。

只见校场之前，一面早已准备好的巨大旗帜稳稳当当的竖了起来，迎风展扬开来，所有兵士都看得真切，旗巾之上正是“曜扬”两个大字，便如烈日般耀目。

“从今往后，我们便是纵横天下的无敌之师——‘曜扬军’!”

耀阳声如雷鸣，扣人心弦。

“火舞耀阳，曜武扬威!”

“我们就是曜扬军!”

“耀大将军万岁!”

……

顿时，数千将士无不兴奋高喝，士气激扬沸腾，不可遏制，声响震天。欢呼声久久不歇。

耀阳神色肃穆，双手在虚空一按，示意大家静下来。一众将士果然服从他的指挥，很快停止欢呼，静了下来。

耀阳满意地点点头，扬声道：“现在正式宣布军中的众将司职，我——耀阳为曜扬军主将，号曜扬大将军。秦骊如听令!”

“末将在!”秦骊如闻声上前几步，转身向耀阳跪行军礼。

耀阳从身旁兵士的托盘中拿出新做将印，递给秦骊如，沉声道：“本将现在命你任曜扬军右副将，领天玄将军之衔，协助本将统领三军，并暂兼步军总尉之职，率旗下所有步军!”

“末将领命!”秦骊如接过天玄将军大印，恭敬地退下。

“莫凌风听令!”耀阳再道。

“末将在!”莫凌风几步上前，同样跪行军礼。

耀阳授印道：“本将现命你为曜扬军左副将，领威风将军之衔，与右副将一同协助本将统领全军，并暂兼车马总尉之职，率领旗下所有车马兵士!”

“末将领命!”莫凌风领印应命退下。

耀阳肃然再道：“倚弦听令!”

倚弦突然听到耀阳叫他，不由一愣，上前跪行军礼道：“末将在!”

耀阳赶忙扶起这位同生共死的好兄弟，郑重的拿起另一个将印，沉声道：“本将现任命你为曜扬军军师，领武威将军之衔，协助本将征战天下!”

“末将领命!”倚弦接过将印，退下。

接下来还有一批人任命，其中莫凌风推荐的六个将军也都有重要任命，根据他们本身职位和经验，赵桐和黄德远为偏将，赵成为先锋大将，莫继风等三人皆为裨将。

经过一干任命之后，耀阳道：“曜扬军从今日开始，将积极备战，征伐天下，为庆贺今日立军，本将现在宣布，所有将士均加饷三成!”

“耀大将军万岁!”所有兵士的士气顿时鼎沸至极点。

“既然立军，就要扬威!”耀阳意气风发的双手挥动，令营场立时鸦雀无声，扬声道，“苓城小儿伯邑考竟敢欺我牧场无人，安可让他如此得意?经我军所有将士的商讨，最后一致决定，曜扬军将首度出征，攻打苓城以血前耻。好叫那些对我军不怀好意之人从此引以为戒!”

位于淮夷边境的苓城正是伯邑考暂时借来的属地，牧场兵士连年抗战，多半都是因为受了伯邑考的欺凌，所以牧场上下无一不对其恨之入骨，此时闻此讯息，无不欣喜万分。

“立军扬威，当灭苓城!”万余将士当即轰然应诺，士气激昂沸腾，誓要攻下苓城一出这几年来所受的恶气。

倚弦这才知道耀阳方才所说的重大决定，当即很是吃惊，他看到现时牧场的兵力，就算加上返乡务农的兵马也不过区区一万之数，而且训练不足，跟伯邑考从西岐带出来的兵马相比，战力远远不及。耀阳再有本事，借洪泽岭地势以这些人来守卫还算足够，但是要攻灭如苓城这样的城池，恐怕是不容易的事情。

倚弦虽清楚耀阳的手段，却也不敢肯定他这次的想法，毕竟耀阳才回到牧场不久，本来就对周围的各大势力不是非常明白，现在事隔三年，更加不可能清楚周围郡镇的势力分布，即便骊如与莫老将情况说得清楚，也未必表示耀阳可以因此而运筹帷幄。

倚弦心中很是担心，但是看到耀阳洋溢在外的强大自信，以及整个牧场为之士气如虹的形势，他知道耀阳现在已经成为牧场兵士心目中的神，只要他做出任何决定，都会得到兵士的支持。

立军仪式在耀阳率众将祭天之后圆满完成，耀阳随即便让各级将领带领兵士投入训练之中。倚弦看着一切顺利，心中终于吁了口气，他虽然被耀阳授予这个军师之衔，却自知帮忙不多，生怕表现不好会弱了耀阳的威风，难免在面对这些大阵仗的时候感到不适应。

耀阳看出倚弦的忐忑，心中感动，上前拍了拍他的背，道："小倚，可要精神点啊，接下来还有很多事情要忙。"

"不会吧……"倚弦哀叹，心里却也清楚得很，出征之前，有很多事情不得不做，他这个军师当然逃不了，不由暗忖一切不必再像刚才那样麻烦就好。

耀阳生怕倚弦说些不称职的话来，忙道："小倚，我当然知道你不习惯这些军中烦琐的事务。你放心，这些都有莫老他们搞定，你呢，就像从前在鄂崇禹的南域军做监军一样就行！"

"瞎说……那怎么行呢？"倚弦啼笑皆非道，"记得那个时候我可是心存异端，专门为你在做探子才做的劳什子监军，现在做曜扬军的军师又怎么相同哩？"

耀阳闻言一愣，与倚弦对视一眼，兄弟俩不由自主齐声大笑起来。

耀阳与倚弦、骊如、莫老以及一众副将按照早先安排的步骤，一起前往兵营探望受伤兵士。之前一战中受了重伤的兵士不少，众人步入伤兵营中，迎面扑来的便是一阵阵刺鼻的药草味。

众人已经惯了这种味道，但难免还是有些难受，耀阳和倚弦却是坦然自若，这让秦骊如等一众将领心服不已，却不知道耀阳和倚弦以往当下奴之时所处的环境更是差得让人难以忍受，这点药草气味对他们而言，没什么不可忍受的。

见到耀阳等将军亲自来探望，一众伤兵无不兴奋万分，不顾身上的伤势挣扎着要起来。耀阳态度亲和，一一慰问过去，关心的神情溢于言表，这无疑让所有伤兵都生出效忠信服的敬意。

临走之前，耀阳回身驻足，面色凝重地说道："各位奋勇作战，为了牧场受伤受苦，甚至更有家中兄弟亲属战死身旁仍搏杀阵前，毫无畏惧！

实在是我牧场将士的光荣，也是新立‘曜扬军’的骄傲。我为你们感到骄傲和自豪！在这里，本将代曜扬军全体将士向您们致以深深的敬意!”

言罢，耀阳与一众将领当场向众位受伤兵士鞠躬行礼。

一众伤兵顿时感动得热泪盈眶，群情激昂，齐声道：“能为大洪牧场，能为曜扬军战死沙场，是我等应尽的本分……愿誓死效忠曜扬军!”

出了伤兵营，耀阳与众将接着又去牧场各处城防巡视一遍，耀阳便决定发放饷金，伤兵的饷金予以加倍，对死者的抚恤更是不遗余力。

秦骊如等人见到此时此景，心中大感激动万分，同时为寻得明主倍感欣慰。

第一百四十章　巧攻苓城

傍晚，黑暗逐渐笼罩这一片大地。

晚饭过后，好不易有了空闲，耀阳将其他烦琐要事交给莫凌风等几个将领，便和倚弦出去散步闲聊。

耀阳看得出倚弦心中有疑问，自然知道他在想什么，当下便问道：“小倚，看你听我要征伐伯邑考后，一直有些忧心忡忡，是不是担心我们对周围各个势力情况不熟，此次出征太过冒失，会有可能失败?”

倚弦点点头，道：“的确有这个担心，而且牧场兵马整编操练的时间不够，若是贸然前往征伐，是不是有失先机呢?”

耀阳哈哈笑道：“小倚，我就知道你对我好！不过，这次你也不要太过担心。小千与小风在这三年来也不是闲着，而是一直在牧场从事探察敌情的工作，我回牧场后便首先详细询问过他们。你想以他们的天赋能力，对方有什么不在他们的感知范围之内?”

“哦? 这倒也是。”对于小千和小风的天赋能力，倚弦也是知道的，闻言问道，“对了，知道为何伯邑考会出现在这边吗?”

耀阳微微一笑，似乎对西岐的感情便在这笑声中抒发出来，道：“这件事情就算骊如他们不告诉我，我也差不多猜得出来。自从我们离开西岐以后，伯邑考和姬旦都渐渐拥兵自重，显然是不愿意承认姬发这个西伯侯……的地位。加上姬发暗里对他们的排挤，他们更是无法忍受！想来他们各自都有法宗高手支持，在西岐又有不少亲信势力，谁肯服谁，所以难免有一场龙争虎斗。”

倚弦点头道："这点自然是肯定的，卓长风、九尾狐和神玄两宗各自支持的势力能和平共处，那才叫不可思议呢。"

耀阳缓缓道："纷争在所难免，最后三方互不相让，差点西岐就爆发全面内战。不过，姬发这小子毕竟是个人才，姜先生之能更不用说，而此时卓长风为了蚩尤的事情还忙不过来，无暇顾忌自己的弟子，九尾狐要阴谋诡计还可以，论起用兵打仗就差远了。结果，姬发先缓住蠢笨的伯邑考，一举迫得没有及时集结兵力的姬旦战术退兵，他却没有继续追击，而是拼尽全力在短时间击败伯邑考。姬旦的退兵给人的感觉却像是败退，加上伯邑考的惨败，因此原本西岐境内中立观望的各镇势力立即投向姬发。"

"这种情况下，连姬旦也无力回天，只能保存实力黯然退出西岐。凭伯邑考哪里还能跟姬发对抗，他无处可以容身就到了真正伯邑考老妈的故乡淮夷，靠着所谓的血缘关系和这些兵力借了一个苓城苟安。西岐内争，最终还是姬发赢了。"

说完这些，耀阳狠狠地用脚踢飞脚下一块石头，不知是气愤还是兴奋？

倚弦恍然道："原来如此，姜先生和姬发能仅凭两场小战就独占整个西岐，真的是不简单！"

"这些都是一些小道消息，具体情况不是亲身经历谁人能知？"耀阳大笑道，"不过，能有这样厉害的对手，难道你不觉得兴奋吗？"

倚弦望着此时侃侃而谈的气势，心中的思绪有如潮涌。不错，尽管耀阳现在的势力甚至还不如伯邑考，所以哪轮得上他跟西岐相互较劲，但是从耀阳口中说出来的话语却给人一种理所当然的感觉，或许这就是耀阳的魅力所在。

倚弦笑道："看样子，小阳定是有必胜伯邑考的把握！"

耀阳毅然点了点头，神情中的无比自信油然而出。

倚弦丝毫没有怀疑耀阳的能力，他担心的却是另外的事情，道："以小千和小风的天赋能力和机灵性子，自然是绝佳的探子人选，应该没什么消息能瞒得住他们才对。但无论是姬旦还是伯邑考，他们的身边都不乏魔妖两宗的高手，难保不会出差错。正所谓一招棋差，可能会导致满盘皆输。”

耀阳大笑道：“正是因为这样，所以今晚我决定去做一回探子，小倚，你愿不愿意抛弃你威武大将军的尊贵，亲自做此鬼鬼祟祟之事呢？”

倚弦自是欣然应允，哂然一笑道：“你这曜扬军大将军都亲自出马了，我这个小小军师也算不上屈尊降贵，而且这种事情我们兄弟俩以前做得还少吗？”

并不隶属于殷商的淮夷，以境内下方的一条淮水而著称，淮夷自来皆是一体，国称之为淮，跟殷商大国截然不同，虽然奉殷商为上国，但并不是殷商属国，所以不受殷商管辖。而殷商中人亦以之为蛮夷，也不屑与之为伍，故而蔑称之为淮夷，后来这个称呼在殷商地界内定了下来。

当然，谁也不敢小看他们蛮横的武力，西伯侯姬昌当年考虑与之联姻可能也出于此等考虑，淮夷在东，西岐在西，联手可以抵制殷商，可是他们也没料到这么快殷商各大势力已有割据之意，西岐跟淮夷之间夹杂了太多不清不楚的势力，他们联手的可能性无疑降低到极点。

耀阳大略地说了这些，又撇了撇嘴道：“淮夷跟西岐也不过是利益结合，淮夷现在的淮王肯定不会对伯邑考有太多的舅甥之情，否则也不会只借了一个边境的城池给他。我想，若不是伯邑考手下还有数万西岐兵士，恐怕淮王最多只会安置他一个闲散司职，足够他度过余生罢了。”

倚弦道：“应该不至于吧，怎么说伯邑考的母亲跟淮王也是亲兄妹啊！”

耀阳嘿嘿一笑，道：“正是因为有兄妹之情，所以才说会给口饭让他吃。淮王也并不看好伯邑考，更不愿为他开罪现在的姬发，所以心中难免有些嫌隙。我们只要攻击伯邑考，他们一定不会马上驰援，反而会见机行事，更会趁机找个伯邑考兵败城失的台阶让他滚蛋，因此我才有了先夺苓城的决定！”

倚弦思忖片刻，点头赞同耀阳的分析。

说话间，兄弟两人已经到了苓城上空的位置。居高临下看去，整个苓城的地形都一目了然。

苓城处于淮水旁，城北是淮水的一条较宽支流，形成了苓城北面的天然屏障。苓城显然没有浪费这有利地势，顺利引入淮水支流做了一条很宽的护城河。可惜苓城所处一带，多是低平丘陵乃至平地，除了淮水，苓城别无可以依仗之地，不过相对淮夷其他很多还处在蛮荒的地方而言，苓城依照殷商风格而建，已经可以算是一所坚固的城池。

耀阳在半空中看清楚苓城的方圆规模，领略在心道："还好，这个苓城的城防并不算很坚固，看来淮夷跟中原相比的确是落后了不少。"

倚弦点头道："不错，这个城墙跟西岐城比起来简直不堪一击，但是单是那条宽阔的护城河，也足以让伯邑考仗之严守，以他们的兵力，我们想要攻陷苓城并不是一件容易的事情。我们可丝毫大意不得，行军作战可是最忌骄兵作战!"

耀阳笑道："你只随意听我说了关于《龙虎六韬》的几句，就记得这么牢，看来很有军事天赋，不愧是我曜扬军的军师。回去我将《龙虎六韬》给你好好研究一下，加上你天性冷静谨慎，成就肯定比我强!"

倚弦没好气地道："我只是提醒你而已！你可千万别拿高帽子来压我了，说起来也是，其实我对带兵作战知之甚少，你不必非得安排我一个军师的头衔吧?"

耀阳一本正经的说道："名不正，言不顺。你在曜扬军要有说话的权利，所以一定要有相应的将衔才行。更何况我也希望你时刻提醒我有哪些地方疏忽，所以才……"

祭起风遁绕了苓城几圈，耀阳和倚弦将周围的地形全部牢记在心。然后两人隐身遁入苓城之中。既然来了，他们当然要顺便去查看苓城的城防布置，毕竟以他们的修为，再怎么不小心，普通人能察觉到他们的可能性也接近于零。

花了些许时间，耀阳和倚弦完全查清当晚苓城的所有守城兵力布置。

倚弦清楚了这些，不无担心地道："看不出来，这个伯邑考的城防布置还算不错，现在看来若想攻下苓城，难度恐怕更高了。"

耀阳微微一笑，道："要想击败伯邑考，不一定非要攻陷苓城。我们这样仔细查探只是为了有备无患而已，最后不一定用得到!”

倚弦清楚耀阳已有定计，便道：“那是最好!”

说着话，兄弟两人行动如风，几乎走遍了整个苓城。很快两人就差不多打探清楚，现在苓城中约有上百魔妖两宗的高手。当然，这些家伙对于耀阳和倚弦来说，几乎没有什么威胁。但是如果在战场上有这一批人当作先锋，那可就甚具威力，曜扬军的普通将士实是难以抵挡的。

看了这些，耀阳和倚弦心里有底了。

最后，他们一时间兴致所至，便去找九尾狐和伯邑考所在的府邸，好在刚才来回转了几圈，他们已找到了大约位置，现在自然是轻车熟路。

苓城的官邸建筑并不怎么样，但这个城主府邸却建得挺漂亮，而且看起来比其他房屋新的多，所以应该是新近建成。而府邸上面却是写着“西伯侯府”的称呼，显然伯邑考也自认是西伯侯，要与姬发分庭抗礼。

两人摸索了一会儿，隐身潜入城主府邸，一直到了华丽豪富的议事大厅外，这才发现里面倒是灯火通明，人影幢幢，看来是有不少人正在聚会。

耀阳和倚弦两人相视一笑，学着从前经常做的勾当，混杂在窗前，将大厅里面的一切都收入眼中，丝毫不漏。

这议事大厅内有不少熟人，九尾狐、伯邑考、狗头军师戴礼、猪头三朱子真和羊头怪杨显都在，另外还有十来个将领模样的人，其中有一锦衣中年将领让耀阳和倚弦为之侧目，看其神采奕奕，双目炯然有神，站在那里那种威严之态非其他诸人可比，只是此时他略带苍白的脸上隐有郁郁之色，显然不是很得志。

九尾狐娇躯盘坐高位，媚眼一扫众人，语气中充满斥责道：“我军全力攻袭大洪牧场，谁知突然出现那个早就应该死了的耀阳。这倒好，就他一个人出现，我军竟然一败涂地。现在倒好，我们损失上万兵马，退守苓城，难以再进一步，你们说该如何做？这几天你们也好好想过了吧!”

一干人等面面相觑，不知道该说什么。

伯邑考轻咳了一声，道：“郑伦，你来说吧!”

锦衣中年将领郑伦缓缓道："如果末将所料不差，那个耀阳经此一役，定会入主大洪牧场，我们若是商讨进攻大洪牧场之事，应该将这点考虑进去。"

伯邑考大是不满地皱眉道："郑伦，你又瞎说了，耀阳再厉害也不过是一个人，秦家的人怎么可能把这数百年的家业白白送给他。"

郑伦摇头道："未必。大洪牧场的实力自保不足，在此乱世或是乘势而起，或是投靠他人，要不便是灭亡之局。秦家非是笨人，定然想过这个问题。这个传说中的'火舞耀阳'声名显赫，也甚具才能，又与秦家相熟已久，兼又施以恩惠，实是他们的最佳选择。"

耀阳和倚弦骇然对视一眼，都没想到伯邑考手下也有这样的人才。

伯邑考哈哈大笑道："怎么可能，耀阳手中没有一兵一卒，大洪牧场哪会这么便宜他？郑伦，你的脑子是不是有问题？"

郑伦轻轻叹了一口气，不再说话。

耀阳和倚弦也在叹息，看着有郑伦这样的人才，伯邑考却不知道利用，实在是太过可惜了。

伯邑考冷哼道："而且耀阳那小子能有什么能耐，不过是依仗地势之利耍点小手段罢了，一个喜欢玩弄阴谋诡计的小瘪三角色，加上一群乡野草民组成的乌合之众，如果是正面交战，我们丝毫不用怕他们，肯定可以让他好看。"

九尾狐狠狠地瞪了伯邑考一眼，斥道："你这蠢货还得意什么，身为大军主帅，竟然逃得这么快，害得大军一败涂地，你还有什么可以自大的？告诉你，如果下次再这样的话，本宫先灭了你！"

对于九尾狐，伯邑考惧意日深，被骂得一句话都说不出来，只能唯唯诺诺。狗头军师戴礼几人也有怯怯之意，毕竟说起来他们比伯邑考逃得还早。

九尾狐多少必须顾全伯邑考的身份，所以没有再斥责下去，沉默片刻问狗头军师道："戴礼，你怎么想？"

狗头军师戴礼眯起小眼，想了半晌，便道："说起来，耀阳那小子的确没有打过什么光明磊落的大仗，基本上全部是奇兵偷袭或是依仗地利，或是据城防守等等。所以说这一点或许可以利用。其实就算不是耀阳指挥全军，以大洪牧场的实力也断不会是我们的对手。”

伯邑考大喜道：“说得对，只要我们不上他的当，而能让大洪牧场跟我们正面交战，那么保管可以将他们……”

郑伦这时忍不住又插言道：“各位将军，以末将之见，大洪牧场此时挟大胜之威，我们若是贸然再度出战，似乎对我军士气不利啊，我觉得是否可以守城静修一些时日，然后伺机而动，这样当不会让耀阳乘虚而入。”

说起败仗，伯邑考一肚子火大，怒喝道：“郑伦，你这是何意思，我军未出，你便先挫士气，居心何在？”

郑伦昂然不惧，沉声道：“侯爷，这个耀阳能到现在为止屡战屡胜，怕非是侥幸这么简单，想来他定是有些过人之处的，所以还望侯爷与诸位万万小心，不可小看他。说不定这次他要让大洪牧场在短时间内发展壮大，肯定会有所行动，我们不如等探子回报后，再做决定如何？”

伯邑考本来就看不起耀阳这个出身贫寒的家伙，加上自己却被屡屡击败，心中已是懊恼万分，而此时的郑伦竟然还不识趣，一味的在他面前提出耀阳如何如何了得，这让伯邑考怎么忍受得了，顿时火起，斥道：“郑伦，你扰乱军心，意欲何为？你给本侯滚出去。”

郑伦欲言又止，最终只能郁郁退出厅去。

窗外的耀阳传音叹道：“如此人才竟被伯邑考浪费，实在是太可惜了！”

倚弦传音问道：“他是厉害，可惜在伯邑考麾下，的确是难以出头！不过，你别只顾着叹息，我们来此的目的可不是为了给这个将领鸣不平的，既然他们如此轻率，咱们还是先行回去尽早安排兵马才是！”

耀阳忽然表情古怪地笑了笑，道：“我想到怎样收拾伯邑考的方法哩！”

倚弦一愣，问道：“什么方法？在这里吗？”

耀阳得意的点点头，道：“很简单，就是这个样子——”

说到这里，耀阳突然收起传音之术，提高声音哈哈大笑起来，就在倚弦万分惊讶之中，耀阳现出真身，玄能反震而出，整个人撞裂窗户破入房中，在众目睽睽之下却也显得很是坦然。

倚弦哪里想到耀阳竟会如此大胆挑衅，当即只能无奈现身跟入。这时的郑伦刚到门口欲出，闻声也是停住回头张望出了什么情况。

“耀阳，倚弦?”包括九尾狐在内的几个老熟人都是大吃一惊。

连好兄弟倚弦也不明白耀阳为何要这样破窗而入，他们自然更加不可能猜得出耀阳的意图所在。

耀阳竟是大笑三声，道：“诸位老伙计，很久不见近来可好?”

伯邑考等一众人神色戒备，只有九尾狐还算镇定，皱起纤眉问道：“我们现在是敌非友，不知耀将军来此所谓何事?”其实她心中对耀阳和倚弦更加警戒，在场没有人比她更清楚两兄弟的实力，以往她还能以他们魔星的身份挟制他们，现在他们的身份已然公诸天下，这一套已经不可能管用，甚至更有可能因前仇旧恨而遭致兄弟俩的报复。

耀阳拍了拍手，瞥都不瞥九尾狐一眼，道：“正因为现在是敌非友，所以我这个新立的‘曜扬军’主帅今晚代表我的‘曜扬军’向苓城下战书，后日我曜扬军就要跟你们堂堂正正一战。不知各位可有胆量与我军将士分个高下？老实说，我已经懒得再拖下去了。”

“耀阳军?”九尾狐等人心中咯噔一下，相互交换眼色。

耀阳不无自豪的大笑道：“不错，蒙大洪牧场的关照，小子我现在正式立军洪泽，正所谓既然立军便要扬威，所以特地挑了你们来投战书，一来合了你来我往的礼数；二来跟你们的恩怨由来已久，也到了该清算的时候了!”

伯邑考大怒道：“不知天高地厚的东西，竟敢来此犯我虎威……”

不等伯邑考说下去，耀阳早已震声打断道：“小兔儿莫要说些不要脸的话，你跟这虎威似乎八竿子打不到一起去！怎么样，到底有胆接受没有?”

厅外的郑伦缩步回到厅中，急喊道：“侯爷，万万不可受了他言语所激!”

耀阳刚才的话已经让在场所有人都清楚郑伦预测的话没错，面子大落的伯邑考心中早已嫉恨不已，加上受了耀阳奚落，此时闻言更是勃然大怒，一通脾气尽数发了出来，喝斥道：“郑伦，你是什么身份，这里哪有你说话的份？快给本侯滚出去！”

郑伦不屈不挠，转首四顾，希望可以得到他人的支持，但是九尾狐等几个魔妖正因耀阳和倚弦的出现而乱了心绪，其他将领更是惯看伯邑考脸色不敢出声，哪有人肯支持他。

“想不到我西岐将士的性命将白送尔等之手！”郑伦愤然拂袖离去。

耀阳和倚弦不由对视一眼，心中又在为郑伦这个人才感到惋惜，这才真的是明珠暗投了。

耀阳悠然地看着诸人，问道：“怎么样，你们若是胆怯的话，尽管拒绝好了。这样的话，今晚我还要早点回去喝汤，你们莫要浪费了我的时间！”

耀阳摆出一副看不起在场诸辈的样子，让九尾狐等人恨得牙痒痒，若不是忌惮耀阳和倚弦两兄弟的神兵与修为，他们恐怕早已出手了。

伯邑考气恼万分，看了一下九尾狐和狗头军师戴礼，见他们点头同意了，当即便喝道：“耀阳小贼，难道本侯还怕你不成，本侯定要让你知道我的厉害。”

九尾狐和狗头军师戴礼跟伯邑考都有一个想法，他们都认为正面作战应该就是耀阳的弱点所在，况且他们的兵力强于牧场大军，更有淮夷做后盾，再则这苓城外数十里，地势平坦，一目了然，也不怕耀阳耍什么其他花招。

以九尾狐和狗头军师戴礼的狡猾，他们也不是没有考虑到郑伦的意见，只是他们在人界的势力被迫困在苓城三年，已经感到大不耐烦，所以才会想到非得攻下牧场占了资源不可，然后才能再期望可以争霸天下。

耀阳哈哈大笑道：“这样就好，后日午时，我们就好好一战，看谁才是真正的强者。希望到时候不要再见到你们狼狈而逃才好！”

被耀阳如此言语相讽，伯邑考顿时脸色铁青，怒哼道：“本侯一定会让你知道本侯的厉害！”

“别耍嘴皮子，手底下见真章吧！好了，该说的话都说了，那现在我们就此告辞了。记住，后日之战万万不要失约！”耀阳见到目的达成，大笑着和倚弦一起纵身离开。

目送兄弟俩远去，九尾狐俏脸凝重，蹙眉道：“这个家伙，不知想做什么？”

伯邑考愤愤道：“我会让他们好看的！”

九尾狐冷眼瞥过伯邑考，沉声道：“后日一战甚是关键，你不要给我大意了。耀阳这小子是不是有两把刷子你我心中有数，如果到时候再出现临阵脱逃的事情，论谁本宫都没面子给！”

伯邑考连连称是，恭敬地送了九尾狐出厅，心中却已在考虑如何击败耀阳之法，甚至想到好好地羞辱耀阳一番，想到得意处不免开怀大笑起来，仿佛胜券在握一般。

在回牧场的途中，倚弦忍不住问道：“小阳，难道你真的准备跟伯邑考的兵马做正面交战吗？”

耀阳点头沉声道：“对，不但要战，而且要赢得漂漂亮亮！”

倚弦诧异道：“小阳，我不是不相信你的能力，只是凡事都要考虑周全，多想想应该可以用更简单的方法夺下苓城，却为何偏偏选择下战书——比拼此等极为损耗兵力的攻城之法呢？”

耀阳微叹口气道：“这是没有办法的办法。一个原因就是我未必能有什么其他的好办法攻下苓城。二是如果我们不正面跟伯邑考交战，他们可能不敢出战，在形势复杂的现在，我们没时间拖沓。第三是因为我们必须堂堂正正赢一场漂亮的硬仗，才能为‘曜扬军’扬威，争取征募到更多的兵士。”

倚弦细想也是，如果能正面击败伯邑考，定可振奋人心。而周围的一些小势力也不敢再因此觊觎牧场，所以现在这样的情况下，这无疑是最好的办法。

不多时，兄弟俩回到牧场中，耀阳自是召集将领临时议事，将查实的苓城兵力情况告诉秦骊如、莫凌风等将，然后便是商议关于明日行军之事。

第二日，耀阳挥军东上，直奔苓城。

牧场离苓城的路程相对不远，不过一日的路程便能赶到，耀阳为了让众将士有充沛的体力和饱满的精神参战，特别让兵马在途中休息多次。

所以，一直行军到了第二日的傍晚时分，整整齐齐的万余大军才到了苓城五里外的山丘斜坡上，耀阳根据兵家常识让将士们据坡建营。

面对就在五里外已经紧张备战的苓城，耀阳可谓镇定自若，有条不紊地安排全军扎营，丝毫不给伯邑考一点可乘之机。

伯邑考显然是对于苓城外驻扎的曜扬军非常忌惮，虽然早早发现了曜扬军的到来，却并没有以逸待劳前来袭营的意思，由此看来，他们是一心准备着明日与耀阳的决战。

入夜时分，耀阳、倚弦、秦骊如和莫凌风等人还有一众将领齐聚大帐之中，商讨明日作战之事，这不容得他们有任何疏忽，谁都清楚明日一战是至关重要的，耀阳知道大家对他的信任，但此事毕竟事关重大，能集众人之长自是最好不过。

众人齐聚帐下，桌上已铺了一张苓城的地形图，其中还有不少是耀阳和倚弦亲自注明的兵力部署，所以相对于原来的地图，更加清楚明了。

耀阳率先道："我们现在所处位置皆是平地，最多亦不过是低平丘陵，利攻不利守。对于本次大战，各位有什么意见，不妨尽管提出来商议一番。"

秦骊如稍事犹豫一下，然后直接提出疑问道："按照常理推断，苓城的兵力在我们之上，而且他们从西岐带来的兵马训练有素，整体战力也不是我们牧场兵士可以相比的，如果正面攻城的话，我们的胜算不大!"

其实，众将听来均知道秦骊如说得还算是婉转，其实这事情不论怎么看，曜扬军攻城都没有一点胜利可言。大帐之中，唯独只有倚弦清楚耀阳早已算准策略，自然绝非攻城硬战之类的蛮法子。

耀阳微笑点头道："秦将军此言甚是，我们若是攻城根本没有一点胜算，就算天可佑之，真的可以攻下苓城，耗费过多实力对我们将来的发展也没有一点好处。况且此城正是淮夷的后方门户之一，怎肯轻易让我们白白得便宜，而我们若是据此为营，离牧场大本营又太远了些，所以日后的日子怕是非常难过!”

耀阳先是将秦骊如的想法详细分析出来，告知众将他绝对不是这个意思，待看到众人眼中渐已明朗的神情，他才缓缓续道：“故而此次我们不会采取强硬攻城的策略，而是要让对方出城来跟我们正面一战!”

倚弦见到众将均被耀阳由浅入深的话语所吸引，不由开始暗自佩服耀阳，为将之道首重服众，看样子耀阳做得很好。

老将莫凌风摇头问道：“这不太可能，伯邑考他们有苓城可守，而且又占了以逸待劳的大便宜，怎么可能会眼巴巴地出城来跟我们交战呢?”

耀阳道：“莫老担心得是，但是根据我的分析，伯邑考他们从来都是自信可以带着一众西岐雄兵横行无忌，却几年来一直因为牧场的防御坚固，出现屡攻难下的糗事，料来早已被其对手姬发、姬旦等等笑话，而且他得一小小苓城栖身已有数年，忍气吞声的久了，耐性多半没有咱们的好了，所以算计起来，应该是他们等不及才对!”

听耀阳如此详细的一说，众将无不点头表示赞同。倚弦听到这里才恍然明白过来，终于清楚了当晚耀阳相激伯邑考的目的所在。

莫继风信服地跟着众将点头赞许，然后跟秦骊如稍作商议，问了一个关键的问题道：“那我们该如何让伯邑考尽快出城跟我们一战呢?”

耀阳胸有成竹的大笑道：“伯邑考等人都有些心急如火，我们可以从这一点上面入手!”

接下来就是商议关于军务的各事，以及众将明日的相关职责等等。当晚，耀阳和倚弦又合力打通莫继风等六个将领的气脉，并教了他们一点简单有效的法道，这六人本就有了一身不俗的武艺，现在更是如虎添翼，实力大增。耀阳和倚弦两人根基雄厚，分摊下来消耗的元能倒也不是很多，过足一晚就能恢复。

朝霞满天，映红这一片大地。

曜扬军万名将士精神抖擞的集合起来，战车兵在前，步兵在后，站成整齐的四大方阵。只看各种兵器竖在地上，形成戟树矛林，高高竖起的旗帜迎风展开，显出威风凛凛的“曜扬”二字。

站在战车上的耀阳一眼扫过，对这万名将士还算满意，不过他也清楚，这是因为他名声的凝聚力才会让他们有更出色的表现。想想那些刚毅勇猛的飞虎军，这万名将士要想成为真正的强悍战士，还需要血的磨练。

他已经下定主意在这场大战后，无论如何都必须将这些兵士训练成不逊于西岐军甚至能跟飞虎军相提并论的战士，当然眼前最重要的是打赢这场仗。

耀阳举起掌中的轩辕剑，厉喝声声，道：“各位英勇的将士，接下来是我军与苓城敌军决战的时间，你们可准备好了?”

“准备好了!”万名将士吼声震天，士气高扬。

耀阳满意地点点头，再扬声道：“你们坚信不管在什么样的情况下，都愿意听从本将的号令，直至最后杀敌取胜吗?”

“誓死遵从将军之命!”万名将士群情激奋。

仅是简单的这么几句话，已是最好的誓死之词。

耀阳掌中轩辕剑遥指苓城，毅然下令道：“进军决战!”

曜扬军万名兵士在耀阳的率领下，随着鼓旗手的号令，缓缓逼近苓城，然而就在离城墙二里处，耀阳传令鼓旗手号令兵马停了下来，然后轻轻挥手，先锋大将赵成会意，当即领兵出了阵营。

赵成率领一队战车逼近苓城的射程之外，赵成舞起大刀，喝道：“伯邑考小贼，可有胆子出战?”

随着挑衅的言语说出，赵成手下的战车兵士亦是同声大喝道：“可有胆子一战?”其声立时震彻苓城上空。

苓城城墙之上，伯邑考率了一众人已经候着了，就连郑伦也在，他虽然不为伯邑考所喜，但伯邑考毕竟清楚他的带兵能力和威望。

伯邑考见势大怒道：“耀阳太嚣张了，竟让这么一个不知名的家伙来挑战本侯，本侯便要让他见识见识我的厉害!”

不等伯邑考唤出大将出战，郑伦便不识趣地沉声道：“请侯爷冷静，以郑伦所见，他们恐怕是想借此激怒侯爷，以便达到他们诱使我军出战的目的！”

伯邑考冷哼道：“那怎么办？难道就让他这么嚣张下去？”

狗头军师戴礼心中记恨上次牧场战事的失利，插嘴道：“不战不行，否则敌我士气消长，对我军守城大大不利！”

朱子真也迫不及待地发表自己的“高见”，道：“对，就要打他个痛快！”

九尾狐终究老奸巨猾，冷喝道：“你们都给我闭嘴，听听郑将军怎么说？”她对于郑伦的军事能力还是比较信任。

郑伦首先拱手揖礼，然后皱眉道：“末将推测这只不过是敌军的先锋，末将虽然不清楚他们的用意，但是很有可能想要先挫我们的威风，也许只是想试探我们的虚实。所以以末将的意见，不如也派遣一队先锋兵马迎战，彼此看看相互之间的反应，如何？”

朱子真闷哼一声，喝道：“为什么我们不多派点人马出城，索性将他们的先锋兵马给灭了？”

九尾狐冷眼一扫，斥道：“你这头蠢猪，那他们不会撤退吗？说不定人家还预谋后招等着咱们的兵马……不知道就少说些话！”九尾狐虽然对于军事并不拿手，但也不至于跟猪头三一样白痴。

伯邑考听得真切，自是知道九尾狐话中之意，当即便道：“今次便姑且听郑将军一次吧！我看他们的先锋不过只有千余兵马，这样吧，我们派个千把兵马应战应该足够了。”

郑伦点点头也没有反对，他自忖牧场兵士的战斗力并不强，相同兵力的情况下理应不会出什么差错。

“这派谁出战较为稳妥呢？”伯邑考略作思忖，考虑到派谁带兵前往应战，眼光瞄到身旁朱子真等人，哪知这些家伙早已被耀阳吓破狗胆，生怕此时阵前受辱，顿时谁也不敢正眼瞧向伯邑考，甚至悄然退后数步，用意自是明显得很了。

伯邑考大恼，但是他在“梅山七怪”中从来都是排位最末，虽说现在表面上自称侯爷，享受的也是前呼后拥的派头，但还是不敢过分对待自家几个兄长，只能将目光瞄向其他普通将领。

“末将蒙猛愿做先锋，为侯爷扫除城下一帮草莽乌合之众！”只听一声中气十足的断喝声响起，郑伦身后的一名将领排众而出。

伯邑考大喜，立时颁令蒙猛领兵出战。

城门大开，只看一名将领率千余兵马战车浩浩荡荡出城而来，“曜扬军”先锋将领赵成勒马回身，稳若泰山般大喝一声，道：“来得正好，老子定要杀得连你爹娘都不认得你！”

只等敌军出了苓城城头弓箭射程范围，赵成一声疾呼，后方战鼓阵阵擂动，他挥戟领着先锋兵马，身先士卒冲杀了过去。

两军交锋，赵成得耀阳和倚弦指点对于常人来说，自是非常强悍，凭一人之力，迎面就将对方一辆战车挑翻，他同一车上的三个猛士也是剽悍无比，分别挑翻数人。但最强的却是另一辆战车上的两人——小千和小风。

兄弟俩早已按耐不住，随着先锋兵马出战，他们的法道修为还算不错，对于常人而言更是无可匹敌，转眼间便让他们两人合力掀翻十余辆战车，其中一辆战车更是他们特意挑的对方先锋大将——蒙猛。

赵成所率的千余兵士是精心挑选出来的精英战士，实力不弱。在赵成、小千和小风合力之下将敌军阵形从中切割而开，曜扬军先锋兵士立即将因先锋大将阵亡而慌了阵脚的敌军尽情屠戮。

赵成勇猛无匹，而苓城先锋大将蒙猛更是一个照面就被小千和小风干掉，曜扬军的先锋兵士顿时士气大涨，苓城兵士却是胆战心惊，皆不敢抵挡。

不久，苓城兵马完全招架不住，余下数十辆战车便狼狈逃回城中。

第一百四十一章　炎龙初腾

曜扬军先锋兵马追击到了接近苓城弓箭手的射程范围时才停下来，赵成哈哈大笑挥戟喝道："伯邑考，你不过是无能之辈，哪配得上耀将军亲自动手，若敢出战，老子就能将你的项上人头手到擒来！"

小千与小风也随着大骂挑衅，什么恶毒的话语都用了上来，尤其话中含意多半都针对梅山七怪的真实妖体，虽然寻常兵士都听不懂他们为何如此咒骂，却令城楼上的梅山诸妖大感咬牙切齿。

伯邑考大怒道："此等无知小辈，竟敢小觑本侯，定要给他们一个教训看看！"

听到小千与小风骂猪头，朱子真也大恼，立即道："忍无可忍，就让我带近卫兵将一把将他们灭了！"他所说的"近卫兵"其实就是那些能化为人形的妖人，这些家伙跟常人相比，战力实是拥有无可比拟的优势。

九尾狐一直冷眼旁观，伯邑考看不出她的心思，便点头同意猪头三出战。

城门再起，这次又是千余苓城先锋驾车冲将出来，只等他们出了城防范围，赵成等人已经率领先锋兵马退回大军。

朱子真大喜，还以为对方被自己亲自出战所骇，却没想到曜扬军经过一阵短暂的整顿后，却很快派出老将莫凌风以三千兵士压了上来。朱子真一看慌了，慌忙不战而退，退回到苓城城防范围以内。

耀阳立身高坡，扬声大笑三声，高喊道："伯邑考、九尾狐一众牲畜听着，你们也不过如此本事而已，刚才一战你还没受到教训吗？凭你等无能之辈怎么会是我的对手，劝你们还是早早投降为妙，本将军或许看在以往一点情面，还可以饶你们一命！”

第一次的正面硬战，己方便是惨败而回，第二次没想到猪头三朱子真仍是吓得不战而逃，这让伯邑考怎么忍得下这口气，当下便要立即全力出兵。

郑伦细思片刻，大急失神，连忙道：“侯爷万莫大意！”

伯邑考看到九尾狐似乎也在考虑之中，只能强压心中怒气，喝道：“那你是说就这样让他们嚣张，累得我军士气大落，如此一来难道就是好事吗？”

郑伦沉声分析道：“论战力，敌不如我，而且我们的近卫兵更是难以抵挡的雄师，末将以为只需遣同样兵力出战，然后遣更多兵马在城门口处小心应对，如此即可将他们击退，以振我军士气！”

九尾狐点头示意赞同，伯邑考装作沉思片刻，也是点头同意，不过为防万一，他还是遣了五千兵马在近城门处待命。

这次伯邑考让狗头军师戴礼、羊头怪杨显率军出击，以猪头三朱子真带着一众妖人为先锋，三千兵士驾车向曜扬军冲去。两军交锋，猪头三等妖人所向无敌，撕开了三千曜扬军兵士的阵形，顿时间便破了三千曜扬军。

经过一番贴身肉搏，曜扬军的兵士战力果然差了芩城兵士不少，而且又少有人挡得住那些妖人近卫军的凛冽攻势，很快就落了下风。

耀阳一见形势不对，大喝道：“将士们随我杀敌。”然后率着旗下大军一拥而上，作势想要冲垮芩城兵马的阵形，然后分部袭之逐个消灭敌军。

伯邑考一见此时情形，大喜过望道：“耀阳啊耀阳，看来你除了玩玩偷袭和仗势守城之外，对于平常对战果然不在行。如此看来，本侯就比你英明多了！”

言罢，伯邑考挥手下令道：“大开城门，全军出战！”

郑伦看着眼前战局一乱，一时间不知道该如何劝说伯邑考，只能在旁道：“侯爷小心，记住，穷寇莫追，否则恐遭埋伏……”

伯邑考有些得意洋洋地望了望九尾狐，不耐烦地挥了挥手道："知道了，你好好将苓城守住，谨记别让其他势力偷袭便是!"说完兴冲冲地下了城楼，亲自策马出城，率领全军迎战而上。

九尾狐看着城下的战局，犹疑的目光始终停留在耀阳的附近，看着他手持轩辕剑虽然英勇不凡，却逐渐挽救不了整体战局的不利，牧场兵马未经战事考验的草莽作风此时更显露无疑——前军甫接便被苓城兵马冲散，一旦阵形不在便失去了主心骨，开始且战且退，完全没有理会主将的旗鼓将令。

……

"败相已成!"九尾狐喃喃自语道，"这小子难道真的只有这两把刷子吗?"她心中疑惑大生，回头向郑伦问道，"郑将军，依你的看法，这个所谓的曜扬军今次来犯我苓城地界，究竟胜算几何?"

郑伦露出深思的神色，几经斟酌道："回禀夫人，如果从战略角度来看，不论是兵力、人和还是天时地势，此次曜扬军犯我苓城都应是必输无疑!"

"哦!"九尾狐应声再问道，"那为何方才将军始终面现犹疑不定的神色，而且言语中透出颇多忌讳言辞，难道是认为曜扬军还有胜算不成?"

郑伦点点头，道："虽然从来不曾与这位号称'火舞耀阳'的耀将军作战，但是却因为他曾经败过'飞虎军'，所以才会有所忌讳!"

不等九尾狐再度相问，郑伦长叹一声，道："郑某生平参与战事虽说不多，却也算得上身经百战，少有败绩!却唯有在十年前与'飞虎军'一战，屡战屡败，最后仅得身免……所以，末将始终无法忘却陈年往事，更对殷商'飞虎军'之威深深敬畏之!"

九尾狐闻言久久不再言语，目光再度移向战场，继续关注这场已经一面倒的战事，但心思却在推测着当日耀阳如何火烧飞虎军的场面，妖灵邪魄蓦然一震，似乎感应到了什么……

曜扬军围住三千苓城兵马甫一展开攻击，便见伯邑考率着大军蜂拥而至。耀阳立即命大军死命顶上。但是苓城的兵士强悍远非曜扬军可比，猪头三朱子真率着一众妖人撕裂曜扬军的阵形，曜扬军更是挡不住敌军的攻击。

耀阳大惊之下，立即鸣金退兵，一时间兵退如山倒，苓城之外四处鬼哭狼嚎，吵嚷的叫骂声与马嘶哭喊声汇成一片，说不出一副人间炼狱的凄惨情景。

伯邑考乐得开怀大笑，哪肯就此放过曜扬军，当即命全军压上。

曜扬军败退十余里才重新集结起兵力来，整合阵形相抗。但伯邑考大军又已经追上，耀阳勉强组织防御，让倚弦率秦骊如、小千和小风几个高手压住苓城军。但是伯邑考手下也有几个将领有些能耐，稳住全军阵脚后再次压上。

曜扬军的兵力毕竟不能跟倾巢而出的苓城兵马相比，被迫处于下风。最终，曜扬军再次败退，再退几里路后，耀阳又集合兵力，改变阵形试图跟苓城军对抗。可是苓城军的将领又协助伯邑考稳步攻击，不让曜扬军有乘乱偷袭的可能。

曜扬军再次败退，这时曜扬军兵士似乎逃的比死的还多了不少。兵力大减的曜扬军这次更是仓皇不堪，连退几里到了苓城外三十里的丘陵山地。

山地不易行军，曜扬军兵士大量抛下兵器盔甲等物，以便逃得更快些。

伯邑考首次见到曜扬军如此狼狈，不由得意万分，大笑道："耀阳小儿，你也有今日！"当即令全军全力追击，非得痛打落水狗不行。

他身边有几个副将比较理智，一人道："再往前，已是山地丘陵地带，山路不利于战车前进，万一敌军有埋伏的话就大事不妙了！"

伯邑考哈哈大笑道："刚才我们的探子早就查探清楚，除了前方像狗一样逃窜的曜扬军外，就只有后面一些纷乱的逃兵，周围山地一片空旷，除了数百多逃散的兵士外没有任何异处。你们完全不用怕有埋伏的！"他口中的探子乃是几个可以飞遁的妖人，从空中观察地势自是一目了然。

既然听到探子都说周围没有异处，这一条山路甚是宽阔，两边平缓的山坡上全部是光秃秃的，最多只有一些冬日留下的低平枯草铺地，连大块石头枯木都没有，有没有人根本逃不过那些探子的眼睛，百多个兵士根本不可能有什么威胁，那些将领也就放心了。

接下来的一段路，他们发现曜扬军甚至连粮草都开始放弃了，不少完好的战车也被抛在路旁。接着他们就发现前方数千曜扬军再次集合，对着他们严阵以待，但是已经没多少战车了，大部分是步兵。

曜扬军不断前进，似乎想跟伯邑考一决死战。

伯邑考得意地道："耀阳，你想最后一搏吗，恐怕你已经没戏了。"

旁观的一个将领皱眉道："不对劲，看他们的阵形严整，不像是败军之相!"

伯邑考哼道："本侯不信这种情况下他还能玩出什么花样，全军出击!"正当伯邑考兴致勃勃想要赶尽杀绝之际，却听到四周高岭之上传来一阵号角轰鸣。

"伯邑考，你上当了!"耀阳的话语声远远传来。

伯邑考心中一惊，与众将抬首望去，只看四围高岭上瞬间冒出无数人头攒动，威吓声阵阵传来，在空谷中回荡开来，似是千军万马一般，令人不由自主生出生机已绝的感念，骇得所有兵士冷汗直冒。

伯邑考大惊失神，喃喃道："怎么可能会是这样……"

身旁副将试探着问道："侯爷……我们可以退……兵吗?"

然而，此时耀阳英武的声音毅然喝道："全军放箭!"

伯邑考头皮发麻，只能硬着头皮喝道："怕什么箭，所有兵士给我冲，他们不过是强弩之末，只要冲上去他们就完了……"当即挥舞手势，令大批战车首先向前冲杀而去。

原本战车对于高处射来的箭支有所防御，但是伯邑考马上发现他还是错了，如果曜扬军射来的是普通箭矢，他们的战车尚能阻挡一阵，起码可以保证伤亡不会太大，可是曜扬军放的千余支利箭却全部带着火焰，而且火焰很猛，破风而来尽数没入厚实的辕木车架之上。

利箭落在战车上顿时引起烈火焚烧，木质的车身，加上沿途散落在地的干燥粮草，熊熊火势起来得更快，这些火箭决不是寻常那种火箭，而是耀阳连续两夜亲自赶制的，以他的修为和对炎阳的了解，制成的这些火箭威力岂是等闲可比？一遇草木立即燃成大火。

从没见过这种火箭的威力，所有苓城的兵士顿时慌了手脚，这时耀阳亲自出手，飞跃而起，挥手“炎龙狂舞”全力而出，顿时数十条炽白色的火龙呼啸而下，落在苓城兵马的阵形中央，火势顿时更猛。

这时，两边斜坡上也有三百余支带着火焰的利箭纷纷飞射而下，曜扬军完全是瞄准火势还不够旺或者两堆大火之间的中央地带射去，这些都是小千与小风指挥的弓箭手所射，完全为了配合耀阳的火龙攻势，这无疑是致命的，瞬间一堆堆的大火连成一片，本来还有可能被快速扑灭的火势变得不可收拾。

让伯邑考与苓城兵士万万想不到的是，这些箭法精准的弓箭手就是那天上妖探所看到的“逃兵”。

燃起熊熊大火的战车上，兵士或是惨叫着被烧死，或是带着一片火焰四处乱窜，而那些收势不住尚在前进中的马车更带着火势横冲直撞，马匹遇到火便惊恐四窜，顿时整个苓城兵马都乱成一团。而率先前冲的兵士虽然逃过火劫，但是他们没有了后续的兵马支援，已经无异于送死。

包括伯邑考和一众将领都呆住了，他们一路来也都是小心翼翼，路上既然没有火油，他们更是妖宗好手，自忖不怕这等五行小术，所以根本没想到会受到火攻，所以面对如此威力的火箭攻势自然慌了神。

顷刻间，又一批火箭兜头倾下，加剧火势，火势顺风向后蔓延，快要被火烧到的兵士慌张地跳下战车就往后跑去，旁边的兵士也纷纷跳下战车向斜坡上逃去，根本不理会众将领的呼喊，当然是自家性命要紧。

这个时候耀阳下令全军攻击，数千将士从两边斜坡之上冲杀下来，那些苓城兵士刚刚逃离火海，哪里还有勇气一战，见到对方气势如虹便骇得慌张逃窜，让曜扬军顺利剿灭收降大部分兵马。

伯邑考虽然慌得没了主张，但好在他身边的几个西岐副将还能镇定下来，立即组织后面的兵马，趁着这条山路非常宽阔，开始重新部署兵马阵形，他们相信只要再次整合起来，未必会输给只有数千人的曜扬军。

因为真正陷入火海的最多不过前面千余名兵士，如果能让后面的兵马停止慌乱镇定下来，凭着苓城兵本身的战力和兵力上的优势，形势还有挽回的可能。

可惜偏偏在这个时候，兵马阵形的尾部竟有不知从哪里来的数千人兵马衔尾杀了上来，给了本来见到火光、听到惨叫且马匹难安的苓城军致命一击。

只有耀阳等一些将领才知道，那些人就是一路上作鸟兽散的“逃兵”，而且按照预定计划，倚弦施以法道渲染出兵败如山倒的幻象，而老练的莫凌风在等到伯邑考率军衔尾追击耀阳后，很快将兵马再次集结起来，然后找准时机攻击到敌军的尾部。

莫凌风从敌军后面突然袭击，苓城兵马顿时首尾难顾，惊慌失措，就算那些西岐将领再如何处变不惊，此时也无法让这批兵马镇定下来。

耀阳和倚弦分率两批曜扬军兵士从斜坡上向下冲锋，将长蛇般的敌军从中截断。正常情况下他们根本不可能办到，可是现在苓城军本来就惊惶不定，刚好被曜扬军乘虚而入。

火烧人肉的气味刺鼻，连片的惨叫声传入耳中，曜扬军将士是气势如虹，苓城兵士却是心惊胆战。

此时，耀阳再给他们一个心理上的压力，他伸手祭出轩辕剑，金光爆射中，斩出九条并无多少威力却无比华丽的金光巨龙冲天龙吟而起，厉声喝道：“轩辕剑出，天下归心！顺我者生，抗我者亡！”

“轩辕剑出，天下归心！顺我者生，抗我者亡！”立即有受到小千与小风训练的大队兵士跟着喊出声来，最后喊道，“轩辕仁心，降者不杀。”

轩辕黄帝持“轩辕剑”一统天下，世间无人不知，苓城兵士们听闻耀阳手持轩辕剑，那不是摆明了是天下明主吗？更何况见到耀阳祭出的九条金龙，哪里还有人不信，顿时本来慌乱的军心完全崩溃，听到降者不杀，开始有几个人放下兵器跪下投降，第一批人投降，其他诸人更是纷纷效仿，毕竟性命要紧，而轩辕黄帝以仁慈闻名，身为他的继承人应该也不会滥杀俘虏，耀阳这一招算是借了轩辕黄帝千年不衰的英名。

靠着轩辕剑的不世威名，耀阳避免了苓城兵士不顾一切反击可能带给他们的伤亡，也更快地结束了战斗，但事实上在耀阳和倚弦分别从两面合击，从中截断苓城军之时，包括伯邑考也清楚他们大势已去。

伯邑考和朱子真等人率仅剩的两千兵马以一众妖人打先锋，勉强突破包围，逃了出去。耀阳当下亲率两千人马追击，伯邑考等人已经军心涣散，完全没有再战的勇气，狼狈逃窜回城。

曜扬军衔尾追击近二十里，直至苓城城外，才停止前进。

耀阳高坐马上，扬声大喝道："诸位老友，送君千里，终需一别，曜扬军就送你们到此了，日后再会！"

在一众兵士的如雷喝彩声中，曜扬军雄赳赳地开赴牧场基地。

伯邑考最后仅带着千余兵马灰溜溜地逃回城中，心中又恨又急，百味交杂，其中滋味自是难以明了。

郑伦见到如此颓势，大惊失神之下更是不明究竟，忙寻了几个副将问明情况，详细听罢也只能扼腕长叹，久久无言。

九尾狐的妖眸不住闪动，脸色似乎平常依旧，摆出一副胜败乃兵家常事的模样，但心中却清楚，这次自家的脸丢大了，无论是三界的名声，还是余部的实力都是大挫，很长一段时间怕是也无法再扭转颓势。

九尾狐凝神注目城外硝烟逐渐散尽的山地，心中说不出的得失愁绪，她想到自家曾经将耀阳与倚弦兄弟俩玩弄于股掌之间，那时是何等的万妖之后的威风，然而世事难料，自从她的肉身被耀阳破去元阴，令她无法返回朝歌迷惑纣王之后，这兄弟俩便开始脱出她的控制，有如龙上九天、凤翅天翔般凌驾于她，甚至三界之上……

想到这里，她不免幽幽一叹，正因为如今无法预料的未来时势，令她想到一个从未想过的问题——当年的她冒着身份被揭穿的危险，将已经堕入冥界轮回的兄弟俩再又带回阳界，究竟是对还是错呢？

曜扬军回到牧场，经清算这一战曜扬军有将近一千七百余人战死沙场，另有八百余人重伤，而歼敌足有四千余人众，俘虏敌军也有近四千兵马，同时还让敌军将近两千人逃散各处，真可谓是战绩辉煌。

对耀阳而言，其实战后诸事比战争本身还要麻烦。这一点倚弦完全可以看得出来，但是素未参与兵家事宜的他却是爱莫能助。

耀阳在莫凌风等人的协助下，收拾双方丢下的大量器械，包括一干还算完整甚是完好无损的战车近六百辆、收拢惊慌逃散和还留在当地的马匹三百余、尸体上和匆忙丢落在地的兵器革甲数以千计，这一战收获颇丰。

关于四千余名俘虏，耀阳的处理比较宽厚，只要愿意加入曜扬军的，都可以收容，不愿意的也可以给予一定干粮放他们回去，只是他们身上的革甲当然会被留下，同时他也有意无意地说起伯邑考为人多疑，未必会相信他们这些降兵，也说到这些俘虏的家人肯定非常思念他们等等，结果愿意投靠曜扬军的人多达两千六百余人，这多半是因为耀阳有轩辕剑和从前在西岐甚有威望的原因。剩余两千余人，耀阳相信他们愿意重归伯邑考麾下的应该不会超过一半。

最后剩下几个没被干掉的妖人，这些家伙化成人形不久，暂时还无多少人性，留着太过危险，杀了也不是很合适。耀阳跟倚弦商量了一下，最终废了那些妖人的道行，不过念在他们修行不易，还是让他们留着了根基，以便日后修炼。

耀阳将降兵拆分开来，重新编入曜扬军中，避免了这些降兵联合作乱反叛的可能性。还有慰问伤兵，犒劳全军等事，战后的三四天内，耀阳忙得要死，倚弦也跟着转悠，只有小千和小风乐得轻松，当然是发挥他们的天赋做探子去了。

这日，耀阳清晨起来就开始召开军事议会，虽然苓城大胜，但也不是说就此可以高枕无忧了，想来还有更多的麻烦在后面等着牧场大军。耀阳、倚弦、秦骊如和莫凌风父子等一众高级将领汇聚牧场军营大帐之中商议往后诸事。

耀阳在将台上微笑地扫视众将，道：“前日一战，我军大胜，大家的表现都非常好！只是还有些小问题，就如逃跑之时过于慌乱，大局已定之后仍然让伯邑考等人轻易突破率军逃走等等，当然这些大部分是因为我军士兵还略欠训练，还有经验不足的原因，以后可以改进。只是大家万勿因为这次胜利而自满自大，以后的战争还会更加艰苦。当然，我对大家、对自己都很有信心！我想诸位也绝对不会让我失望！”

众将都纷纷宣称以后将更加尽职。耀阳先行谢过了作用甚大的老将莫凌风，然后又赞扬了几个表现突出的将士，其中包括六个莫凌风推荐的将领，譬如赵成等等有功之士。

之后，耀阳沉声问道：“各位以为我们接下来该怎么做呢?”

众将深思起来，猛将型的赵成却是大大咧咧地道：“末将以为，乘着敌军大败，我军士气高涨，不如一鼓作气将苓城拿下算了。”

耀阳含笑不语，看向其他诸将。

偏将黄德远思虑比较周全，道：“绝对不行，据闻伯邑考手上拥有无数的钱物，手下有一批还算有用的西岐将领，他自可招得大批兵士，淮夷民风剽悍，只需他手下将领对新兵稍加训练，就能齐聚不少战力，若是论战或还不行，但用来守城却没有问题。再则说来我军实力还远远不够，就算攻下苓城也会损失大部分兵力，到时候还要对付淮夷的援兵，恐怕得不偿失!”

赵成虽然冲动，却也知道黄德远说得正确，便讪讪退下不再说话。

偏将赵桐发言要求马上招兵，秦真则提议招募各方人才，刘和说加强训练，还有诸将皆有发言，提出不同建议。

耀阳点头以示赞许，却注意到一旁的莫继风一直皱眉不语。

等到众将没有什么话要说的时候，耀阳看向莫继风，问道：“不知莫老有何意见，尽管说出来让大家参详参详。”

莫继风向众将抱拳示意，道：“那末将就献丑了。各位将军所言都极有道理，但是各位好像忘了一点，那个伯邑考会否忍气吞声咽下这口气呢，苓城本属淮夷，淮夷虽然素来不喜伯邑考，但是对于这次败仗还有我们新建的曜扬军会有什么样的反应？苓城虽败，却也不可小看，如果大意忽略他们，也有可能出现问题。而且周围势力不只是淮夷，还有其他大大小小的势力我们也要兼顾啊。”

耀阳满意地点点头，莫继风虽然没有提出什么建议，但是这番话却是一针见血。其余众将亦觉得莫继风所言甚是，他们都忽略了这一层。

耀阳拍拍身后小千的肩膀，道：“小千，你将探听到的消息说一下。”

小千大步上前，先是轻咳了一下，然后沉声道：“我们近日来一直监视着苓城的一举一动，知道他们在上次袭击牧场失败后就开始再次招兵买马，仗着西岐大少的招牌，到现在至少又招了数千兵士。而苓城三年来储存的器械、粮草、马匹也是不少，虽然没有恢复元气，但是实力还是不容小觑。”

众将闻言骇然，想不到短短几日的时间，伯邑考竟能招募数千兵士。

小千继续道：“这些不说，还有一件比较重要的事情，就是伯邑考派人去了他娘舅淮夷王那里，还送了些财宝美女，这之后，淮夷那边似有动作，我们还在进一步调查中，好像有调动兵马的迹象。”

耀阳接过小千的话，道：“这次看来是伯邑考走投无路，只能寻求淮夷的帮忙。暂时不知淮夷会有什么反应，但无论如何，这对于我们来说绝对不是一个好消息。各位认为如何呢？”

众将皆连连称是。

小千又道：“还有一个不知是不是好消息，伯邑考手下有几个西岐带来的大将，因为在伯邑考败后还出言触怒他，结果被伯邑考彻底闲置，而据闻这几个大将本来都是西岐能征善战的将领，可惜跟错了主子。”

耀阳等人只能为他们惋惜，没人认为在伯邑考手下，会有多大的前途。这些将领枉费了一身本事，难以发挥实力，恐怕日后再难有在西岐时身为西岐军将领那样的风光了。

耀阳和倚弦不由相互对视一眼，同时想到那才能出众的郑伦。

不过耀阳也不会低估任何敌人，说道：“伯邑考等人不是笨蛋，就算他对这些将领再看不顺眼，也应该知道他们的本事，所以我们绝对不能因此而小看苓城的战力。”他知道以伯邑考的愚蠢或许会抛弃这些将领，但是九尾狐素来狡猾得很，定然不会容许伯邑考这么做。

耀阳看看众将，话锋一转，道：“但不论怎么样，苓城实力大损已成事实，短时间内不可能恢复过来，他们现在只是处于能守不能攻的尴尬境地。伯邑考这个时候去找淮夷王，断然不可能是为了让淮夷替他守城。所以只有一个可能，就是伯邑考不甘心失败，于是前往糊弄淮夷王，希望他们能够出兵来对付我曜扬军，以伯邑考的性格和当前的局势而言，这也是最好的一个办法。所以我认为不久之后，淮夷就会进犯我牧场，你们认为如何?”

刘和提出疑问道：“将军，淮夷不比鬼方，鬼方素来能征惯战，但淮夷却极少与人不和，跟周边诸境从无过犯。淮夷王虽跟伯邑考是舅甥关系，但是没有道理为了这些财物而进犯我牧场地界，再说我军盘踞牧场，细细算来仍然可算殷商属地，淮夷更不可能轻易犯上才对。”

秦真不同意，反驳道：“话不是这么说的，淮夷虽然奉殷商为上国，每有贡品奉上，不敢轻犯，不过是形势所迫。其实淮夷地处蛮夷，又刚开化，比之殷商而言贫瘠不少，以淮夷王一统整个淮水的野心，怎么可能会不对富裕的殷商觊觎几分？以往殷商实力强大，难以撼动，但是现在殷商四分五裂，谁都难以顾及到这相对偏远的淮夷。只要淮夷王不是胆小怕事贪图苟安之辈，肯定会对殷商有所图谋。恐怕这三年来，淮夷已在聚集进兵殷商地界的兵力，这从淮夷默许伯邑考屡犯我境便可以推测而知。伯邑考的财物或许不能让淮夷王心动，但是这个能进军殷商的机会和借口绝对是淮夷王迫切想要的，所以将军所言绝非危言耸听。”

莫继风亦道：“我赞成秦将军所言，淮夷王觊觎殷商已久，有这么好的机会哪会放过？不过，淮夷毕竟对殷商还有顾忌，末将以为，这次淮夷肯定会出兵，兵力虽不至于倾国而出，但也不会很少，可能会暂做试探。如果可以的话，他们会以这批兵马为先锋，打开进入殷商势力的大门！若是失败，他们也会堂而皇之的找到借口退兵，然后继续从前相安无事的局面。”

耀阳沉声道："既然如此，我想大家都有自己的想法，各位都说出来。"

众将略有思考，纷纷表示耀阳所言甚是。接下来耀阳和众将开始仔细分析淮夷王参战可能出现的各种情况和应付策略。

最终定下曜扬军随时准备应战的详细策略，并且在时间不多的情况下，这几日内开始训练曜扬军各个兵种之间的配合作战能力。这么短的时间内，想提升曜扬军兵士单兵作战能力显然是不现实的，但是曜扬军本身没有很好的统合性，这在战争中甚是吃亏，从这点着手，倒有可能提升整军的实力。

耀阳也存心锻炼小千和小风的能力，抽出曜扬军几十个精英，让这两个徒儿带领他们查探苓城的消息，对这两个徒儿的能力他还是信得过的。

至于募集兵士，搜索人才等方面的事情，现在开始布置，但是暂时还不能匆忙施行。这些事情不用急也急不来，很多迫在眉睫的事情需要优先处理。虽然曜扬军的实力不足，但无论是新招人才还是兵士，都不可能短时间内发挥作用的。

不管淮夷是不是会出兵，牧场的警戒还是不能放松，有了西岐城被破这样教训的耀阳绝对不会在同样的错误上再栽一次。当然无可避免增加了小千和小风的任务，好在小千和小风不辱使命，成功揪出了十几个伯邑考以及其他势力的奸细，其中一个伯邑考方面的奸细竟然还是裨将身份。

耀阳不由暗自庆幸，上次一战他甚是小心，没有将作战计划透露给多少人知道，否则战况就不是现在这样了，或许这也得感谢当初虎汉遴和姬发好好地给了他一个难忘的教训。

耀阳暗中将这些人处理完后，夸奖了小千和小风两句话，并许诺战后会再教他们更多《幻殇法录》上的法术。接下来耀阳又陷入忙碌之中，上位者不是这么好当的。当然，好兄弟有难同当，他也不会让倚弦闲着，除了强迫倚弦看《龙虎六韬》之外，还有不少事情需要让倚弦处理。

时间就这样一天天的过去了，曜扬军和牧场的实力也逐渐得到恢复。

"淮夷王派遣大将毛洵带领两万兵士，伯邑考倾尽西岐带来的五千战车兵，两军已在牧场三百里外会合。敌军以淮夷军为主、苓城军为辅向牧场逼近，其意极有可能是想一举将牧场攻下。”

当小千和小风将准确的消息传到耀阳这里的时候，耀阳连赞两人是天生的最强探子，三界之中怕是都无与伦比。这种消息能早一步让耀阳知道，曜扬军就能多一分胜算，换做其他人恐怕最快也要再过个一天。

事不宜迟，耀阳立即召集众将开始商讨对策，这次众人神色更加凝重，谁都知道淮夷军不善驾驭战车，但是淮夷兵士无不是剽悍强壮，悍不畏死，单兵作战能力恐怕连伯邑考手下的西岐兵士都有所不如。如果这两万不怕死的强猛兵士攻袭牧场，现在的曜扬军虽仗有洪泽城之坚，恐怕也难以抵挡。

而伯邑考带领的五千西岐兵也断绝了曜扬军可能正面以战车大阵冲垮淮夷军的可能性，只要各方面都胜过曜扬军的五千战车兵挡住曜扬军的冲击，两万淮夷军几乎能将曜扬军打得抬不起头来。

实力上的差距让众人实在难以感到乐观，如果不是因为耀阳的战绩和名望使得众将如此盲目崇拜，恐怕此时众人早已没有一点信心了。

虽然知道淮夷军必定会参与此战，但耀阳仍是心中苦恼，这淮夷军的两万兵士未免有些多了。如果只有两万的淮夷军或是再让曜扬军修整训练一个月，那对付起来或许容易多了。现在他也大感为难，真正体会到实力悬殊的巨大压力，但耀阳表面上还是一脸冷静自信的神色，他不能让军中众将因为他的担忧而丧失起码的士气军心。

而事实上，几年间经历种种磨难的耀阳也有足够的自信，无论在什么样的情况下，他都坚信自己能胜，即使现在姜子牙亲自带领十倍于曜扬军的西岐精兵来攻也一样，所差的不是信心，而是应付的手段和时间问题，这是耀阳几年来磨练出来的钢铁意志。

众人纷纷讨论之后，都难以想到办法，就算是表现比较好的莫继风也只能提出几点必须要注意的事情，难以想出有效的对策。两万淮夷悍兵的山地作战能力非常人可比，而伯邑考带领的五千战车兵在平原地带绝对是不小的威胁。

第一百四十二章　设计诱敌

耀阳沉思良久，终于道："淮夷军剽悍善攻，我军若是坚守洪泽城，就算最终能顶住，也会损失惨重，所以此战只能主动出击。淮夷军虽然强悍，但是不利统合，伯邑考手下的战车兵也是初次跟淮夷军联手，之间根本没有什么默契，我们可以从这点着手，让他们产生混乱，以便打一个漂漂亮亮的伏击战。"

众将对耀阳倒是很有信心，闻言纷纷表现愿意在耀阳的带领下，以寡击众，给淮夷军一个教训。

耀阳当即命令集合曜扬军，准备粮草，马上全军出发，决意与淮夷和苓城联军展开一场对攻。耀阳已心有计划，但是他也不敢对敌军大意，让小千和小风赶快行动，查探淮夷军毛洵和他手下几个副手的一切，以及联军具体的准备。耀阳很清楚如果料敌不深，就算再好的计策都可能失败，这是他现阶段所不允许的。

这一战定要漂亮地获胜，只有这样才能使得其他势力不敢轻惹他们，让牧场和曜扬军获得喘息的时间，也可以让耀阳能好好的将这曜扬军操练成真正能征善战的精兵。如果这一战失败就不用说了，若是惨胜，曜扬军伤亡过大，也会导致其他势力乘虚进犯。

耀阳叹了口气，敌军也不是笨蛋，以现在勉强整合起来的曜扬军跟数倍于自身的强悍敌军交战，还要赢得漂亮，谈何容易。当然这些他是不能跟手下诸将说的，免得影响他们的士气和信心。

倚弦拍拍他的肩膀，问道："怎么样？对付淮夷和苓城联军有困难吗？"

耀阳道："不是困难，是头痛，这件事情可是需要好好斟酌，不容得有任何差错。"

倚弦笑道："看你的神情，虽然有些为难，但是看来是有了应付的办法了吧？只是你现在为难，恐怕是因为不愿意这样做是吧？"

"还是你这小子了解我。"耀阳有些无奈地道，"兵法有云：以寡敌众，以正击奇，方为上策。但是现在我军实力完全不能跟敌军相比，迫不得已，只能反其道而行之，以奇击正，争取险中求胜。尽管我想到了应对之策，这种方法虽然看起来刺激，却也太过危险，老实说，我真的不想这样做。但是为了走出眼前的困局，却只能这么做。"

倚弦虽然想不出耀阳心中如何定计，但是他对耀阳很有信心，道："你不会是因此而灰心吧？我看你肯定有更好的办法解决这些问题的。"

"的确有办法，只是有些麻烦，曜扬军还有其他问题需要解决，我还不知道能不能忙得过来呢。"耀阳微叹一口气。

倚弦一拳捶在他的胸口，笑骂道："你不要装成这么忧愁吧？什么麻烦，我看你多半是乐在其中！"

耀阳一扫刚才的颓然神色，嘿然一笑道："你说得也是，老实说这种具有挑战性的事情，我还是比较喜欢做的，如果只是伯邑考那五千战车兵，以敌我双方现在情况，我军基本必胜，反而没有什么乐趣。"

倚弦摇头笑骂道："赞你一句，你也不用这样自吹自擂吧？"

耀阳微微一笑，的确只有兄弟俩像是从前那般插科打诨，才能让他紧张的情绪放松下来，当即正色道："不跟你开玩笑了，说说正经事，此次一战，我需要你的帮忙。我想以你现在的能力一定能助我漂漂亮亮的赢下这一场。"

倚弦点头道："要我帮你自然不需要废话，不过我能做什么？"

两兄弟一边聊天一边散步，耀阳又问了倚弦一些建议，倚弦自然将自己的想法说了出来，两人一番讨论，倚弦对于军事的了解略有加深，耀阳也有所得，对于跟淮夷苓城联军一战更有把握。

据小千和小风得出的消息，由于粮草方面跟牧场接近的苓城都能提供，淮夷联军只需携带行军所需的少量粮草就够，所以轻轻松松就能日行百里，行动迅速，不过两天的时间，联军就已经逼近牧场范围。

而这两天内，耀阳在倚弦等人的帮助下也已经做好了迎战准备。战争最忌作战计划泄露，甚是小心的耀阳明确地表示要跟敌军打一场伏击战，却没有透露具体的作战计划，只是秦骊如、莫凌风等一干完全可以信任的将领知道耀阳的计划。

虽然不知道耀阳的具体计划，但是曜扬军将士上下却无不是信心暴涨，显然大部分都认为只要有战无不胜的耀阳在，那敌军再强也不足惧，这也有一点好处，盲目的信心至少使一干兵士以不平常的士气弥补了战力上的不足。虽然这种士气对于曜扬军长期发展隐有不良影响，但是短期内却可以好好利用，现在正好以此来跟淮夷军背水一战。

根据两日来的仔细考虑，耀阳终于确定了伏击敌军的地点，那就是淮夷联军前往牧场所必经之地——无风岭。

牧场大军略作整合，便连夜启程，很快就到了无风岭地界。

无风岭有如其名，远远从高处看去，可以见到那里的丘陵相对甚是平缓，最高坡不过六七十丈，最低的甚至只有十丈左右，远远看来便像是没有什么风浪的水面。而与之相对的是无风岭周围高峻的山脉，那些地方虽然都是伏击的好地方，但是非常不利于战车前进，而且战略目标过于明显，容易招人猜疑，显然不是伏击的最佳地点。

耀阳偏偏就决定在这无险可守的无风岭上伏击毛洵。

“毛洵勇猛悍战，颇有智谋，生性果断少疑，一见战机就能当机立断。算是淮夷之中少见的名将，又爱惜兵士，甚得军心。”耀阳得到的就是关于毛洵这看起来没有一点用处的资料。

夜风冷清，耀阳听小千和小风回报敌军就在三十里外扎营，防备极为严密，全营警惕，勇猛的毛洵显然也不会大意，不会给曜扬军任何可以偷袭的空隙。

耀阳沉吟片刻，问道：“那根据你们所知，毛洵率领的联军是不是知道我军已经至此伏击?”

“那是当然的！”小风抢先道，“我军离敌军不过三十里，他们虽然不知道我军的详细情况，但是按照这么近的距离推断，他们绝对不可能不知道我军就在这里。”

小千也道：“不错，毛洵那家伙不是笨蛋，自然知道我们大军的到来。只是因为怕夜里被我们埋伏所以才不敢轻进。徒儿推测，恐怕明天日里他们就会主动出击了！”

“这就对了！”耀阳何尝不知这点，只是想看看两个徒弟的反应而已，此时满意地点点头，道，“现在能进行我们的大计了！”

耀阳沉思片刻，嘱咐了半天让两兄弟好好准备一下，然后立即拉了倚弦鬼鬼祟祟地去布置一切了。

无风岭的清晨寒风袭人，此时才是刚一开春，冬末的冷冽还未完全消退。

临晨之时，这一带便开始起了薄雾，到了东方破晓时，便已见一片茫然薄雾。不过幸好并不很浓厚，只是远近之境略有模糊，视线不是很清楚。

很早便得知淮夷联合大军已经开动，耀阳抚掌大笑道：“这就好！”

于是首先留下一批人做点表面工作，耀阳立即命令大军潜行而进，趁着迷雾大军前进十里，在小千与小风两个绝佳探子的帮助下，曜扬军在临近淮夷苓城联军前行的路上埋伏下来，欲杀毛洵一个措手不及。

在这迷雾中伏兵，敌我双方的处境都一样，眼前白茫茫的一片，总会让人感觉到一片茫然的不安，曜扬军很少遇到此等情景，多半兵士自有些惶惶不安的神情。一群人埋伏在两边等待着联军入套，但也有一部分人心存其他想法。

毛洵此时高踞战车之上，身旁的伯邑考满腹心事。

他们早就知道耀阳的布置，立即派出能人查探，从上空看去，伯邑考手下的几个法道好手，将周围的一切都尽收入眼中，这一片迷雾并不能为难这些法道高手，只有些麻烦而已，不过曜扬军的一切布置都被查看得一清二楚。

曜扬军的近万兵士全数就在前方八里左右的高坡上埋伏，那个地方位于这一带的最高处，近十里内也就是那里最适合伏兵。而在原来的营地上还可以见到大批兵士旗帜鲜明的守卫。

在这一片迷雾中，如果毛洵未能先得消息并让那些法道好手仔细小心查看，定然会以为曜扬军还在原地，如此贸然冲过去，恐怕甚是危险。

曜扬军一共不过万余兵士，这想必就是他们倾尽全力的实力了。耀阳想得不错，如果依照这样的实力在晨早的迷雾天气中伏击成功，不论是兵力还是士气，的确可以对淮夷联军造成一定的打击。

毛洵微微一笑，低语道："毛头小子还算有点能耐，不过，毕竟还是太嫩了，想做本将军的对手还早了点。这次，本将就让你知道一些本将军的厉害。"

毛洵当即机立断，命令全军谨慎前进。

不久，就在接近曜扬军埋伏的地点，毛洵心中冷笑几声，轻声对副将叮嘱几声，副将毛勇笑着离开去布置一切。毛洵率军继续前进，伯邑考到了毛洵身边，不无担心地说道："毛将军，这个耀阳诡计多端，千万要小心一点才是！"伯邑考被耀阳打怕了，总有些惴惴的感觉。

毛洵沉声道："你说的不错，那个耀阳的确有点手段。所以才要抓住机会，战机一闪即逝，一旦他们察觉到什么，肯定会就此退走。以后若是让他们退回洪泽城中，我手下的儿郎势必要为攻城而付出惨痛代价。所以现在就是一举击溃他们的最好机会。况且我军兵力占优，打一场有准备的战事根本不惧！"

伯邑考其实只是害怕担心而已，其余根本想不到什么。他注意到这一带都是沙土石地，根本无任何可燃之物，而且又是雾气缭绕，不怕火燃之物。再说他从前受了教训，也因此防了一手，就算曜扬军真的用火攻，伯邑考自忖也不可能有很大威胁了。

淮夷联军慢慢前进，看似大批兵马行军，其实在薄雾与法道好手的掩护下，已经有半数的兵马轻装上阵，已经从旁近的山坡摸了上去，无非是想要杀曜扬军一个措手不及。

不过，伯邑考所言的确有道理，毛洵仗着兵力优势，真的是太过小看耀阳。对于这一切耀阳其实早就了然于心。

耀阳一直闭着双目休息，很久以来他都没有跟实力相当的法道高手近身相搏，更不要说受伤了，但是他却从未因此停下这等类似五行合一的疗养，因为这样可以让他的思感变得更为敏锐。

此时，他的身边却不见倚弦和秦骊如等人，因为他们将是这一战胜负的关键。

身旁的小风一直在凝神细听，良久过后，突然兴奋地说道："师父，敌军到了，就在两里之外。同时他们想要偷袭我军的人马也到了，应该在半炷香的时间内就能接近我们!"

"干得好!"耀阳突然睁开双眼，发出炯炯神光，微笑道，"毛洵啊毛洵，你也知道这里是无风岭近一带最高的山坡，但你有没有想过，我真正想伏击的是你所派遣的这批人马。还有一点就是，过于依仗并不是自军所长的法道中人，有时会成了自己的致命伤。小风，你也应该记住这点，知道吗?"

小风连连点头示意明白。

毛洵看着前方，浮起笑容道："看来，差不多是时候了。"

伯邑考担心之中还有一丝快意，低声道："耀阳，看你这次怎么逃?"

毛洵环视四周，突然又皱了皱眉，道："奇怪，怎么好像那雾气又浓了些。"

他身边的副将亦道："不错，属下感觉有些不大对劲。"

"房隆，你认为我们是不是没有考虑清楚……"毛洵突然惊觉，双眼发出骇人光芒看向前方高处，惊道，"不好。"

"什么?"房隆还没反应过来，事情已经发生了。

耀阳突然长身而起，伸手祭出轩辕剑，手腕一转，运足元能厉声喝道："毛洵、伯邑考，你们上当了。将士们，杀!"猛然斩下，龙吟震天中剑气如狂涛般奔出，金光照彻迷雾，竟还让人感到一丝刺眼。

这是发动总攻的信号，也是无风岭伏击战的开始。

庞然剑气正砸在潜行欺近的淮夷军最密集之处，轰然作响，被血肉染红的石块飞溅而起，剑气狂扫起的飞石像是暴雨般落下，将下面纷拥而上的淮夷兵士砸得鬼哭狼嚎。这一击击毙近百的淮夷军，顿时让从未见过耀阳神威的淮夷兵士惊骇莫名。

接着就是成批的大小石块滚砸而下，曜扬军居高临下不需要箭矢也占尽优势，另一边亦是如此。

毛洵知道上当，骇然欲做出反应之时，却闻得自己左右两边忽起杀声，滚石飞箭尽数倾下，顿时整个联军一片混乱。箭石如雨倾飞，浓雾中淮夷苓城联军上下都看不清曜扬军究竟从哪里来的，如此突然的打击让淮夷苓城联军根本没来得及做出一点反应。伯邑考手下的五千人本是西岐精兵，非寻常兵士可以相比。可是他们在苓城屈居三年，屡攻牧场不下，早已没了昔日的锐气，又连续两战被耀阳率领的大军以少胜多，士气大落，而众人更知战无不胜的耀阳手持代表天下新一代英主的轩辕剑，此时又发现中了计，顿时大乱起来。

先是西岐兵慌乱不堪，立即影响到本来就军心不稳的淮夷军兵士，天下最容易扩散的就是那种恐慌，何况他们受到伏击还摸不清敌军的位置，甚至根本不知道这批兵士是从哪里冒出来的？

转眼间，整个淮夷苓城联军都开始惊惶不已。

毛洵也是骇然失色，他根本不知道这左右两边的伏兵是哪里来的，为何己军查探的法道好手根本没看到？而那被发现的埋伏在前方的万余敌军是怎么回事？敌军怎么可能会有这么多的兵马？

毛洵厉喝连声，努力想让全军镇定，但是曜扬军绝对不肯给他机会，乘此绝佳战机，全军冲杀而下，率先赶到的是倚弦率领的五千兵士。曜扬军精兵五千仿佛丝毫无视于迷雾的阻扰，准确无比地冲入完全不成阵形的联军之中。

淮夷苓城联军正是慌乱之际，秦骊如也带兵冲到了，在小千的帮助下，曜扬军完全没有受迷雾所扰，像是一把尖刀堪堪插入联军脆弱的腹部。

对于淮夷苓城联军而言，曜扬军的将士从看不清的迷雾之中凭空冲出，根本没有让他们有反应和防备的时间。措手不及兼惊惶莫名之下，淮夷苓城联军兵士骇然失措，根本不是士气正旺的曜扬军将士对手。

本来想潜近偷袭的淮夷军兵士没想到这边受阻，主将也被伏击，顿时军心惶惶，甚至不知是该前进继续攻击还是回去解主将之围。

领兵偷袭的淮夷军副将见曜扬军已经察觉，他们想攻上去也绝非易事，终于还是以主将为重，撤退援助主将。但他没想到这正合了耀阳之意，就在副将下令撤退，淮夷军开始后退之时，山拔上再次滚下一批擂木滚石。

耀阳毅然喝道："杀!"

声如霹雳，再次震得敌军兵士心神慌乱，对此耀阳已经运用熟练，在非常时候如此惊喝，效果非常明显。

紧接着跟随在石块后面冲杀的——是曜扬军士气涨到顶峰的将士仗戟冲杀而下，一片迷雾中，淮夷军兵士只感满山遍野都是冲杀而下的曜扬军。

转身撤退的淮夷军兵士顿时慌了手脚，那副将立即知道自己在慌乱之中犯了一个致命的错误，他没有组织一批人手断后。这时根本来不及转身的淮夷军兵士面对顺坡滚下的山石，他们唯有逃得更快。

兵败如山倒，淮夷军单兵作战能力虽然极强，但是他们也有很大的缺点，那就是军形不整，配合不足。此时在这种情况下，淮夷军万千兵士显得纷乱不堪，难以整合。

曜扬军气势如虹，目标明确，联军军心涣散，士气低落，甚至还不知曜扬军来自何处。两相比较，相差何止千万里？两面的战况都对曜扬军甚是有利。

耀阳乘机再次喝道："轩辕剑出，天下归心。"

"轩辕剑出，天下归心。耀阳仁心，降者不杀。"曜扬军将士不失时机地配合耀阳齐齐大喊，这次改了口号，上次借了轩辕之名，此时正是树立耀阳仁心形象的好时候。喊声震天，随之曜扬军兵士仿佛也平增了些力气，杀敌更是勇猛。而联军却如是心魂俱裂，再无一点斗志。

率先跪下扔了武器投降的是几个曾经降过一次的苓城兵士，一人投降十人如此，十投已降就有百人效仿，被一下子打蒙了头的联军更是惶惶难安。

而经过这么些时间，淮夷联军并没听到主将毛洵有什么指示，众人看去却见主将毛洵身边一片混乱，倚弦一个人已让毛洵身遭淮夷精兵铁卫一片混乱，毛洵哪有机会做出什么指挥。

伯邑考没想到在兵力占绝对优势下，仍被耀阳打得无还手之力，心中惊骇莫名，此时一见不对，哪里还敢抵抗，虚晃一下，竟率先带领残余兵马向后撤退。

本来联军就已经阵脚大乱，人心涣散，现在更是投降的投降，逃跑的逃跑，这一来淮夷苓城联军立即支离破碎。如果说原来还有一些重整军队的希望，这个时候可以说是已经完全绝望了。

淮夷苓城联军溃不成军，再无力抵抗曜扬军的攻击，随着战局变得越来越难以挽回，一批批人开始投降，不只是苓城兵，还有一向悍猛的淮夷兵士。再悍不畏死，也并不代表他们愿意白白送死。

轩辕剑天下闻名，即使是化外之民也有所知，连淮夷军亦有不少人知道。这无疑更进一步地催使联军投降。伯邑考没有说耀阳手上有轩辕剑之事，此时毛洵亦是骇然大惊，知道大势已去。

这个时候耀阳御风而起，纵身跃入人群之中，立于毛洵面前，沉声道："毛将军，大局已定，你为何还不投降。"

毛洵横目怒瞪，厉声道："毛洵深受王上大恩，岂肯投降与你，污辱我一世英名。本将宁死不屈。"

耀阳手一扬，指了指真正腥风血雨的战场，道："毛将军既然深受你们淮王重视，为你淮国出力，那么为何要为了你一人之声誉，而累得三军将士枉死？将军爱兵如子，为何连这一点也想不通。"

毛洵浑身一震，一时没有说话。

此时这种情况下就算毛洵还能整合淮夷军，并凭着人数最终勉强跟曜扬军拼得两败俱伤，恐怕都难以挽回毛洵等将战死、淮夷兵士死伤惨重的局面，而且毛洵在耀阳和倚弦合力威逼之下哪有机会整肃淮夷军。

副将房隆一心跟随毛洵，自不想他战死，也不愿这从淮夷带来的两万将士因伯邑考之事而战死于此，说到底他们此次最大的目的也是试探能否进军殷商地界。他当即在毛洵耳边低语几声，毛洵长叹了一身，神色有些沮丧。

耀阳看在眼里，微微一笑，道："耀阳可以用自己的名誉和手上的轩辕剑保证，降者不杀，或许愿意放贵军全体回去也是不定。"

毛洵双眼厉光如电盯了耀阳许久，终于大喝道："淮夷勇士们，立即弃械投降，违者军法处置。"

此言一出，只听得"叮当"之声遽然响起，连成一片，本就完全处于下风的淮夷军兵士抛去仅剩的一丝战意，听命抛下兵器投降。

耀阳拍拍倚弦的肩膀道："这里交给你，看着点。"

倚弦点头，耀阳的意思他自然知道。淮夷军兵士全军投降，虽是抛下兵器，但是人数毕竟众多，万一起乱实在麻烦。这就要靠着倚弦超人的修为威慑众人，就算是有人乘机作乱，倚弦也可以以雷霆之势将其扼杀在萌芽阶段，不至于动摇全局。

耀阳又将处置俘虏一众琐事交给秦骊如和莫凌风，当然还细嘱他们好好看待双方伤员，也要善待淮夷军降兵。

毛洵和房隆等人已经放下了兵器，背负双手，做出束手就缚的模样。

耀阳处理完诸事，微笑道："耀阳想请毛将军和房将军前去本营一叙，不知两位意下如何?"

毛洵和房隆相视苦笑，身为阶下囚的他们还有拒绝的权利吗?

"请!"见毛洵和房隆会意，耀阳笑了笑，没带任何兵士，只与小千和小风兄弟俩请毛洵和房隆回营地而去。

对耀阳而言，毛洵和房隆就如在手掌中，任他们捏握也绝对不可能有任何一点反抗，自然不需要什么押送兵士。不过对于毛洵和房隆来说，这无疑是给他们留了不少面子，两人对耀阳的印象立即大有改观。

当众人一起回到营地时，那迷雾差不多消散了，迷雾来得突然，也散得极快。

“请坐!”耀阳很是客气，毛洵和房隆没有说话，按照淮夷的习俗半蹲坐下。耀阳自然是以殷商的习惯，跪坐下来。

军营尚留有百十兵士，耀阳让人奉上茶水。

毛洵和房隆只是点点头，都没有喝茶。

耀阳却是喝了口茶，摇头道：“这个茶煮得太过，还请两位将军见谅。”说话间他忽然想起云雨妍所煮的茶水，不由有些怀念。

毛洵沉默一阵，问道：“耀将军真是年少俊彦，名不虚传，这一战本将输得心服口服，但有些不明白之处，想请教一下耀将军，恳请耀将军不吝赐教。”

耀阳自不会拒绝，道：“毛将军请说，耀阳定当知无不言。”

毛洵沉声问道：“耀将军知道你们曜扬军中有我们的人，这点不算奇怪，是本将大意了。但是本将奇怪的是，我军派遣的法道高手明明查明左右两方并无任何异状，为何你们还有兵马突然冲出来，究竟他们是从哪里冒出来的?”

耀阳浮起一丝笑容，指指身后的小千和小风道：“毛将军请恕耀阳说得直白，论起法道修为来，贵军之中没有一个高手比得上我这两位徒弟，而耀阳的那位兄弟的修为也非毛将军可以想象。贵军所谓的法道高手在我那位兄弟眼中，根本算不了什么。我这位兄弟虽然不可能将这么多人马隐身不见，但是让贵军所谓的高手看到虚像还是可以做到的。”

小千和小风闻言挺了挺胸膛，一脸的自信。

毛洵一惊，沉默半晌才道：“难怪，耀将军的那位兄弟竟然有如此修为，这样说来，如果本将所料不差，恐怕那迷雾也是他使出来的法术吧?”

耀阳道：“毛将军果是睿智之人，这的确我那兄弟使出的法术，以便进行我军的计划。”他没说谎，这场晨早大雾的确是倚弦使出法术的成果。

不过这耗费了倚弦大量的元能，绝不轻松，而且若非是春寒未去尚有寒气易起雾，倚弦自知也不可能达此满意的效果。

毛洵当然不知道这点，房隆更是惶恐地对视一眼，对倚弦惊骇有加，喃喃道："你们有此神人，难怪我军不是你们的敌手！"

毛洵仍然有疑问，道："耀将军，据我军所知，你们不过万余人马，既然已经在前方布置这么多人，那为何还有多余的人手用作伏兵呢？"

"跟第一个疑问一样，这多半也是法道施展的效果。其实那里两边布置的各只有千人而已，其他的人全部埋伏在两侧。你们的能人所看到的万余兵马是假的。"耀阳还是说了一半，这些兵马是他以《幻殇法录》中的妖宗密法所幻化而成，由于虚像太过庞大，若是没有这片雾气，他人定能看出虚实。

房隆又问道："最后还有一个问题，为何你们能如此准确地知道我们的行动，做出这些简单而非常有效的措施。"

耀阳笑笑道："我们对将军性格了解，自然知道该什么时候做，怎么做。料敌在先，毛将军应该知道这个兵法常识，只是耀阳有些侥幸，押对了。"

耀阳将小千和小风的天赋隐瞒住了，他不想让毛洵知道太多，有些别人难以估计的手段藏在底下总是好的。

毛洵听了沉默良久，才缓缓道："真是后生可畏，我毛洵此次固执己方之势，从而错估形势发展，输得没话说。不过耀将军既然赢了，直接将我们押往大洪牧场不就行了，何必还要如此厚待呢？"

耀阳摸了摸胡须还未剔净的下巴，道："因为不必劳烦各位前去牧场！"

毛洵环目一睁道："耀将军此言何意？"

耀阳哈哈一笑，举起茶杯向毛洵示意道："耀阳所要的不是战争，而是和平。耀阳希望属于自己的子民能生活安稳，想必毛将军也有如此想法吧？"

毛洵静静地看着耀阳，没有说话，心中细思着耀阳到底有什么念头。

耀阳早料到毛洵的反应，问道："不知贵国为何会来攻打我牧场？"

毛洵道："伯邑考乃我王之亲，依附我淮国，如今却受到大洪牧场的威逼和压力，我国自然要出兵相助。从这点而言，耀将军显然没有可以非议之处吧？各自的立场不同，我淮国在情在理都得帮伯邑考一把。"

耀阳哂然一笑，道："毛将军此言差矣，伯邑考屡袭我大洪牧场，意图要侵占牧场，我军总不能坐以待毙。这几年，伯邑考对牧场进犯多矣，我军回击之举也是无奈。想必是伯邑考说了些不利于牧场的言语，来欺骗贵国。现在你也看到了，伯邑考此人不可信，刚才一战将军败阵的原因很大部分是因为伯邑考率众弃贵军而逃，这种人怎么可以相信？"

毛洵知道耀阳将这一战结局说成是伯邑考的责任，是给了他天大的面子，不由和颜一笑，道："耀将军所言是有道理。唉，没想到伯邑考竟如此懦弱无能，此等人怎么可以相信，亏我从前还以为此人至仁至孝……不过即使这样又如何？曜扬军请我们来此，相信并不是为了批判伯邑考的罪行吧？"

耀阳突然站了起来，来回踱了几步，转身双眼精光暴闪，盯着毛洵道："毛将军，耀阳就直说吧，贵国如此支持伯邑考，断不会只是因为伯邑考有些财物或是跟淮王有些亲属关系这么简单。此时殷商大乱，势力割据，恐怕淮王也多少会有些想法，毛将军你说是也不是？"

毛洵没想到耀阳不只是看出淮王用意，还没有什么遮掩的一口道出，不由微怔一下，道："我王之事，非毛某可知，本将也是奉命行事。我王有何想法不是毛某这等武将所能知道的。"

耀阳没有辩驳毛洵的话，却是话锋一转，道："今殷商天下势力各分，形势纷乱，各处都有人想乘乱而起，仿佛这个时候是最易乘虚而入之时。但事实上，有一点诸人都没想到。现在真正能左右天下的暂时还是五大势力，那五大势力分占各处，没有其他势力可以插手的余地。如伯邑考的一点小势力对他们没有威胁，他们自不会理会，但是如果有足以威胁到他们的势力加入，那就另当别论了。现在每一方的势力都不弱于你们淮国，所以胜负难料啊。"

见到毛洵默然不语，耀阳又改变话题，道：“淮国位于殷商之东，虽比起殷商而言也算是蛮荒之地，但是对于周边人方等蛮夷诸国来说贵国已是富庶大国，包括人方等国对淮国都有觊觎之心，我想他们绝对会有落井下石的想法。”

毛洵心中一惊，略带讽刺地道：“耀将军对我国还真是了解，不过耀将军有无想到一点，殷商的各大势力都相互戒备敌视，情况比我国好不到哪里去。”

“情况如何贵国心里清楚，也不需我多说。”耀阳没有在这个问题上纠缠下去，又道，“贵国兵士强悍善战，实力强劲，不过有一点却是非常致命，贵国不善战车。战车兵冲杀的威力，非步兵可比。原本贵国若防，可以选择崎岖地形，布置对战车兵不利的战势构架。但是想要主动出击，试问步兵怎么能是战车兵的对手？所以无论是殷商对淮国，还是淮国对殷商都是利守不利攻的局面，毛将军自信必胜否？”

毛洵也知如此，但他又怎么肯轻易示弱，毛洵镇定地道：“耀将军之言有些道理，不过，我淮国上下一心，比之你们钩心斗角，岂可同日而语？”

耀阳耸耸肩，道：“贵国人生地不熟，又是长途跋涉，未战便已先输三分，本来有伯邑考可做向导，但是伯邑考如今的表现毛将军显然也看得很清楚。跟他合作，我都替你们担心。毛将军以为如何呢？”

毛洵没有说话。

耀阳乘机大笑道：“不说这些，不管眼前形势如何，你们淮国想必也希望多个朋友，而不愿跟不必要的人结怨吧？”

毛洵一愣，道：“耀将军的意思是……”

耀阳淡然一笑道：“耀阳希望能跟贵国交个朋友，这无论如何都比兵戎相见为好。毛将军，你说是吗？”

毛洵没想到大胜的耀阳乘机示好，顿时大怔，疑惑地看着耀阳，不知他打的是什么主意？

身旁房隆亦是奇怪地问道：“你们殷商诸人皆以我国为蛮夷，不屑与我等交往。耀将军应该是乘势要求我等才是，怎么反而会主动与我国交好？”

耀阳道：“为将者，自不希望手下兵士枉送性命，而且你我如此邻近，如果能与贵国和平共处，耀阳自然万分愿意！”

毛洵默然不语，他知道耀阳说的也是，以他的想法也绝对不愿意与耀阳他们为敌，能化敌为友无疑是最好的打算，可是这件事毕竟事关重大，不是他所能决定的。

耀阳再出猛药道：“此事，我想毛将军需要好好考虑一下。为表诚意，耀阳愿意准备足够粮草赠予毛将军，愿毛将军和贵国将士早日返家。”

毛洵和房隆同时一震，不敢相信地看着耀阳。曜扬军此战可谓大获全胜，将淮夷军全部俘虏，按照常理来说，耀阳怎么也可以向淮夷提出一些要求，谁知道他竟然就这样轻易的说要放他们回去？

耀阳看着两人震惊的神色，满意地笑了笑道：“耀阳的确不想跟贵国兵戎相见，希望毛将军回国能将耀阳的意思传给淮王知道，我想这个忙，毛将军还是愿意帮的吧？”

房隆疑道：“耀将军真的愿意这样放我军离去？你不怕我军成为将来攻击牧场的主力军吗？”

耀阳突然神色一肃，傲然道：“说句不好听的话，耀阳能击败你们淮军一次，也能击败你们第二次。耀阳自就任西岐将领以来，身经数战，何曾怕过任何敌人。就算他日你我再次为敌交战，毛将军也可尽全力而为，不必对我手下留情。到时我定是率我曜扬军浴血奋战，不让寸步。”

耀阳这句话说得斩钉截铁，不容置疑，他炯然有神的双眼中露出无比自信的光彩，毛洵和房隆两人毫不怀疑耀阳此言的真实性。

毛洵和房隆两人对视一眼，都很清楚地知道只要有耀阳在，他们就算真的准备攻陷牧场，恐怕自己也会付出惨痛的代价。

毛洵更不敢小觑耀阳。他现在终于知道为何之前耀阳要一一分析形势，不过是想告诉毛洵，对淮夷来说只有跟耀阳交好才是最好的选择，后来又给个人情放回这万余俘虏，同时亦是做出警告，淮夷绝对不可能如愿攻下牧场，曜扬军将会誓死作战到底。如此软硬兼施，加上耀阳在之前打出的漂亮一仗，任何人都会好好考虑耀阳所说的话。

没想到耀阳不只是带兵作战厉害，连权谋口才都非常了得。毛洵心中凛然，如果让毛洵做主的话，他绝对不会愿意与持有轩辕剑的耀阳做对手。

耀阳没有再说什么，坐下来喝着茶水，随意地看着毛洵和房隆，他敢肯定眼前两人已经受到影响了。这就是他要的效果，毛洵肯定会认真考虑他的话，接下来就不需要再说了。

最终曜扬军将被俘虏的万余名淮夷军兵士放了回去，苓城兵仍是根据上一次的处理，愿降者就可以收为己用，不愿降者任其离去。

吃了这么一个大败仗的毛洵始终没脸再要曜扬军的粮草，率领被收缴了武器的淮夷军沮丧地回淮夷去了，有一点可以肯定，垂头丧气的他们难免会将一口闷气算在伯邑考身上，而率先落荒而逃的伯邑考显然也失去了申辩的权利。

满怀信心的毛洵带着士气高涨的淮夷军匆匆而来，却根本没等接近牧场，就被耀阳成功地打了一个伏击，只能狼狈地回去。这种情况是毛洵来之前怎么也想不到的。

望着狼藉不堪的被伏击点，毛洵摇摇头神色黯然。

房隆知道主将的心情，叹道："将军不必如此，败于轩辕剑的传人，并不是一件丢脸的事情，更何况听说就连飞虎军也曾在耀将军手下吃过亏。"

"你说的也许不错！"毛洵勉强一笑，回头挥手道，"全军班师！"

第一百四十三章　龙脉正气

秦骊如站在高处看着远处淮夷军，略有不甘心地道：“耀大哥，你就这样让他们轻松离去，那我们的一番辛苦岂非白废了？”

耀阳含笑点点头，道：“你说的不错，不过骊如你仔细想想，既然他们已经投降，我们如果留住他们还要浪费粮草。你若是不放，那究竟是养还是杀呢？养他们不如发展自己，杀了他们你又于心何忍呢？何况我们是仁义之师，可是从不杀俘虏的。你说我们该怎么办？”

秦骊如点点头示意明白，皱眉道：“可是，这样白打一场仗，总觉得不太合算，枉费我军也有很大伤亡……”

耀阳大摇其头，道：“骊如这点你可真的错了，我放他们回去绝对不会没用。这是我给淮夷的一个人情，同时这也可以让回去的那些人宣扬我曜扬军的厉害，又可以让淮夷跟伯邑考产生嫌隙，何乐而不为呢？若是我们扣押这些俘虏，而且不论对他们是好还是坏，最后都会让淮夷将矛头对向我们。现在这些俘虏已经回去，那淮夷势必会先追究战败责任，那伯邑考是肯定逃不了的。如此一来，他们之间还能合作无间才怪……”

“原来如此！”秦骊如恍然大悟，在钦佩之余尚有一丝黯淡，他果然不是自己所能相比的，竟能想到如此之多，如此之远，这就是为人将帅之间的差距。

小千在后面嚷道：“师父你真厉害，竟然可以想得这么周全。”

耀阳笑骂道：“你小子少拍马屁，不过这次你们真的是立了大功！”

小千和小风顿时喜滋滋地笑了起来。

秦骊如问道："耀大哥，接下来该怎么做？"

耀阳向秦骊如一笑，道："骊如，你相不相信我？"

听耀阳这样说，秦骊如的脸色不由一黯，不悦道："那是当然的，我们不相信你那去相信谁呢？"

耀阳听出秦骊如的口气不是很好，心下诧异不已，不过他可没有心情和时间去研究这个，直接道："那我问你，如果我们可以与淮夷化敌为友的话，你愿不愿意呢？"

秦骊如的莫名心思也是一闪而过，此时便不假思索地道："只要耀大哥说好就行。骊如一切以耀大哥的话为准。"

"多谢你，骊如！"对于秦骊如的信任，耀阳是出自心底的感激。转而他回头对一直没有说话的倚弦道，"小倚，这件事还是得请你帮忙。"

倚弦笑道："我早就做了被你压榨的准备，有什么事情，你尽管说吧。"

"我要你去淮夷！"耀阳语出惊人。

"没问题！"倚弦闻言知意，当即点头答应。

再经盘点以后，此次对淮夷联军作战的战绩非常了得。曜扬军此战死伤千余众，杀敌三千余众，收集、缴纳兵器革甲数以万计，获得战车五百余辆，招降苓城兵近三千。

难怪耀阳笑着说，这样再打几仗就富可敌国了。

此战之后，周围各镇大小诸侯都纷纷派人前来祝贺。原本大洪牧场的两家姻亲侯镇因为牧场拥立耀阳设立"曜扬军"一事有所不满，所以此役不愿派兵支援。此时闻听曜扬军大捷似乎态度有些松动，毕竟耀阳这几仗都是以少胜多，打得非常漂亮，各地侯镇的探子对此都是有目共睹的。

怎么样处理好跟其他郡镇，特别是那牧场姻亲的关系有点令耀阳头痛，却不得不做。同时借着这几场战事，曜扬军开始正式招兵，因为耀阳与轩辕剑的威名，兵源倒是开始源源不断涌来，倒也省去了耀阳等人的一件烦心事情。

对耀阳而言，牧场的当务之急还是兵士战力不强的原因，耀阳根据《龙虎六韬》的理论和西岐练兵的方法整出一套训练计划，配合一些健身强体的法道启蒙秘术，用此来训练全军，短短时日效果显著。

其中原来投降过来的西岐老兵发挥了很大作用，他们虽然是荒废了几年，但是西岐精兵的名号可不是随便吹出来的。在耀阳的刺激和鼓励下，投降过来的西岐兵士逐渐的恢复了往日的辉煌和自信，做出杰出榜样，牧场原来的兵士哪肯示弱，就算再难也不再喊苦，疯狂的投入训练之中。

耀阳更时不时出现在训练场所，有意无意的赞扬和批评让兵士们振奋莫名，自此牧场的训练形成一个良好的风气。耀阳对此还算满意，初步估算这样下去，虽然还不足以跟飞虎军相比，但长此以往发展下去，曜扬军的兵士肯定能达到各大诸侯镇精兵战力的水平。

毕竟想让曜扬军所有将士在短时间内成为如同西岐军甚至飞虎军这样的精锐，那是不现实的，飞虎军是殷商第一大将武成王耗尽半生的心血练出来的不世雄狮，岂是这么容易可以企及的。

耀阳抽空亲自带军训练两日，便立即要去忙其他诸事，首先要解决的自然是关于牧场其他两家姻亲的问题。在这个问题上面，绝对不可能让其他人代办，只有耀阳亲自去做。

略作安排之后，耀阳便和秦骊如同去其中的一家姻亲郡镇——白淮城。

白淮城因为附近有一条白淮水而出名，白淮水比淮水还多了一个字，其实只是一条靠近淮水的小江而已，整条长度不过是淮水的十分之一左右。

白淮侯跟牧场秦家一样也是多年根扎在这里的世代人家，从他们黄家成为白淮侯以来，也有了近两百年的时间，根深蒂固，也是当地的一股不小的势力。像他们这样的家族对外来的势力肯定不会有什么好感，而耀阳这个外人入主牧场，也显然不是他们愿意见到的事情，所以才会不肯出手援助牧场对抗淮夷联军。

但是现在耀阳屡战屡胜，这无形之中为耀阳增加了分量，也足以让耀阳用来做跟他们谈判的筹码。

到了白淮城，白淮侯并未亲自来接，只是让手下大将胡牢来迎，按照正常礼数来说，这无疑只拿耀阳做牧场的将军来接待，这个态度很明确，他们不承认牧场成了曜扬军的势力。

对白淮侯等人而言，数百年的大洪牧场基业突然转手给了耀阳，是他们绝对不愿意见到的，对于他们这些远离朝歌的郡镇来说，最重要的掌握自己的祖宗家业，而耀阳这个外来人的不安定因素参与进来，肯定不是他们所乐见的。

进了驿馆，耀阳开门见山就要见白淮侯，说是有事相商。

胡牢道声抱歉，说要得到白淮侯的准许才行，不过秦骊如的姑姑想念侄女，倒是请了秦骊如先行过去。

秦骊如大是不愿，但在耀阳的劝说下，还是去见她的姑姑了。

接着，耀阳就对胡牢道："胡将军，耀阳有事来此，不是为了干等，请胡将军代为传达，今日耀阳务必要一见侯爷。如果侯爷认为耀阳不配见他，那耀阳马上打道回府，从此以后也不会再来。"

耀阳说完正眼直视胡牢，眼神毅然坚定。耀阳的手段向来如此，绝对不愿拖沓，特别是这种事情上，更不能一直以低姿态来求得白淮侯同情。像白淮侯这样的郡镇诸侯，绝对不会怜悯什么人，他需要的是利益。耀阳便是要让白淮侯知道，他耀阳不容得任何人小觑。

耀阳很明白他这样直白的话语确是有些不敬，但是对白淮侯而言，维持他们黄家的利益才是最重要的，其他的都是其次。

胡牢脸色一变，果然犹豫的去了。

不久之后，耀阳便受到白淮侯的接见。

白淮侯年近半百，身形略胖，说话的时候总是喜欢眯起眼睛，让人感觉他似乎时刻都在用心机一样，也隐隐给人一种压力。

这个小小的手段对耀阳自然不会有用，耀阳神色平和地望着白淮侯，微笑道："百忙之中打扰侯爷，实在不好意思。"

白淮侯随意一看耀阳，道："耀将军来找本侯，不知有何要事?"

耀阳开门见山道："耀阳来此，其实就是希望能跟侯爷联盟，想白淮能跟我曜扬军共同进退，便如同当年与大洪牧场一般，不知侯爷意下如何？”

白淮侯淡淡道：“我白淮肯与牧场联手，因我们双方都是在此地盘踞数百年之久，家族扎根已久，而且两家联姻使得双方结盟更加稳固。但耀将军只身一人初来乍到，以为贵军凭什么跟我白淮结盟呢？”

耀阳傲然道：“我曜扬军以寡敌众几战皆胜，并击退淮夷大患，现有牧场支持，兵将两万余众。侯爷以为如何？”

白淮侯沉声道：“你这一切所得，皆是因为有牧场数百年基业支持，就算你有些名头，也不足以跟本侯联手，耀将军难道你认为有这些作为就能满足了吗？”

耀阳听出白淮侯话中有话，便道：“侯爷有话，不妨直说。”

白淮侯微愣，转而笑道：“爽快，那本侯就直言了。如果你能让本侯得到宋镇，本侯就相信你的能力，并愿意跟你们曜扬军从此结盟。”

耀阳看了白淮侯许久，看出白淮侯眼中隐藏的得意，知道他这是为难自己，再说也没有用，也就不再多说什么，只是抱拳道：“如此，耀阳就告辞了，下次定当在有所准备后再来拜访。”

白淮侯点头笑道：“那本侯就不送了！”

耀阳含笑离开，心中却暗骂这头老狐狸。在外面等到秦骊如，耀阳才知道白淮侯的阴险所在，原来白淮侯不肯相助的原因不只是因为耀阳这个外人，还因为现在他跟秦家的另一镇姻亲——奋镇侯有隙。

起因就是三年前宋镇侯父子死后，宋镇的归属问题。

宋镇跟大洪牧场、白淮城以及奋镇相邻，而附近除了宋镇外就是白淮城和奋镇的势力最大，所以无人能跟白淮和奋镇相争。双方刚开始进入宋镇都很容易，但是随着他们势力的扩大，开始有了摩擦，最终难以避免地出现了对峙的场面。

两家对峙，当然是以自家的利益为重，谁都没有心思再去管大洪牧场的死活。而秦骊如的姑姑拉秦骊如过去叙旧，也是为了说动她让牧场可以帮白淮一把。秦骊如对此实在是懊恼不已。

耀阳直骂白淮侯这只老狐狸实在是狡猾得可以。既然白淮城这边肯定搞不定了，耀阳只能暂时将目标转向奋镇，不过等到耀阳去了之后就立即失望了，那个该死的奋镇侯的回答几乎跟白淮侯是一模一样，关键还是在无主的宋镇。

离开奋城，秦骊如问道：“我们该怎么办?”

耀阳双眼精光闪烁，铿然道：“事情的关键就是宋镇，那么只要我们搞定宋镇，就什么事情都顺利了!”

秦骊如愣了一下道：“耀大哥你是想帮谁得到宋镇呢?”

耀阳目中精芒湛现，道：“让谁得到都不行！现在我们首先是要去宋镇看看，确定当地的情况，再做打算!”

耀阳和秦骊如到了宋镇地界。

一入宋镇范围，两人便愕然发现宋镇田地荒芜，人烟稀少，有些村子甚至是只有二三十户人家。

耀阳细问之下，才知道自从宋镇无主后，各种事情便经常发生，又加上白淮和奋镇的争夺，令当地征战四起，民不聊生，更有不少人外迁他处。

现在白淮和奋镇还在争执不休，四处都是双方兵马的摩擦，这也导致了整个宋镇至今都是纷乱不堪，让寻常百姓实在难以生存下来。

耀阳大是恼怒，白淮和奋镇本算是姻亲，却为了宋镇大打出手，这不关他的事情，但是他们打管打，也不必连累普通百姓。

宋镇原是割据三个城池，当中又有五六个小城相附，也算是一方势力。但宋镇一倒，立即如群龙无首，纷乱不堪，宋镇之乱也由此而起。

九尾狐和伯邑考本也想收复宋镇，但是他们多半还是想着通过宋侯取得天一秘匙而已，后来碍于刑天氏的势力不敢再参与其中，而且当伯邑考被赶出西岐后，宋镇已是荒芜，他们势力不强自然不敢独自与白淮和奋镇作对，自然不愿意再为此而费神了。

但其他势力却不一样，他们本是本地或附近的势力，如果能控制宋镇的话，解决这些问题就简单多了，包括周围的白淮和奋镇。

此时的白淮和奋镇都占据宋镇的一个城池，也分别让几个小城投靠他们，剩下宋镇都城——宋城正是双方争夺的目标。谁能争得宋城，就能占得宋镇争夺的先机，但是不管宋镇落入谁人之手，另外一方也定然不会轻易放弃，一场大战始终难以避免。

耀阳和秦骊如明了情况就向宋城而去，只是为了更加了解情况，他们还得一路上打听消息。一直到达宋城，他们花了几天的时间，将情况也了解清楚了。

白淮和奋镇现在都是集结兵力于宋城之外，形势一触即发，因为无论谁有派兵进入宋城之中的举动，立即会导致另外一方出兵阻止，如此一场大战将无可避免。因为形势严峻，所以此时白淮侯和奋镇侯也已经赶到了前线。

耀阳清楚此时的局势不容犹豫，接近宋城之时，就直接让秦骊如回去牧场，然后率领一万兵马潜行赶来宋城，幸而牧场离宋城较近，所以根本不需要花费太多时间便赶到了目的地。

当耀阳再度赶到宋城时，发现宋城城门紧闭，城内家家闭户，显然是都知道白淮跟奋镇即将开战的缘故，任哪一方最后得胜进城，恐怕都不会是什么好事，所以皆不敢开门。

耀阳亲临阵前，看到白淮跟奋镇双方已经集结军队，看来动手不远了。耀阳立即前往两方阵营，做最后一次劝说，结果白淮侯没有听他的，奋镇侯更是连见都不见他。耀阳只能无功而回，当然他也不是没有收获，至少顺便了解到双方大概的军情，便立即退回跟秦骊如约定的会合点。

时至半夜，秦骊如便已带领一万曜扬军赶到宋镇外三十里。

耀阳立即命全军扎营休息，秦骊如问了耀阳一些问题，并且担心一旦开战是否会伤了两位姻亲。耀阳只是微微一笑，告诉她，形势不会趋向无可挽回的局面，秦骊如才略为放下心来。

耀阳让小千带领一干探子注意着宋城外两军的动静。

曜扬军休息了半晚，临晨之时，小千兴匆匆地来报道：“白淮侯想在临晨之际率先入城，结果被奋镇侯半途截住，刚刚开战不久。师父，我们什么时候开始动手呢？”

耀阳顺手给了他一个爆栗，笑骂道：“他们开战了，你兴奋个什么劲啊？”

“哎哟！”小千抱头痛叫一声，然后又是傻笑不已。

秦骊如却担心地道：“耀大哥，我们是不是应该乘早出兵阻止他们？”

耀阳断然摇头道：“现在不行，他们还没吃够苦头，这个时候去的话，他们不仅不会停手，反而会因此暴露我们，令两家兵马对我们积极防范，那么我们就无法达到奇兵制胜的效果，这件事恐怕就会一直纠缠下去了。”

秦骊如叹了口气，没有再说话。

旭日东起，天色略白，小千再次回报，双方已经将所有兵士尽数派上，似乎想来一次决战。

耀阳沉声道：“不能让他们再闹下去，该我们出手的时候了。”

当即耀阳命令曜扬军在短时间内全部集结完毕，耀阳寥寥数言将宋镇纷争的缘由说明，然后再将此次仁义之师的意图向全军将士一一传达，立即令所有兵士都士气高涨，誓师之后便开始向宋城进发。

此时的宋城外杀声震天，白淮和奋镇两军已经没有任何保留的全力一战，两军冲杀在一起，兵刃交戈，没有丝毫侥幸的余地。双方兵士都是拼死而战，戟矛挥舞，鲜血淋漓。

不断有两军的兵士躺下，后续而上的兵马又再度胶着在一起，纯粹的是兵力拼杀。这样下去无论哪一方兵马获胜，自身兵力也会损失惨重，但这个时候却已经停不下来了。两军阵后的白淮侯和奋镇侯都禁不住眉头紧锁，但是两人都没有放弃的想法，唯一想的便是如何快点解决对方。

烟尘扬天，喷血的马匹拖着战车踉跄摔倒在地，战车上的兵士被高高抛出，成了另一方兵士的靶子，更有无数人甚至身中数十矛戟，死状惨不忍睹。双方的鲜血将这一片大地染得通红，暖和的红日映照之下，却让人格外感觉到一丝丝难言的肃杀寒意。

双方战得难解难分，白淮侯和奋镇侯都免不了要做最后一搏，谁都不认为自己一方撤退的话，对方也同样会停手。在这种情况下，他们就如泥足深陷，难以自拔。

大局似乎已定，但是这个时候却恰恰出现了白淮侯和奋镇侯所无法掌握的变数——

曜扬军出现了！

万余历经数战的剽悍“曜扬军”兵士突然冒了出来，迅速布成训练有素的阵形，将白淮和奋镇的兵士全部围住，战车兵将两军兵马横切成不同阵形，并令双方兵马分割开来，相互掺杂对峙。

“喝！”喝声如爆雷震天，全军矛戟对准正在交战的双方，刃尖闪烁出寒心的白光。白淮和奋镇的兵士相互警戒，然后又同时处于曜扬军的包围圈中，顿时惶然难安，加上战车的纵横交错令他们望不到本镇的兵马调动旗令，三方的金鼓声交融混杂，所有兵马便如同无头苍蝇一般失去了镇定。

在白淮和奋镇兵士惊愕慌神之际，耀阳持剑跃于虚空之中，挥手间，剑光化成九条金色光龙回旋于这一片兵士的头顶之上，耀眼金光洒在众人身上像是披上了一身金甲，金龙发出震天龙吟之声，却让人惊骇莫名。

耀阳厉喝道：“白淮、奋镇所有兵士全部停手，白淮侯、奋镇侯，如果本将在数完三声之后还不见你等停手，便休怪我耀阳无理，我曜扬军数万儿郎将会把你们尽数剿灭，以消除宋镇之患！”

白淮侯和奋镇侯无不大惊，他们根本没想到耀阳在这个时候会亲率兵马出现，谁都认为经过跟淮夷联军一战，曜扬军虽赢得侥幸，但起码也应该是元气大伤，没有一年半载的时间根本恢复不过来。

耀阳这一手不只是将白淮侯和奋镇侯镇住，连双方兵士都为之深深震惊，在酣战之后，面对万余精神饱满的曜扬军，加上耀阳轩辕剑之威，根本没有几人愿意跟这样的兵马做对手。

“一！”耀阳扬声冷喝，却像是一击重锤砸在众人心上，让人莫名地感到心颤。白淮侯和奋镇侯都已经在心下打算，而双方兵士的动作也下意识地慢了下来，更加没有原本的喊杀震天，整个宋城外只有兵戈轻响和兵士的呻吟声，而这些声音反而让人更能感觉到这一片寂静，使人心寒的死寂。

“二！”耀阳的声音变轻了，但在众人耳中却似乎是惊雷一般，酣战甚久的双方兵士绝对不是刚刚赶到已结成阵形的曜扬军的对手，这一战就算是心怀叵测的白淮跟奋镇联手对抗曜扬军也没有多少胜算。

白淮侯和奋镇侯还没有任何表态，耀阳突然冷哼一声，缓缓地张嘴，要说出最后一个字，同时扬起轩辕剑，双眼神光炯然，一身磅礴气势如惊天涛潮般爆发，竟搅起风起云涌，风云变色，一身的龙脉正气骇得两军人马皆是心胆俱裂。

“停手，退兵！”白淮侯和奋镇侯几乎同时骇然下令，他们也知道形势对他们不利，如果再坚持下去，不可能对他们有什么好处。

闻听退兵之令，双方鸣金声大起，曜扬军按照耀阳的预先指示，此时纷纷让出一条道来，白淮和奋镇双方兵士松了口气，各自带了伤员迅速回到本方营地。

耀阳见到形势已经在自己控制之内，当即哈哈一笑，再次扬声喝道：“耀阳有请白淮侯和奋镇侯，请两位亲家同来阵前一叙！”

言罢，在耀阳的命令下，曜扬军全军退后数十丈，形成一个位于三方中间的真空地带，耀阳让手下放好了早已准备的军帐。

白淮侯和奋镇侯犹豫了些时间，终于姗姗而至，当然双方还各自带了百多精兵护卫。耀阳不管他们带了多少人马，就只是让秦骊如和小千陪着他。白淮侯和奋镇侯让手下护卫位于帐外保护，两人各带几名精通法道的高手进入军帐之中。

耀阳按照殷商的习惯跪坐在地，悠然道：“两位侯爷请坐。”

白淮侯和奋镇侯都是哼了一声，半跪坐下。

耀阳淡然道：“耀阳无礼，以这种方式请两位一叙，还望两位莫要见怪。”

白淮侯沉声道：“耀将军，你于此时兵压此处，所为何事？”

耀阳道：“我意其实也不过是希望两位能好好地坐下来谈谈。”

奋镇侯立即道：“这个没问题，只要白淮答应退出宋城范围，我们便可以立即停战，根本不需要多费口舌。”

白淮侯冷笑道：“我的意思也是如此，只要奋镇别阻止我白淮大军进入宋城，那什么事情都好商量？”

秦骊如听得大是皱眉，耀阳却是微笑道：“两位的打算真是不错，我也支持两位。要不这样，你们两方决一死战，等你们打得差不多了，咱们曜扬军也插上一手，这样大概也算热闹点。你们以为如何呢？”

白淮侯和奋镇侯同时一愣，道：“耀将军，你这是什么意思？”

耀阳问道：“请两位想想，如果刚才我曜扬军在你们正激战中，没有一点预兆便突然袭击的话，两位认为结局会成什么样子。”

白淮侯和奋镇侯两人都是脸色一变，他们也自然知道，这种情况下他们如果不全军覆没就是侥幸了。

耀阳看他们的神色，心中有数，笑笑道：“若是刚才来的不是我曜扬军，而是其他势力，恐怕两位侯爷现在已经无法安然在此叙事了吧？有一次这样的事情发生，难保没有第二次。与其让其他势力将你们吞并，又威胁到牧场和曜扬军，还不如便宜亲家。两位以为如何呢？”

若是之前耀阳说出这样的话，白淮侯和奋镇侯根本不会放在心上，但是现在耀阳有着绝对优势的万余兵马做强大后盾，让他们不得不正视，何况，刚才情况也的确如耀阳所言，若真有人乘他们内斗插上一脚，他们真是想哭都哭不出来。

白淮侯目光深沉，道：“耀将军究竟想说什么，尽请直言。”

耀阳扫视一下两人，沉声道：“大家本是姻亲，亦是牧场的姻亲，本应和睦共处，如今却大打出手，不觉得这样的确有些不值吗？我不希望两位为了这个小小的宋城而反目成仇！”

白淮侯和奋镇侯都沉思良久，没有说话。

耀阳肯定他们绝对不会是为了所谓姻亲而感到惭愧之类，而是都在考虑自家在其中的得失。

耀阳此次完全是先将白淮侯和奋镇侯的气焰打下去，然后述说利害，现在只要白淮侯和奋镇侯有足够判断能力的话，都知道两家再这样对抗下去，对谁都没有好。而耀阳现在所表现出来的实力，也不是他们现时所能抗衡的。他们不得不再仔细考虑不顾一切的后果。

白淮侯沉吟许久，问道："耀将军的意思是?"

奋镇侯望向耀阳，也是一脸询问之意。

耀阳看两人的口气软下来，知道刚才的策略奏效，便笑道："其实也很简单，只要大家坐下来好好谈谈就行!"

白淮侯道："谈谈，没问题，不过要怎么谈?"

耀阳哈哈一笑道："请恕耀阳说老实话，以白淮和奋镇的实力恐怕还不足以单独把持整个宋镇，既然这样，大家又何必为了一个空镇争个头破血流呢?"

白淮侯和奋镇侯只是从鼻孔中发出闷哼一声，还是非常不悦。

耀阳耸耸肩道："这决不是耀阳信口雌黄。你们也应该知道，说到底，宋镇也应该是东伯侯姜涣楚的势力范围。东伯侯不喜征伐，却也不是无能之辈。宋镇或许可以自立，但是两位若是侵占宋镇，却是有些说不过去，东伯侯完全有可能因此而出兵，两位能抵挡得住吗?"

白淮侯和奋镇侯的眼中都露出骇然震惊的神色，由于东伯侯经久未有理会宋镇的归属问题，他们的确没有考虑到这一点。

耀阳再次浮起笑容道："既然这样的话，还不如大家一起合作来管理宋镇，两位侯爷以为如何?"

奋镇愕然道："耀将军所言也有道理，但是到底如何联手管制宋镇?"

耀阳道："两位既然是牧场的亲家，自然也是我曜扬军的友人，关于宋镇之事，我们当然不会袖手旁观，一定从旁全力协助。"

奋镇侯细眉一扬，问道："那以耀将军之意，就是说你们曜扬军对宋镇也要横插一脚了?"神色显然不快。

白淮侯虽然狡猾沉稳，此时的脸色也不是很好。

他们都看到了耀阳的手段和实力，心里清楚得很，如果在宋镇的事上曜扬军横亘其中，他们也奈何不了耀阳。但是关于宋镇眼前的利益，他们又不想放弃，这无疑是最头痛的。

耀阳哪会不知白淮侯和奋镇侯的想法，浮起一丝笑容，说道："请两位放心，我军只是因为牧场的原因才会为两位调停，也是为了维持牧场和曜扬军周围环境的优势，并不想从宋镇这里得到什么。"

"什么？"白淮侯和奋镇侯都愕然看向耀阳。

耀阳沉声道："我希望两位侯爷和我曜扬军结盟，共同管制宋镇，至于宋镇所得的赋税皆归两位侯爷平分，两位以为如何？"

白淮侯和奋镇侯难以置信地看着耀阳，不敢相信天下还有这等好事？

耀阳看着两人的神色就知道他们已经心动了，接下来需要讨论的就是关于管制宋镇的具体事宜了。

在耀阳与秦骊如前往白淮和奋镇两镇之后，倚弦便决定动身，以曜扬军使者的身份光明正大前往淮夷，本来耀阳考虑让倚弦带几个侍从同去，但是被倚弦拒绝。毕竟曜扬军刚立，没有这些排场也不算失礼。

倚弦连随身衣物也省了，他向来都喜欢这种孑然一身逍遥自在的感觉，可以无牵无挂如同流云飞鹤一般，感受到天地万物的浩淼无常。

行不过百里，倚弦便觉灵神有查，显然有人在不断接近自己，但是灵觉中反应出的却不是危险的信号，而是一个非常熟悉的感觉，不由愕然间回首，见到的是笑盈盈的素儿。

倚弦大讶，上前问道："素儿姑娘，你不是在牧场吗？怎么会来这里？"

素儿玉面一红，浅笑道："素儿来此，是想和倚大哥一起出去见识一下世面，反正现在牧场的事情都已经安排得差不多了，我在那里也基本上无事可做，倒不如跟倚大哥一起出来看看，也许还能为倚大哥帮上点忙。当然有倚大哥在旁关照，我也安全多了。"

倚弦本来还想劝素儿回去，但是听到素儿的最后一句话，他实在难以说出拒绝的话，只能在心底微叹一声，道："既然如此，你就跟我一道去淮夷吧！”

素儿闻言露出欣喜的笑容，当中却还带了些得意的小女儿姿态。

两人当即上路，向淮夷而去。

淮夷虽被中原人士称之为蛮荒之地，但想不到也是山明水秀，景色丽人，并不像南蛮之地穷山恶水，也不是北方那般荒凉。两人一路上颇有兴趣地查看地形，顺便游山玩水，玩得甚是高兴。

然而一旦真正进入淮夷境地，倚弦和素儿都没有了游玩的心情，他们看到的是与秀丽山水完全相反的民情。淮夷内的情况竟是非常恶劣，四处都是奔走的饥民，随着不断深入，路边的饿殍逐渐增多，倚弦和素儿都感觉不忍目视。

望着这一片满目疮痍，倚弦沉沉道：“这是怎么回事？不是说淮夷地广人稀，生活虽是落后荒蛮，却都能自主，百姓的处境应该比殷商为好才是，为何如今会有如此景象？”

素儿面色沉重地说道：“听闻最近淮水上游解冻，下游却因百年难遇的天气被冰封堵塞严重，因此形成了水患。虽然说水患并不严重，但在此春寒之时，引起的后果却是非常严重。”

倚弦疑道：“淮夷久未经战，应该还有不少储粮才对，而且按理春初就算有水患，也不可能会有这么大的影响才对啊，怎么会导致现在这种地步？”

素儿摇头叹道：“本来并不是什么大事，淮夷王却不知为何处理不当，赈灾之事混乱芜杂，导致小事变大事，大事变成祸事，以至于现在如此境地。其实如果当初就能处理妥当，哪会变成现在这样。”

倚弦痛声道：“君主昏庸，百姓遭殃！”

素儿皱眉道：“如果刚开始就处理，这种事情应该不是很麻烦才对。奇怪的是，淮夷王以前的政绩应该是比较英明的，励精图治，淮夷实力大增，以至于能威胁到周边各大势力。但为何会至如今这种情况呢？”

“事情恐怕不是这么简单！”倚弦深知民为国本，就算淮夷王昏聩，但淮夷众臣也应该会极力劝诫才对，不由沉凝道，“正常一个人哪有这么容易改变的。我怀疑这有可能是九尾狐搞鬼，淮夷王集淮夷权力于一身，九尾狐只要能控制淮夷王也就是说基本上就控制了实力强悍的淮夷。”

“九尾狐？”素儿虽然没见过九尾狐的样子，却也听得两兄弟平常说得多了，自然也就知道有这等人物的存在。

倚弦苦笑道：“如果真有古怪，除了九尾狐不可能还有别人吧，看来这次出使淮夷并不会那么如意，我们要做好最坏的打算。”

素儿只能跟着叹气，亦是大感无奈。

第一百四十四章　淮夷之行

此时两人走过一个村落，竟发现这里不是没粮，而是淮夷军在卖粮卖衣物，价钱竟然是平常粮价和衣物的三倍以上，这怎么可能是刚受水患的百姓所能承受得了的。

倚弦看得大恼，水患未平，不放粮放钱赈灾，还乘机抬高粮价物价牟利，实在是可恶之极，如果不是为了大局，必须去见淮夷王，此时他最想的就是将那些利欲熏心的家伙好好教训一顿。

倚弦并不是冲动之人，当然他也不会眼睁睁看着这些无辜的黎民百姓再遭冷受饿，当下便慷慨解囊，将身上财物拿了出来救济百姓。幸好他们两人身上都准备了不少盘缠，分散开来，还能勉强救助那些人渡过难关。

在无数百姓的百般感谢中，倚弦和素儿再次启程。两人一路上将身上的财物散发给饥民，尽量让他们所见的百姓度过这次困境，如此经过一日，当他们囊中羞涩的时候终于到达淮夷之都——大彭城。

大彭城显然学了殷商朝歌的建筑风格，几条大道纵横开阔，将淮夷高官住处跟平民居处分开成不同的区域，王宫也是独成一体，只是规模缩小了不少，毕竟淮夷跟殷商还有不少差距。

大彭城门守卫森严，甚至比朝歌还要严密。而要进出城门的淮夷人也不是很多，倒是有不少汉子在这个时候竟然已经露着坚实的胳膊，而与此相反的，基本上每个男子都头包麻布。

倚弦和素儿到了城前，因为衣着不同被守卫拦住，不过看倚弦和素儿的一身打扮虽不豪华却甚是素雅大方，而两人的气度也不是其他人可比，显然不是普通百姓，那些守卫也不敢大意，当下较为客气地询问二人。

倚弦直接道明来意，并出示相关帛书。那些守卫不敢疏忽怠慢，立即向守城将卫禀报情况。不久之后就有仪仗官员来接，将他们接入城内的驿馆之中，然后就是安排他们住食。

倚弦心中多少有些感慨，这应该算是他第二次当使者了。

倚弦问接送他的官员："请问尊驾，不知什么时候能觐见淮王？"

那个胖乎乎的官员露出为难的神色，道："倚使者，这些事情不是我们所能决定的，不过请放心，我们已经将事情上传，我想过不了多久就会有旨意下来，还请倚使者耐心等待！"

倚弦只能点头道："希望贵上能尽快接见！"

那官员笑道："我想这个应该没问题的。不过两位请在驿馆内好好休息，千万不要随意进出，如真有要事也要通知我们一声才能出去，免得多生事端。"

倚弦和素儿无奈，只能留在驿馆。

等那官员离去后，即使如好脾气的素儿也不由嘟囔道："真是的，这不是变相地软禁我们吗？"

倚弦笑了笑，没有说话，想到了当初的鄂崇禹，尽管好吃好住又如何，却始终掩饰不了豺狼虎豹之心。

两天过去了，驿馆里招待倚弦与素儿好吃好住，也对两人尊敬有加，算是尽到了礼数。不过始终没有获准觐见淮王的信息，也不能外出。两人虽然为了大局不得不忍下，但是过了些时间，他们实在是没有耐心再等待下去了。

倚弦决定直接去王宫见淮夷王，毕竟这样等下去绝对不是办法。

他打定主意便立即去找素儿，但到了素儿的住处，任倚弦敲门呼了几声都没有人应声，也感觉不到房内有她的气息。

倚弦大惊，生怕素儿出事。正要破门而入，倚弦灵觉一动，感觉到素儿的元能波动近来，回首便见到素儿风遁而至。

倚弦奇道："素儿姑娘，你出去做什么了？"

素儿笑道："闲着无聊，很闷，所以就出去逛逛，顺便进王宫查看一下。"

"去王宫了？"倚弦一愣，没想到平素娴静的素儿这么沉不住气，这在现在这种情况下有些冒险，不过他当然不可能怪她，只是问道，"可曾探听出什么来吗？"

素儿微笑着点头道："这两天我都去了王宫，当然大有所得，否则岂不是白费工夫了。两日来，我发现这王宫之中似乎办了喜事，其他没有什么异常，看来很平静，这样反而不大正常。如果我预料不差，理应是有人将我们到来的消息隐瞒了，所以才会到现在为止仍然无法受到接见。"

倚弦点头道："很有可能，我想如果有九尾狐真的在淮夷，那她肯定不希望我们见到淮夷王。"

素儿蹙眉问道："那我们该怎么做呢？"

倚弦沉吟道："如果我们这样等下去，只能是白白浪费时间！"

素儿道："你的意思是……"

倚弦目中神光一闪，果断道："求人不如求己，我们马上去见淮夷王。"

倚弦与素儿小施手段便绕开守卫，径直去往宫中。

但是还未到王宫，倚弦便感觉到熟悉的妖能扑面而至，抬眼正见到翩然身影袅袅而至，却是九尾狐突然现身，拦在他们面前。

素儿看到那一脸妖媚的九尾狐，不由愕然，不知道这个突然而来的妖孽是何许人，然后讶异地望了望倚弦。

倚弦看到九尾狐不由警戒起来，步子一错，将素儿挡在身后，凛然目光盯着九尾狐，道："九尾狐，你果然也在。"

素儿见到倚弦如此顾念自己，心中一甜，因为距离的拉近，鼻间又猛然嗅到一股成熟的男子气息，顿时感到一阵头晕目眩，险些一个踉跄扑在倚弦身上，玉容立时臊红一片，好在是躲在背后，倚弦倒也看不到她这副窘样。

九尾狐甜笑道："连你倚弦也可以在这里出现，我为何就不能来了？"

倚弦皱眉问道："你拦在此处，究竟是意欲何为？"

九尾狐露出一丝诡异的笑容，道："本宫来此，不过是为了劝告两位，不要白费力气进宫面圣了，还是回牧场老老实实待着去吧。"

倚弦神色一冷，问道："你这话是什么意思？"

九尾狐道："你们来此不过是想让淮夷王听你们之劝，莫要再发兵与曜扬军为难，可惜如今的淮夷王谁的账都不卖，你们就算见了他也是白搭。"

说到这里，九尾狐眼珠一转，又道，"当然，你们也可以尽管放心，淮夷在短时间内仍然不会对你们曜扬军有所行动。所以你们见不见淮夷王都是一样！"

倚弦哪会轻易相信九尾狐的话，冷哼一声道："怎么可能，你唬得了别人但是唬不了我。别以为你将淮夷王控制住了，就能把持淮夷的朝政！"

哪知九尾狐却摇头道："这个你就错了，此次绝不是本宫想阻拦你们，而是今日的淮夷王已不是你我所能控制的了。"

倚弦讶道："以你的脾性，居然不曾将淮夷王控制在手中，那倒实在是非常少有的事情！"

九尾狐眼中突然露出嫉怨之色，恨恨地道："说起这件事本宫就恼火，淮夷王原本已经在本宫掌握之中，淮夷逐渐可以成为本宫的天下。却不料淮夷王前几日纳了一位新王妃，便开始转性，并且开始重新掌持朝政……最后还跟本宫作对起来，将本宫安插在淮夷朝中的人手尽数驱除，实在是可恨之极，更可恼的是连本宫也不知此女的身份！"

倚弦半信半疑地道："怎么会凭空来了一个淮夷王妃，连你居然也会不知道她的身份吗?”

九尾狐没好气地点头道：“其实这么丢脸的事情，我也用不着骗你，本宫只知她应该是魔门中人，甚至法能修为不在本宫之下，但是对其他的是一无所知。本宫看你们想见淮夷王，怕你们吃亏，所以念在有些旧时的缘分，便特意来提醒你一声而已。”

素儿久闻九尾狐之名，却不知她的底细，没有感觉什么不妥。但是熟知九尾狐品性的倚弦却是心中存疑，奇怪地问道：“你为何会有这么好心，无论从哪一方面，你都没有理由告诉我们此事?”

九尾狐展颜媚笑道：“事易人变，本是很正常的事情，本宫现在很看好你们的曜扬军，当然更不想跟你们为敌，而且我们大有机会可以合作，不是吗?”

“不可能，我等绝对不会跟你合作!”倚弦严词拒绝，他才不认为跟这个狡猾的狐狸合作有什么好处，尤其是心中由来已久对九尾狐的憎厌，也使他根本不可能同意此事，更别说耀阳了。

“或许吧!”九尾狐并没有露出沮丧或是懊恼的模样，神态更是让人怀疑。

倚弦看不明白这个狐狸精，当下试探地说道：“奇怪，既然你的身份是殷商的正宫娘娘，为何不继续去迷惑纣王来换取更多利益，却要在此穷乡僻壤顾虑些鸡毛蒜皮的小事呢。”

九尾狐闻言大恼，冷哼一声，怒道：“本宫虽然是对纣王看走了眼，但还轮不到你来多嘴废话!”

倚弦随意答道：“看来是我多事了。娘娘的手段岂是我等所能确知的，不过娘娘也不必为我们多加操心了，这件事情我们会自己想办法。”他对九尾狐的话始终还是将信将疑。

九尾狐见两人仍然执意要见进宫，便摊了摊玉手，撇嘴道：“本宫已经提醒过你们，你们不信就算了!”九尾狐说完也不等两人做出什么反应，冷哼一声，挥袖间便遁身而去。

素儿疑道：“她来此难道就是为了这么一句话？”

“不知道，不过，她不会有这么好心，肯定另有目的，我们要小心一点。”倚弦看着九尾狐消失的方向，略感麻烦，他清楚九尾狐的性格，知道她绝对不会就此罢休，但是却更让他有了进宫一探究竟的好奇心。

素儿会意地点点头。

倚弦顾不得九尾狐还会耍什么阴谋，因为不管结果是否真如九尾狐所说，为了让耀阳可以心无旁骛地收复宋镇做曜扬军的基地，这次的任务都必须要完成。万不得已甚至可以采取非常手段，他不愿见到耀阳的心血毁于一旦，更不忍心牧场和曜扬军将士、百姓受苦。

两人径直去了王宫，在淮夷王宫前被宫廷侍卫拦住，倚弦自是禀报来意，请侍卫前去通报。侍卫长上下打量了一下他们，倚弦将相关帛书给他一看，他便让两人稍等，自是前去通报了。

两人便在宫外等候淮夷王诏见，素儿想起九尾狐的话，有些忐忑地问道：“淮夷王会见我们吗？”

倚弦心中也没有底，不过还是很肯定地道：“如果淮夷王真的如九尾狐所言，开始亲临朝政，他就肯定会见我们。不管他是否愿意赞同我们的提议，能够见到淮夷王也算是完成一半任务了。”

不到一刻钟时间，淮夷王便遣人宣诏让两人晋见。

倚弦和素儿对视一眼都有讶色，就算是倚弦也没想到会如此顺利，欣然之余也有怀疑，不知淮夷王打的什么主意，当即跟随侍卫入宫。

淮夷王宫也类似殷商朝歌的布局，但是其殿楼还是有着自己的风格，梁柱上的雕刻也是奇形怪状的异兽，不见什么祥瑞气息，反而是一副狰狞之相。宫闱之间也多是以各色木屏相立，少有七彩绫缎，远不及殷商王宫的华丽。

淮夷王的旨意是让两人去偏殿——奉神殿，两人在侍卫的带领下到了奉神殿之前，正要一同进去，侍卫却将素儿拦住，说是只允许倚弦一人进去。

“为什么?”倚弦大是奇怪，素儿在名分上也是曜扬军的使者之一，淮夷王没有道理只见他而不见素儿，更何况素儿不过是一个女流之辈，如果论及安全问题，也应该是倚弦得不到诏见才对。

侍卫道：“这个我们也不知道，所以还望见谅，倚使者请进!”

素儿倒是对此抱着无所谓的态度，想到只要能够办事就行，也就没再争辩，对倚弦道：“倚大哥，就你去吧，我没事，可以在这里等你。”

倚弦想想也是，当下便嘱咐素儿小心，于是跟着侍卫进入奉神殿之中。

步入殿中，倚弦发现殿内此时没有任何侍卫，只有几个侍女随从，而他见到的也不是淮夷王，竟是一个蒙着面纱的翩然女子。

倚弦立即明白此女定是九尾狐口中所说的王妃，看来真正要见自己的就是这个王妃，而淮夷王甚至可能还不知道他们来使的事情。但是倚弦还有一种奇怪的感觉，似乎曾经见过这个王妃，归元异能所带给他的禀赋从未失灵过，所以倚弦不由对她细细注视起来，见她纤眉如画，举止仪态风情万千，心中更确定她应该是自己非常熟悉之人。

倚弦心中虽是有些奇妙的感觉，但还是规矩行礼道：“曜扬军遣使倚弦见过淮夷王妃!”

那淮夷王妃甫一见到倚弦，目光中骤然流露出仿佛期待已久的炙热神情，但是表面上却只是微微颔首，没有说话，然后挥手将殿中的侍女随从一一遣下。

倚弦不由怔住了，不知她此举是为何意?

“倚大哥，三年不见，近来可好吗?”

无比熟悉的声音从王妃朱唇之中道出，然后她更是玉手轻移，竟将玉容上的蝉翼面纱缓缓摘了下来。

“婥婥?”倚弦大感震惊，他做梦也想不到这个淮夷的新王妃竟然会是婥婥，这到底是怎么回事?

婥婥含笑嫣然，道：“三年不见，倚大哥更见风姿，如今更是已经建军立业，实在是可喜可贺！”

婥婥的盈盈秋目望着倚弦，眼神还是一如既往的深情和幽怨，但这次倚弦却分明感觉到多了一种不同的沉重，让他难以再如往常般镇定自若。

倚弦看着婥婥如今的一身王妃装束，不再是从前那般妖娆率真的美丽，反而多出成熟艳绝的姿容，一时间心中百感交集，不知该说些什么，半晌才道：“没想到会在此处见到你，你近来可好吗？”

婥婥完全可以感受到倚弦眼光中的惊诧与莫名复杂的酸楚，心中又喜又忧，幽幽一叹，道：“不过如此！”

两人片刻间变得沉默无语，最后还是婥婥先打破僵局，露出一脸高兴的模样，道：“其实，在失去你们兄弟俩消息的时候，我就相信你们肯定会没事，现在证明我的猜测果然没错……能再次见到你，婥婥真是高兴！”

倚弦想到匆匆几年已过，心中也是感慨万千，道：“转眼就三年过去了，真是岁月匆匆，不留痕迹！”

婥婥的眼中闪过复杂伤感的神色，不过也是一闪即逝，亦道：“三年时间不长不短……本以为以后的时间会很漫长，却也想不到就这么一晃即过了。”

倚弦看到婥婥神色中的伤感，想到弈姬的死，心中戚然，便劝慰道：“婥婥，你莫要太伤悲了，相信只要能够完成令师的意愿——重振防风氏，令师哪怕在九泉之下也会得到安息！”

“如果师尊果真去到九泉冥府，婥婥还真是会非常高兴了！”婥婥缅怀往事，神情淡然，道，“放心，我早已将此事看开。如果能助防风氏族兴丁旺，无论是姐姐还是师尊知道了，都会感到万分高兴的！”

“这样就好，不过你现在这是……”倚弦想起婥婥现在的身份，迟疑片刻，不知该怎么询问此中情况。

婥婥怎会不知倚弦的迷惑，但她终是银牙紧咬，没有说明自身的处境缘由，只是淡淡一笑，道：“你想问的，是不是为何我会成为淮夷王妃？”

倚弦默然点了点头。

婥婥幽然道："此事我自有苦衷，非是一言数语可以道明，不如以后有时间再跟你细说吧！"

尽管倚弦非常想知道其中缘由，但也不愿让婥婥感到为难，当即柔声道："如果你不想说，就不用说了！"

婥婥欣然一笑，道："倚大哥，或许你还清楚，如今我圣门的形势已经跟三年前大不相同了。因为你们的再度出现，让所有人都心生警戒，而那个据闻是蚩尤的黑衣老者与神玄二宗的一众高手都同时受伤，使得原本的微妙平衡被彻底打破，无论是黑衣老者还是神玄两宗，一时都难以控制局势，三界形势也遽然大变。而我师尊等圣门几个重要人物的逝去，也令我圣门所有人都感到了危机，于是圣门上下乘着黑衣老者受伤未愈，便前所未有的团结起来，实力已非往昔可比！"

倚弦周身一震，没想到这么些短短的时间内，三界竟有如此变化，按照他对魔族的了解，团结起来的魔门五族的确是非常可怕的。

倚弦忍着心中惊异，沉吟道："那你现在准备如何？"

婥婥微微一笑，没有回答倚弦的问题，只是轻声道："你们要小心点，我圣门中有不少人对你嫉恨非常，如果不是因为怕神玄两宗插手恐怕已经大举对你们进行剿杀了。"

听着婥婥温柔的声音，倚弦心中竟有一丝温馨甜蜜的感觉，忙收敛心中的情绪，微笑道："多谢你的关心。"

婥婥浅笑轻语："倚大哥来淮夷的目的，婥婥很清楚。放心，只要有我婥婥在此一天，淮夷就不会对牧场再行用兵。但是真正的问题不只这些，以你们曜扬军现时难以遏制的发展，迟早会跟魔族对抗，没有人可以预计今后如何？我所能做的也就只能是这么多。"

倚弦感激道："婥婥，你如此帮我，我真不知该如何感谢你。"

婥婥神色一黯，幽声道："倚大哥，你太见外了。"

看到婥婥现在的神情，倚弦不由心中一悸，讪讪道："我没见外，只是……只是……"一时竟说不出后面的话。

婥婥突然露出调皮的神色，莞尔轻笑道：“如果你着实觉得过意不去的话，你可以考虑就此以身相许！”

倚弦望着婥婥笑靥如花的脸庞，顿时心头鹿撞呆在当地，不知该说什么。

婥婥看着他的窘样，噗哧一笑道：“好了，跟你开个玩笑而已。不过现在淮夷危机重重，你还是赶快离开为好，以免迟则生变。”说着，她的纤眉微蹙，笑容凝滞，很明显似乎在担忧什么。

倚弦大疑，问道：“在淮夷有何危险？”

婥婥秋水般的俏目看看倚弦，却是欲言又止，最终还是叹气劝道：“倚大哥，你听我的话，赶紧离开吧。不要多问了。”

倚弦更是心中生疑，正要追问，却不料婥婥已经蒙上面纱，呼人进殿，冷声道：“送客！”

倚弦知道不便多问，只有道了声：“王妃珍重！”便回身离开奉神殿。

素儿在殿外已经等得急了，此时看到倚弦出来，忙上前问道：“倚大哥，事情办的怎么样了？你没事吧？”

倚弦还在想着婥婥的事情，随口回答：“没事！”

素儿兰心蕙质，见倚弦出来表情古怪，自是知道有些问题，便问道：“倚大哥，你怎么了，究竟出了什么事情？”

倚弦不答，沉声道：“只是小事，素儿姑娘，我们赶快离开此地。”

素儿知道他不愿意说，不再追问，善解人意地道：“那我们走吧。”两人就此离开王宫，也不回驿馆，直接出城去了。

出了大彭城，两人立即回牧场而去。

但是倚弦始终没有想清楚此中的关键，甚至连九尾狐为何会阻止他进宫都不知道，也不晓得九尾狐是否知晓婥婥的身份。他心事重重，好在素儿乖巧没有烦他，两人就这样默默回赶，速度也不是很快。

随着逐渐远离淮夷都城大彭城，倚弦越想越觉得不对劲，迟疑再三，最终还是赫然停下遁空的身形，转身对素儿道：“素儿姑娘，不如你先回牧场去，我有些事还要办，去去就回！”

素儿默然微颔螓首，道：“倚大哥，你有事就尽管去吧，我能照顾自己。”

倚弦嘱咐素儿千万小心，便独自回了大彭城。

进城之后，倚弦略感心急，自然全速前进，此时天色已经大黑，倚弦隐身进入王宫，根本没人能够发现。

倚弦通过对宫中伺奴施法，很快便寻到婥婥所在的寝宫“神鸾殿”，他隐遁在殿外，远远的用神识查看，发现身材魁梧的淮夷王在婥婥和另一妖媚的魔门女子前汇报白天的亲征情况，看起来他此时的神色有些呆滞，显然已经受了婥婥控制。这一招素来是魔门常用的手段，倚弦虽有不忍，却也不能怪责婥婥，毕竟对婥婥而言，她背负着防风氏一族的兴衰，用些手段也不为过。

等淮夷王将事情一一禀上，婥婥便挥手让旁边的女子将淮夷王带下去。那个魔门女子却自是将淮夷王带到其他的房间。

婥婥则是移步到窗栏旁，幽然望着天际清冷的半月，神情莫名落寞。

倚弦心中大感怜惜，以神识查看周围再无他人，当下便想现身相谈。但偏偏就在此时，他的灵觉忽感大有异常，立即隐匿身形不出。

片刻后，果然感应有魔能波动，顿时间一道风动，五条黑影遽然跃至王宫之中。倚弦骇然看去，为首一人锦衣裹身，浑身劲爆有力，身形孔武俊逸，却是老熟人刑天抗。

只看刑天抗领着四员魔将遁入宫中。倚弦看出刑天抗经此三年似乎魔能大进，显然为了对抗神玄两宗，刑天氏也不遗余力地培养族中高手。这点其实不必惊讶，如果说耗费魔门千百年的积累，自然能在三年内培育出一批高手。

刑天抗身后的四人皆是悍然阴沉的模样，倚弦感觉到他们身遭周围的魔能波动如颤，不由暗惊，知道这四人的魔能之强，恐怕不在刑天抗之下。

倚弦暗思这大半夜刑天抗为何会来淮夷王宫，此时却见刑天抗带着四人竟是没有任何停滞，径直进了婷婷寝殿中。

倚弦骇然大惊，哪敢大意，立即穷归元异能之力，以从未有过的惊人速度遁至神鸾殿前，提心警戒，希望能随时应付突变情况。

婷婷警然正身坐回毯席，看到刑天抗，却神色一肃，不同于以往的和气，此时她隐有厌恶之色，只是没有明确表现出来，淡淡地道：“刑天抗，你大半夜来我寝宫做甚?”

刑天抗显然垂涎婷婷已久，盯了婷婷娇媚的玉容半晌，道：“我现在是要巡视各处，此时便想来看看你在淮夷的进展如何了？白日人多，来此见你不是很适合，自然只能夜晚来了。”

“是吗？以前没看出来，你还真够勤快!”婷婷不失时机地刺了刑天抗一句。

刑天抗知道她的讽刺，却是脸色不改，做出一副凛然的模样，道；“那是当然，如今四方情况都事关我圣门大事，我岂能大意。”

婷婷神色冷淡，也懒得再多说，道：“放心，我不过几天时间内就已经骇退了九尾狐，也将她的眼线全部拔除，并顺利控制了淮夷王。现在基本上淮夷都在我的掌握之内，用不着你来担心，你还是顾着自己吧。”

刑天抗哈哈一笑，道：“其实你不必这么辛苦，只是你说一声，什么事情都容易解决。你说我们之间是什么关系嘛，我身为我圣门的巡查使，怎么会连这点忙都帮不了。”

婷婷冷然道：“我的事情不必你费心。”

刑天抗潇洒地甩了甩额前长发，道：“此言差矣，现在我们四族共同联盟，你我现在是真正的一家人啊!”他说“一家人”时，特意加重了语气，甚是暧昧，隐有觊觎之意。

婷婷如何听不出来，面不改色，冷笑道：“是吗？我怎么不觉得啊。我只记得当时我们没说四族合并的，只是要联手对外而已。”

刑天抗逼近一步，道：“我圣门必须亲成一家，才能对抗神玄两宗和那个自称是蚩尤的家伙，你不觉得你防风氏与我刑天氏联姻是最好的办法吗?”

刑天抗此话的确是赤裸裸的威胁，婥婥不由怒斥道：“做梦，你休想，也不看看自己的模样，凭你也配得上我?”

刑天抗大恼，他从来自诩长相不错，才能也被誉为魔门少有的青年才俊，如今却被婥婥几句话说得一钱不值，哪里忍受得了，当下厉喝道：“婥婥，我猜你是因为倚弦那兄弟俩的出现才会如此。如此一来，你将我圣门大业置于何地?”

婥婥神色不动，淡然道：“我怎么想轮不到你管，什么样的理由都掩饰不住你的嫉妒，我看你是看不过他们的声势压过你吧?”

“别以为你傍上他们就能上天了。”刑天抗怒哼一声，又忍不住满脸得意的道，“他们不久之后连自己都顾不上。虽然那个什么大洪牧场可以凭地利坚守，但是牧场虽富，当地却根本无粮可储，钱财虽多也不能当饭吃，根本无法供养大批兵马。而且大洪牧场的积累本来不过是用来维持中型兵马的开支，一旦曜扬军大幅度扩军，区区一个牧场的财力物力怎么可能支持得了。所以他们现在是外强中干，根本成不了气候。”

婥婥冷冷看着他，并没有说话。

倚弦躲在暗处，听到这里却是心中大惊，如果一切正如刑天抗所说的话，曜扬军的确会遇到最大的困难，想到这里，倚弦心中急切难安，恨不得立时去寻了秦骊如姐妹详细询问，以思后备之策。

刑天抗说得兴起，横睨婥婥一眼，继续道：“至于曜扬军的发展，也不容乐观。尽管耀阳现时正在争夺宋镇，先别说其他势力不会轻易让他得逞，就算真的侥幸能成，那东伯侯的属地岂容他人随意掠夺? 只是宋镇一向自主有各大势力牵涉，他不好动手而已。而此时耀阳若能得宋镇，虽然一段休养生息的时间足以恢复宋镇的富庶，但也让东伯侯有了收回宋镇的理由。你认为以现在的曜扬军会是东伯侯精锐兵士的对手吗? 耀阳必败无疑，而且根本撑不到他从宋镇得到好处的那一天，如此一来曜扬军无疑要受到灭顶之灾，更会连累牧场遭人株连!”

婷婷忍不住嘲讽道：“看来你刑天抗对耀阳兄弟俩很是关注，真是奇怪，你不是一直是看不起他们吗？怎么又会费神去注意他们？”

刑天抗冷哼了声，道：“不是我想注意他们，而是他们现时的身份在三界也算是异数，怎么可能不看着点？但是他们既不被神玄两宗所容，也被我圣妖两宗所排斥，三界虽大，已经无有他们的容身之所。这种矛盾难以消除，迟早会全面激化，如今只是欠缺一个时机而已。”

婷婷双手扶膝，看似冰冷如水的眼神中掠过一丝虑色，却没有表现出来。

刑天放捏紧拳头，双眼露出盛然杀机，道：“如果有机会，我刑天抗定然不会放过他们两个家伙，定要让他们知道谁才是真正的强者。”

“凭你？刑天抗，你的梦好像还没做醒！”婷婷不屑地冷笑一声。

刑天抗狠盯了她一眼，说道：“他们绝对逃不掉的，不如我跟你打个赌，如果有朝一日耀阳兄弟俩被我手擒，你婷婷便嫁我为妾，如何？”

婷婷纤眉一竖，异常冷淡地道：“没问题，如果什么时候盘古复生，刑天重生，三界颠覆，你刑天抗神识俱灭，我就嫁给你为妾。”

婷婷这些话说得不重，却是坚定到极点，这话说得比辱骂和嘲讽更加刺人。刑天抗顿时恼羞成怒，喝道：“婷婷，你别这么嚣张，你不管自己也想想自己的族人，如今为了抵制神玄两宗甚至蚩尤的摆布，我四族重归一统，势在必行，无可避免。一旦你若不愿意，那么我就难保你们防风氏一族是否会遭致灭族之厄。”

刑天放说完，便冷笑着携魔将拂袖而去，消失在黑夜之中。

婷婷紧咬薄唇，挥袖一扫，将桌案掀翻击得粉碎。

隐身殿外的倚弦将一切看在眼中，对于刑天抗的举动更是愤恨难平。但是他深知四魔将加上刑天放，拥有超强的战力，自身虽强也未必能敌过他们联手。何况他不想婷婷为难，毕竟如果刑天抗以防风族人的安危强迫婷婷跟自己交手，那他又该怎么办呢？想到这里，倚弦终是忍住了对刑天抗的悲愤，没有出手。

月光冷清，婷婷无力地瘫在地上，她想起了师尊，想起了姐姐，不由悲从心来，对着这洁白冷月，潸然落泪。

倚弦从未见过婷婷如此哀凄，心中万分不忍，对婷婷怜爱之心大生，挥袖间现身跃入神鸾殿中，落在婷婷面前。

“倚大哥？”婷婷甫一见到倚弦，惊喜莫名，此时心神脆弱无比的她再也压抑不住心中的委屈，倏地扑入倚弦怀中，紧紧搂住倚弦，喃喃道，“倚大哥，抱紧我，抱紧我……”

在此时刻，倚弦满心的痛惜，看到婷婷的泪水，他首次感觉到那种莫名的心颤。他真的不忍心看婷婷如此悲伤落泪。倚弦将婷婷紧紧地搂住，道：“你尽管哭出来吧，不要再忍下去了……”

婷婷泪如泉涌，将倚弦的胸襟尽数沾湿，倚弦只是默默的搂住她不语，这个时候已经不需要任何言语了。

婷婷痛哭良久，才拭干泪水，却还是搂着倚弦不放。倚弦怎么忍心推开婷婷，任她将螓首靠在怀中，轻声道：“没事了，不管有什么，我都会帮你的。”

婷婷轻轻点头，突然抬头，离开了倚弦的怀抱，拉着他的手，道：“倚大哥，跟我来。”

倚弦不知她要干嘛，下意识地跟着她走前去，两人几步后就掀开后面帘子，再入一层垂帘进门，倚弦愕然看到眼前竟是锦绣花色的大型鸾床。

婷婷在倚弦惊讶时，轻声道：“倚大哥，今晚留下吧。”

倚弦哪想得到会听到她这么大胆的话，不由脑中“嗡”的一声，一时被震惊得不知所措。

“什么都不重要，我只要你今晚。”婷婷满脸羞红却是毅然坚决，挥手间已将外衫脱落，露出雪白如玉的光滑肌肤，紧身的亵衣更是勾勒出她纤美的曲线。

“婷婷，你……”无论倚弦如何镇定，也无法阻挡如雷般的心跳，声音也不由颤抖起来。

婷婷轻轻地抓住倚弦的手放在自己洁白的纤弱玉肩，倚弦再次震颤了一下，想要缩手却被婷婷紧紧拉住，挣脱不得。

婷婷满脸潮红，低语道："倚大哥，婷婷别无所求，但求今晚你能留下。"伸手将倚弦抱住。

满怀温香软玉，如果是他人，倚弦虽会有所慌乱，也不会心神失守，但是倚弦对婷婷的心却是混杂着愧疚和怜惜的复杂心思，又因所知两人前世有缘，以及其他种种原因，那种若有若无的情愫其实早缠绕在倚弦心中。

而此时原本甚是坚强的婷婷却柔弱地躺在她怀中，俏目还留有清泪，这种情况，从未接触过的倚弦怎么可能残忍地拒绝得了？

在婷婷带有羞意，倚弦还脑海一片混乱之中，两人顺势倒在柔软的床铺之上，衣衫散开，肌肤相亲。倚弦仅剩的一点理智亦被冲得溃散，不留一丝。

"今晚只要你……"婷婷抱紧倚弦，在他耳际轻声说着，她的气息和声音更让倚弦意乱情迷。

倚弦亦不由抛开一切，反手抱住婷婷。

在婷婷的痛声中，两人突破了最后一道防线，一切的理念全部迷失……

温暖的煦光从窗外照入宫殿之中，倚弦从酣睡中醒来，清新的香气蔚然入鼻，发觉一个温柔滑玉的女性胴体在他怀中紧紧地依偎着，那滑嫩皮肤跟他肌肤紧紧贴在一起。

倚弦转首看去，却见到那如玉娇颜在睡梦中露出那一丝满足的笑容，只是她那纤长的睫眉却还是微蹙，显然是有些不开心的事情。

看着婷婷的神情变化，倚弦想起昨夜的旖旎，心中微有尴尬，如今两人相偎如相濡以沫，那种温馨的感觉却是非常的好，让他不由沉湎其中。如果每日清晨起来，都有如此温暖心怀的情景该有多好。

和心爱的女子一起隐居在山野中，日起而行日落而息，每日清晨都能与妻子相偎，这种生活正是倚弦所期望追求的。现在这样子让他心醉其中，可惜他们都无法脱身这纷乱的三界，眼前的一切只能保持这一个早上而已。无论是倚弦为了耀阳和牧场，还是婥婥为了防风氏一族，他们都只能放弃，两人都不可能眼睁睁看着自己的族人或是朋友遭遇困难也不理不睬。

倚弦晶莹的长指在她的耳际轻轻划过，贴在她粉嫩光滑的粉脸之上，眼神中自然的露出爱怜之色。

婥婥纤长的睫毛动了一下，她缓缓睁开俏目，看到倚弦却立即羞涩地低头，全无昨天的大胆。

倚弦虽是跟婥婥差不多，也是初经女色，却比婥婥好了很多，再无尴尬，温柔地道："咱们起来吧……"

婥婥在倚弦的怀中埋首良久，才轻轻点头，放开倚弦。

两人默然无语地起身穿上衣衫，但是那温情却深留心中，不必言语来修饰。

洗盥完了，倚弦整整衣襟。